KEITAI
SHOUSETSU
BUNKO
SINCE 2009

# 求愛
~この世界で、あなたと出会えた奇跡~

## ユウチャン

スターツ出版株式会社

contents。

**第 1 章 ── 棘**

| | |
|---|---|
| 鈍色の輝き | 7 |
| 携帯依存症 | 19 |
| 空虚の欠片 | 34 |
| エンペラー | 45 |

**第 2 章 ── 傷**

| | |
|---|---|
| 灰色の瞳と | 69 |
| 過去の狭間 | 81 |
| 淡黄の月夜 | 98 |
| 痛みの残像 | 112 |

**第 3 章 ── 痕**

| | |
|---|---|
| 悲傷の嘆き | 131 |
| 頑迷の揺れ | 148 |
| 見つめる先 | 167 |
| 記憶の束縛 | 187 |

## 第 4 章 —— 痛

| 贖罪の傷痕 | 211 |
| --- | --- |
| 復讐、慟哭 | 229 |
| 大切なもの | 255 |
| 季節移ろい | 271 |


## 最終章 —— 生

| 狂った歯車 | 291 |
| --- | --- |
| 消えないで | 318 |
| 命の代償に | 337 |
| 生きること | 355 |

| **求愛** | 365 |
| --- | --- |

| あとがき | 376 |
| --- | --- |

第1章

# 棘

◊

\*\*

人形みたいな瞳だと思った

それがあの日
俺の前に突然現れた
お前に対して感じたこと

だから無性に
ぶっ壊してやりたくなったんだ

なぁ、覚えてるか？

\*\*

## 鈍色(にびいろ)の輝き

　あたしはいつも、ひとりっきりの孤独(こどく)をもてあます。

【ドラマ見逃(みのが)したし、最悪(さいあく)！】
【昨日は楽しかったね】
【今って何してる？】
【さっき事故現場目撃しちゃったー！】
【パンツ何色？】
　携帯(けいたい)に入るメッセージは、どれも、どうでもいいものばかり。
　繰り返す毎日に諦(あきら)めを覚え、くだらない人間関係に辟易(へきえき)しながら、それでも生きなければならないだなんて、絶望的だ。
　最後のやつ以外には適当に返事をして、あくびを噛み殺した。
　正直、暇(ひま)は苦手。
　タバコの煙を吐き出しながら携帯を投げ捨て、テレビから聞こえるニュースの声に耳を傾けた。
　誰々が死んだだとか、熱愛発覚だとか、泥沼離婚だとか、そんな話題ばかりが垂れ流されて、ヘドが出る。
　薄汚れてて、淀(よど)んでて、何ひとつ救いのない、この世界。
【キミの体を想像するだけで興奮するよ】
　バカみたい。

死ねばいいんだ。塵のひとつも残さずに。
そうやってまた、似たような『今日』は繰り返される。

深夜、用もないのにコンビニに行き、ジュースだけ買って、自宅マンションまで戻ろうとしていた時だった。
街灯が少なく、ほとんど人が通らない裏通りに隣接する公園の前を歩いていると、見慣れない、怪しすぎる黒塗りの車が、乱雑に3台も停められているのに気がついた。
たしかにここは、治安がいいとは言えない場所だけど。
なんなのかと目を凝らしてみると、公園内には数人の人影と話し声、かすかにうめき声まで聞こえてくる。
だからすぐに立ち去るべきだったのに……。
「おい！ 誰かいるぞ！」
気づかれ、逃げようとしたが、遅かった。
すぐに男たちに囲まれ、はがいじめにするように捕らえられると、苦痛に顔が歪んでしまう。
「ちょっ、やめてっ！」
女の力での抵抗に、意味はない。
手から落ちたコンビニの袋が、その場に転がる。
5人のイカつい男たちのうしろには、ぴくりとも動かず倒れている、人の影。
それを見つけた瞬間、血の気が引き、叫ぶことすら忘れていた。
「まさか、見られるなんて思わなかったよ」
リーダー格の男が怪しく笑う。

血の通っていない、獣のような瞳の色。
「ケンは生かしたまま冬柴さんのところに運べ。まちがっても指示が出るまでは殺すな」
　リーダー格の男の命令に、他の男たちは半死のような状態のモノを担いで車に運ぶ。
　尋常じゃない雰囲気と事態に、殺されるのかもしれない、と、本気で思った。
「あと、この女は俺が引き受けるから」
　あたしはいったい、どうされてしまうのだろう。
　取り残されたあたしの腕はリーダー格の男によって掴まれたままで、振り払おうにも敵わない。
　倒れていた男を乗せたワンボックスはすぐに走り去り、夜の闇に消えた。
　上擦った呼吸が荒くなる。
「お前、ケンの女か？」
「『ケン』って誰よ!?　あたしはたまたまここ歩いてただけなの！　だから今見たことは誰にも言わないから、お願い、もう離してっ！」
　精一杯に声を荒らげた瞬間、
「黙れ」
　と、低い声ですごまれ、身がすくんだ。
　男はあたしの腕を掴んだまま、ポケットから鈍色に光るものを取り出して、
「あいつはな、冬柴ってヤクザから金借りて、そのままいなくなりやがったんだ」

と、言った。
「だから散々探しまわってたのに、やっと見つけたってところで遭遇するなんて、運が悪い女だな」
あたしの頬を、ナイフが滑る。
男の瞳はひどく冷たい。だから本気で刺される気がして、背筋が凍った。
「殺されたくなきゃ、乗れ」
従う以外になかった。
半ば無理やりに男の高級車の助手席へと押し込められ、相変わらず脅しのようにこちらにはナイフの刃が向けられている。
これなら死んだ方がマシなのかもしれない。
まるで三流映画のようなことになっているのに、リアルな腕の痛みに、これは現実なんだと思い知らされる。
逃げることなんてできなかった。
男は車を走らせ、一番近くにあるラブホテルへと入ると、監視カメラからは見えない位置であたしの脇腹あたりにナイフを突き立てる。
「助けを求めようなんて考えんじゃねぇぞ」
そんな言葉と共に、乱暴に部屋へと連れていかれる。
品のないピンクライトに染まる安っぽい空間は、あたしの人生の終わりには似合いの場所なのかもしれない。
「あたしのこと、どうするつもり？」
「どうしてほしい？」
「殺したいなら殺せばいいよ」

あたしの言葉に、「へぇ」と、見下すような瞳を落とし、男は嘲笑う。
「死にたいのか？」
「どっちでもいい」
　生きることも死ぬことも、同じだけ痛い。
　ならばもう、散々遊び尽くしたし、どうせこのままでいるくらいなら、いっそ殺された方がいいのかもしれない。
　そんなあたしを見て、男はこの状況を楽しむような顔で笑っていた。
「泣いて震えることもしねぇのか」
　ふと、ケンとかいう男はまだ生きているのだろうかと思ったが、あたしには関係ないことだと思い直した。
　男は、そんなあたしと同じ目線の高さまでしゃがみ、再び喉元へと刃物を突きつけてきた。
「財布と携帯、出せ」
　言われるがままに従うと、携帯は電源をオフにされ、男のポケットへと入れられる。
　続いて財布を広げ、中に入れていたあたしの学生証を取り出した男は、それを携帯で写真に収めた。
　これで、住所も名前も、すべてが知られてしまったわけだ。
「……あんた、何者なの？」
　突きつけられているナイフの輝きよりずっと冷たい、その瞳。
　一般人でないのはわかるけど、でも、今まで知り合った

どのチンピラとも違った雰囲気がある。
　男は一度、目を細めるようにしてあたしを見てから、
「『あんた』じゃねぇよ。『タカ』だ」
　と、言った。
　名前が知りたかったわけじゃないのだけれど。
　なのに、男は……タカは、また唇の端をあげる。
「うるせぇのは好きじゃねぇから、悲鳴あげんなよ？」
　言った瞬間、タカはあたしの上に馬乗りになるように覆い被さってきた。
　すぐに手首は紐状のもので拘束され、硬いフローリングの上で、タカはナイフ片手にあたしの体をまさぐった。
「……ちょっ、痛っ……！」
　無理な体勢と、こちらに向けられたナイフの刃先に顔を歪めるが、しかし触れられれば、体は否応なしに反応してしまう。
　タカは冷たい瞳のまま、まるで犯すようにあたしを求めた。
　だから逃げようと身をよじるが、今度は肩を掴まれ、服さえ脱がされないままに腰を持ちあげられる。
「鳴けよ、リサ」
　殺されるのかもしれないというスリルと紙一重の快楽はいっそうの高揚感を生み、おかしくなりそうだった。
　タカが、あたしの中に押し入るように沈んでいく。
　両手を拘束されたまま、ソファを支えに膝立ちのような格好にさせられ、あたしはもたらされる痛みに溺れていた。

「いいね、お前」
　汗ばむ体とは対照的に、頬をなでるナイフは冷たい。
　タカはあたしの中で動きながら、艶っぽい息を吐き、相変わらず見下すような瞳を落としている。
　殺してほしいと思った。
「……タカ……」
　あえぐようにその名を呼ぶと、唇をふさぐようにキスをされる。
　突然、拉致し、こんな場所に連れてきて犯すような男に悦楽を感じているだなんて、あたしもあたしだろうけど。
　タカはきっと狂ってる。
　そしてそれを求めているあたしは、もっと狂っているのだろう。
「ねぇ、もう殺してよ」
　言った瞬間だった。
　タカは最奥を突きあげ、あたしが嬌声をあげると同時に果てた。


　乱れた服を直しながら、あたしの上から降りてソファに座ったタカは、タバコをくわえ、今までこちらに向けていた刃物をポケットへとしまった。
　携帯は取りあげられ、素性も知られ、さらには両手まで拘束されて、息も切れ切れに崩れているあたしが、今さら、逃げられるわけがないと思ったのだろう。
　冷たいフローリングに体の熱が奪われるのを感じていた

時、タカの携帯の着信音が響いた。
「はい。あぁ、わかった。冬柴さんから金を受け取ったら、今日はもういいから」
　先ほどの男たちとの通話なのだろう。
　すぐに切ると、タカは物憂げな顔であたしを見た。
「なぁ。本気で死にたいとか思ってんの?」
　どういうつもりで聞かれたのかはわからないけれど。
「別に逃げようなんて考えてないから、これ解いてよ」
　紐で拘束された両手首は、擦れて真っ赤になっていた。
　タカは舌打ち交じりにため息をつき、仕方がないといった感じでそれを解いてくれた。
「ありがと」
　なんて、礼を言うのもおかしな話なのだけど。
「ついでにタバコも貰っていい?」
　メンソールの煙を吸い込み吐き出した時、やっとまともに呼吸を許された気がした。
「手首、まだ痛むか?」
　まさか、気にかけてくれるなんて思わなかった。
「つか、今さらだけどさ、お前、高校生だっけ?」
「学生証見たでしょ」
　真面目な生徒からはほど遠いけど。
　ニコチンが肺に満ちる。煙はピンクライトに染まりながら揺れるように漂(ただよ)っている。
「親は?」
　問われたが、あたしは答えなかった。タカもそれ以上は

聞いてこない。
「ねぇ。あたしが暴れたり叫んだりしてたら、殺してた？」
「あぁ、殺してた」
「タカは人を殺したこと、あるの？」
「さぁね。どうだったかな」

　タカは、冗談とも本気ともつかないような顔だったが、それを怖いとは思わなかった。

　それどころか、どうしてあのまま殺してくれなかったのだろうと思ってしまったあたしは、やっぱりどこかおかしいのかもしれない。

　備えつけの冷蔵庫から缶ビールを取り出すタカを横目に見た。

　20代前半くらいで、鼻筋の通った精悍な顔をしていて、一見すると、かっこよくてオシャレな、どこにでもいるような普通のニーチャンという感じ。

　本当に、何者なのだろう、この男は。
「ねぇ、タカ」
「ん？」

　言いかけた時、再びタカの携帯が鳴った。

　ディスプレイを確認し、タカは舌打ち交じりに通話ボタンをタップする。
「はい、わかりました。大丈夫です。今から戻ります」

　携帯を置いたタカは、肩をすくめ、「立てよ」と、あたしに言った。
「俺、戻らなきゃならねぇ用ができたから、ついでに送っ

てやるよ」
　これからどうなるのだろうと思っていたのに、その言葉に拍子抜けした。
　なんだか信じられなくて、きょとんとしたままでいたら、
「置いてくぞ」
　と、急かされた。
　それは困ると、あたしは慌ててタカを追う。
　もう、刃物を向けられたりはしなかった。

　午前３時。タカは本当にあたしを自宅マンションまで送ってくれた。
　まるで異世界から戻ってきたみたいな状況の中で、何が現実かわからずにいるあたしに、タカは財布と携帯を返してくれた。
「……ほんとにあたしを逃がしてもいいの？」
「いいよ、別に。お前の素性はもうわかってるから」
　つまり、警察にでも駆け込めば、報復するぞということか。
　そんなことをする気は、さらさらないけれど。
「わかった。じゃあね」
　そう言って、ドアに手をかけようとした時だった。
　肩を引き寄せられ、驚いた瞬間、唇を奪われていた。
　タバコと酒の混じる、タカのにおい。
　何が起こったのかわからなくて、息をすることすら忘れていた。

「手首んとこ、悪かったな」
　鼓動(こどう)が速い。
　まさか、謝られるとは思っていなくて、戸惑うままにわずかに目をそらした時、
「じゃあな、リサ」
　と、言ったタカは、一瞬、柔らかく笑ったように見えたが、あたしは何も言えずに車を降りた。
　タカは、どうして最後に、あたしにキスをしたのだろう。
　聞くに聞けないままドアを閉めると、すぐに車は走り去った。
　冷たい風に頬をなでられた時、やっとあたしは、これが現実なのだと思えた。

　自宅に戻り、タバコをくわえて宙を見つめる。
「……タカ、か」
　手首に残された痕(あと)で、あの冷たい瞳を思い出す。
　タカになら殺されてもいいと、あの瞬間、あたしは本気で思っていた。
「……なんて、バカバカしい」
　そもそも本名じゃないのだろうし、住む世界もちがうだろうから、きっともう、二度と会うことはないだろう。
　だから、今日のことはすべて忘れてしまい、なかったことにすればいい。
　わざわざ家まで送ってくれた理由も、最後のキスの意味も、今さら、考える必要はない。

誰もいないリビングには、あたしが吐き出すため息交じりの煙だけが漂っていた。
　むなしさは増長するばかりだ。

死にたくて、でもまた今日もあたしは、死ねないまま。

## 携帯依存症

　あの日から、1週間以上が過ぎただろうか。
　手首の痕もすっかり消えた今、あれは、本当は夢の中での出来事だったんじゃないかと思えてきた。
　日常に戻ることはひどくたやすい。
　今朝もまた、学校に行くために、憂鬱な気分で満員電車に乗り込むが、3分と経たないうちに、お尻に違和感を覚えた。横目に見ると、誰かのくたびれたスーツから、手が伸びていた。
　まったく、くだらない。
　舌打ち交じりににらんでから、
「痴漢なんかしてんじゃねぇよ」
　と、あたしのお尻をなでまわしていた手を掴みあげた。左うしろにいた、50代くらいのオヤジが、ヒッと顔を引きつらせる。
「待ってくれ！　何かのまちがいだ！」
「うるさいよ」
　ちょうどのタイミングで駅に到着した電車のドアが開き、オヤジを引きずり降ろす。
　こんなこと、もう何度目だかもわからない。
「おっさん、警察行くよ」
「勘弁してくれ！　頼むよ！」
　オヤジは脂汗を滲ませ、震える手で財布を取り出すと、

中に入れていた札のすべてをあたしに押しつけた。
「忘れてくれ！　お願いだから！」
　……1万2千円、か。
　まぁ、不景気だし、こんなもんだろう。
　オヤジは足がもつれるままにその場から逃げ出し、あたしはひとり肩をすくめる。
　本当に、くだらない。

　せっかく、今日は寝坊せずに家を出たのに、学校に到着したのは、結局、遅刻ギリギリの時間だった。
　廊下を進むあたしに、視線が集まる。派手ではみ出し者のあたしが奇異の目で見られるのは、いつものこと。
「あれ？　リサのくせに朝からちゃんと登校してきたなんて、珍しいじゃん」
　梢が笑う。
　化粧道具しか入っていないバッグをあさり、手鏡を取り出して髪の毛を直しているあたしの横の席を陣取る梢。
「乃愛、サボるってさ」
「ふうん。どうせまた朝帰りでしょ」
「だろうね」
　梢は、あたしの言葉にゲラゲラと笑った。
　派手な格好をしていると、自然と似たような子と一緒にいることが増えて、なんとなく友達になるだけで、そこにはたいした友情もない。
「ねぇ。そういや数学ってたしか、小テストじゃなかった？」

「勉強しない梢からそんな言葉を聞くとは」
「ちょっとそれ、ひどいから！」
　どこでもかしこでも、くだらないことばかり。
　バカバカしいなと思いながらも、笑ってみせる。
　こんなつまらないだけの毎日に、希望なんてあるわけがない。

　それから授業が始まったが、お構いなしに、あたしは携帯をいじっていた。自分でも、依存していることはわかっている。
　死にたいと思っている一方で、誰かとの繋がりを求め、それで自分の存在をたしかめようとするなんて、矛盾している話だけれど。
　暇潰しに出会い系アプリを見ることもまた、あたしの日常に溶け込んでいた。
　そんな風に言えば驚く大人も多いけど、でもまわりもみんなハマっているし、実際に相手と会って、遊んだり、付き合ったりもする。
　うまく遊べば、危険はないから。
【21歳。車あるよ！】
【Y市住み！　イケメンって言われるよ！】
【M高3年。タメの子連絡して】
　氾濫する、似たような文章。
　もうすっかり目が肥えてしまったので、書き方ひとつで相手のことがだいたいわかる。

無意味な経験値だけど。
 ひと通りチェックしていたが、眠気を誘う教師の声色にいざなわれ、あたしは机に突っ伏した。
 何がしたいのかわからないし、何をしていても満足できない。
 いっそ死ねたならと、いつも思う。

「リサ、今日どうする？」
 放課後になり、お決まりの梢の質問。
 毎日のように、学校帰りに街に繰り出して遊び呆けているのだが、今日のあたしには先約があった。
「ごめん、パス」
「えー？」
「ヤスと会うの」
「あぁ、あの、先週から連絡取ってるやつ？」
「そうそう。写真送ったらしつこくてさ」
 あたしの言葉に、梢はゲラゲラと笑いながら、「いつか刺されろー」なんて言う。
 たしかに、あたしは、出会い系で知り合った男なんて、奢らせたりして利用すればいいとしか思っていなかった。
 どうせ何をしていたって、むなしいことに変わりはないのだから。
「リサは出会い系の鬼だからね」
「いやいや、梢さんには負けますから」
「てかさ、かっこいい人だったら、今度みんなで遊ぼうっ

て言っといて」
「ほーい」
　『類は友を呼ぶ』とでも言えばいいか、あたしと梢は、そろってろくでもない遊びを繰り返していた。
　何をしていても満足できないからこそ、より強い刺激を求めようとする。
　梢と別れ、あたしはひとりで歩き出した。

　夜の7時を迎え、駅前のコンビニの中で雑誌を読むフリをして、相手の車を待つ。
　本当は駅のロータリーで待ち合わせなのだが、万が一のことを考え、ヤバそうだったらいつでも逃げられるように、まずは遠巻きに観察するのが重要だ。
　しばらく待っていると、約束の時間より2分前に、着いたと連絡が入った。
　目を凝らすと、ロータリーには教えられていたのと同じ車種とナンバーの車がいて、運転席から降りてきた男が、携帯片手にきょろきょろしていた。
「ふうん。あれね」
　少し離れたこの場所から見ても、ルックスは合格。
　手鏡で髪の毛とメイクの最終確認をしてから、あたしはコンビニをあとにした。
　車の近くまできたところで、男に声をかけられる。
「あ、もしかしてリサちゃん？」
「うん。はじめましてぇ」

少し照れた仕草と、上目づかい。
　普段の自分を偽り、完璧な仮面を被るあたし。
「写真よりかわいいじゃん！」
「そんなことないって。ヤスの方がかっこよすぎて、あたし緊張するじゃんか」
　褒めて、おだてて、スキンシップ。
　どんなつまらない会話にも相槌を打ち、笑っていれば相手は喜ぶ。
　男はそれなりに見た目もよく、少しお高めの車に乗っていて、まさに狙いどおりといった感じ。
「乗ってよ。飯でも行こう」
「うん。じゃあ、お邪魔しまーす」
　あたしが助手席に乗り込むと、すぐに車は走り出した。
「つか、ほんとにカレシいないの？」
「どうして？」
「だって、リサちゃんならいくらでも、って感じじゃん」
「そんなことないって。あたし全然だよ。ヤスの方が絶対モテそうだし」
　お決まりの会話だけど、チヤホヤされればそれなりにうれしいものだ。
「俺さ、リサちゃんに会えてほんとにラッキーだよ」
　当然じゃん、そんなこと。
　別に自慢じゃないけど、顔は悪くないし、男のご機嫌を取る言動も熟知している。
　駆け引きを繰り返す、恋愛ゲーム。

どうせ、1ヶ月と経たずに飽きて終わる関係だけど、それでもあたしは、今この瞬間の、心の隙間を埋めたかった。
　誰でも同じ。だけど、その代償に、すっかり感情はマヒしてしまった。
　きっともう、普通の恋愛なんてできないだろうなと、悲しむでもなくあたしは思う。

「なぁ、これからどうしようか」
　食事を終えてコンビニでジュースなんかを買ったあと、男は聞いてきた。
　別にどこに行ったって同じだろうと思うが、それを言葉にするほど野暮ではない。
「ヤスに任せるよ」
　男の手口なんてわかっている。
　うまいこと言って体の関係に持ち込みたいのだろう、胡散くさい笑顔は滑稽だ。
　まぁ、それに騙されてあげるあたしほどお手軽な女もいないだろうけど。
「じゃあ、うち近いし、おいでよ」
　「いいよ」と言って、車に乗り込もうとした瞬間。
「おいおい、誰の女に手ぇ出してるかわかってんのか？」
　背中越しに聞こえた声に振り返った。と、同時に、あたしの真横に立っていたはずの男が、ガッ、と響いた鈍い音と共に、地面に倒れ込む。
　それは一瞬の出来事だった。

「殺されたくなきゃ、財布出せ」
　タカが、不敵な笑みを浮かべて佇んでいた。
「……なん、で……」
　どうしてここにいるのかとか、何をやっているのかとか、まるで思考が及ばない。
　しかし、そんなあたしは丸っきり無視される。
　タカはその胸ぐらを掴み、さらに殴りかかろうとしたが、
「悪かったよ！　やめてくれ！」
　と、男は震えながら声をあげた。
　目を細めたタカは、男のズボンのポケットをまさぐり、取り出した財布から札だけを抜き取ると、無理やりあたしの腕を引く。
「ちょっ、なんなの!?」
　相変わらず、夜の闇の獣のような人だと思った。

　コンビニから少し離れた路地裏でやっと足を止めたタカは、息を切らすあたしを見て、おかしそうに笑っていた。
　怒りと、戸惑いで、あたしが口元を引きつらせていると、
「ツツモタセってやつ？」
　なんて、悪びれもせずに言いながら、タカは男から奪った金を、顔の前でひらひらさせた。
　が、さすがにそれは犯罪だ。
「意味わかんないし、ありえないんだけど！　あんた、マジでいったい、なんなのよ!?」
　もう二度と会うことなんてないと思っていたのに。なの

に、突然出てきて男を殴り飛ばし、金を奪ってまたあたしを拉致った上に、ツツモタセだとか言いやがる。
　本当に、全然意味がわからない。
　だから声を荒らげたのに、
「喚<sup>わめ</sup>くなよ」
　と、言ったタカは、口を塞ぐようにあたしの唇を奪った。
　わずかな抵抗は意味をなさず、それどころか壁へと押し当てられる。
「本気で嫌なら叫んでみろよ」
　しかし、その目に見据えられると途端に声も出なくなる。
　唇を離したタカは、鼻先の当たりそうな距離で、クッと喉を鳴らした。
「なんで固まってんだよ」
「別に。びっくりしただけだし」
　口を尖らせるあたしと、楽しそうなご様子のタカ。
　もう、過ぎてしまったことは置いといて、とりあえず落ち着かなきゃやってられない。
「とにかく、二度とあたしを巻き込んで、あんな危ないことしないで！」
　念を押した上で息を吐き、あたしは改めて本題を問うた。
「それで？　なんか用？」
　眉根を寄せるあたしに、タカは肩をすくめてみせる。
「別に用なんかねぇけど。暇だったし、そしたらお前のこと思い出したから」
「はぁ？」

そんな理由で、ついでとばかりにツツモタセの共犯にまでさせられたのか。
　なんだか急に、頭が痛くなってきたが、タカはそんなあたしなんかにはお構いなしだ。
「それよりお前、制服着てると、この前と感じちがうな」
「……褒め言葉で言ってる？」
「そりゃあね」
　唇の端だけで薄く笑い、タカはあたしの首筋をなぞった。
　途端に呼吸することも忘れ、その指先の動きひとつに意識が集められてしまう。
　そこで初めて、タカの服の袖に、うっすらと赤い何かがこびりついていることに気がついた。
　血だとわかった。
「……これ、何？」
　さっきの男のものじゃない。
「ねぇ、ケガでもしてるの？」
　怪訝に思って問うあたしに、タカは「なんでもねぇよ」と言い、バツが悪そうに顔をそらした。
　それはタカの体から滲（にじ）んでいるものではない。
　思い出すのは、出会ったあの日のことだ。
　この人のじゃない血は、誰かを傷つけてついたもの。
「すぐそこに車置いてるから」
　答えもせず、そうとだけ言うと、タカはまた勝手に歩き出した。
　どうしようかとは思ったが、こんなわけのわからない場

所から、ひとりで帰れるはずもない。
　結局はその背を追うしかなく、到着した駐車場にあったこの前と同じ高級車に、タカは「乗れよ」と促した。
　今度はどこに連れていかれるのか。
「今日はナイフとか持ってないの？」
　嫌味交じりに言ってやった。
　タカは「うるせぇな」と言いながら、タバコをくわえる。
　改めて、冷静な頭で考えてみたら、この状況はかなりおかしい。
「何笑ってんだよ？」
「だっておもしろいじゃない。あたし、なんでまたあんたの車に乗ってんだろうなぁ、って」
　だけど、少しだけうれしいとも思っていた。

　しばらくすると、車はアパートの駐車場へと入った。
「ここ、何？」
「俺んち」
「嘘でしょ？」
「こんな嘘ついてどうすんだよ」
　着替えたいのだと言ったタカのうしろへ続くと、2階の1室へと案内された。
　タカが暮らす場所。
　もっと暗くて冷たそうなイメージだったけど、でも普通だったことに驚いた。
「あたしに家とか教えちゃってもいいの？」

「だってツツモタセの共犯だろ、俺ら」
　あぁ、そうだった。
　呆れながらも笑ってしまい、あたしは中へと足を踏み入れた。２ＤＫらしき室内は、男のひとり暮らしといった感じで、雑然としている。
　タカは血で汚れた服を脱ぎ捨て、ゴミ箱に投げた。
「俺、シャワー浴びてくるから」
　細く、引きしまった背中を見ていると、なんだか無性に悲しくなってくる。
「ねぇ、冷蔵庫とかあさっちゃっていい？」
「いいけど、ビールくらいしかねぇぞ？」
　開けると本当に、ビールの缶だけが並んでいた。
　ため息交じりにそのうちの１本を取り出し、缶ビール片手にソファに腰をおろして、見るともなしに、携帯を取り出すあたし。
【カレシが浮気してた！】
【暇な日いつ？】
【愛してるよ】
　くだらないメッセージばかりだ。
　一気に冷めていく熱を取り戻したくて流し込んだビールは、嫌に苦かった。

　数分後、風呂場から戻ってきたタカは、タオルを頭からかぶり、スウェットの下だけを穿いた状態だった。
　目が合うと、あたしが手に持っていたビールの缶は、容

易く奪われてしまう。
「おいおい、もう半分以上ねぇじゃん。お前どんだけ飲むの早いんだよ」

タカは肩をすくめてから、残りを流し込む。

なんであたしに会いにきて、そしてこんなところまで連れてきたのだろうかと、今さら思う。

水滴を滴らせるタカの黒い髪。
「ちゃんと乾かさなきゃ風邪ひくよ」

言った時だった。

伸ばしかけた手を絡め取られ、逆にタカに押し倒される格好になってしまった。

落ちてくる唇と、シャンプーの香り。

シャツはたくしあげられ、あらわになった柔肌に、タカのもたらす淡い疼きが触れる。

鼓動がうるさくてたまらない。

酒に酔っているのかタカの瞳に酔っているのかわからなくて、羞恥の色に染まってしまう。
「殺してほしいって目ぇしてる」

そうだよ、殺して。

言葉にできたかどうかわからないまま、苦痛と快楽の狭間で声が漏れた。

犯すように、タカはあたしをソファに沈める。

まるでふたりぼっちの世界にいるような、物音ひとつ聞こえない部屋の中で、互いの息づかいだけが鮮明だった。

タカに見おろされ、支配されていると、不思議と安心し

ている自分がいる。
　誰かの求めに応じている間だけは、余計なことを考えないでいられるから。

　行為の終わりに、あたしは改めて部屋を見まわした。
「なんかここ、寂しい部屋だね」
「寝に帰るだけだしな」
　タカから吐き出された煙が、頼りない月明かりの中でゆらゆらと漂う。
　愛も恋もなくていい。
　信用してるわけでもないし、それ以前にあたしは、この人のことなんて何も知らない。
　けど、でも、タカのそばにいる時だけは、嘘偽りない、本当の自分でいられる気がした。
「風呂使えば」
　タカは言った。
「もうめんどくせぇから泊まってけよ」
　驚いたけど、うれしかった。
「ありがとね、タカ」
　あたしが家に帰りたくないと思っていることに、気づいているのか、いないのか。
　獣みたいだとすら思えたタカは、今は普通の、優しい男に見える。
　シャワーを浴びて戻った時、タカはチェストの前で何かを眺めていた。

が、すぐにあたしに気づき、それをしまう。
　写真だと思うけど、見られたくなさそうなもののことを、いちいち問いただすつもりはない。
「てか、俺の番号入れといたから」
「えっ」
　驚いて自分の携帯を手に取ってみると、本当に知らない番号からの不在着信が入れられていた。
　タカはこの関係を、どんな風にしようとしているのか。
　考えたって、ちっともわからないけれど。
「なんかさ、ちょっと疲れちゃった」
　タカの隣に腰をおろし、ソファに身を沈めた。
　タカのスウェットを着て、その香りに包まれていると、すべてのことがどうでもよく思えてくる。
「リサ」
　呼ばれる名前さえも心地がいいなんて。
　もたれかかると、タカはあたしの頭をなでてくれた。
「お前は俺の言うことだけ聞いてりゃいいから」
　目を瞑ると、混濁した世界が遠のいていった。
　ただ、タカの言葉に安堵して、飼い殺しにしてくれることだけを願う。

　あいつに殺されてしまう前に、どうか早く。

## 空虚の欠片

「ねぇ、これかわいいと思わない？」

頬杖をついているあたしの横で、乃愛は雑誌に載った服を指さして聞いてきた。

胸の谷間が鬱陶しいけど。

「欲しいなら誰かに買ってもらいなよ」

「うん。そうするぅ」

わかっていながらも、その返答には呆れるばかりだ。

乃愛は現在、三股中で、毎度毎度、男にいろいろと買ってもらいながら生活しているようなやつ。

ちなみに、誕生日は年に５回ほどあるらしい。

「別にいいけどさ。でも、もらったアクセをフリマアプリで売ってるなんて知られたら、あんた殺されんじゃない？」

「そこがあたしのすごいとこなんだって。みんなから同じのをもらえば、それってひとつあればいいわけじゃん？」

つまりは残りのふたつを売るってわけだ。

算数もろくにできないくせに、こういうところにだけは頭がまわるんだから、感心する。

その豊満なバストは、大きな財産だろうけど。

「乃愛みたいなのに騙されてる男が可哀想だよ」

言ってやると、乃愛は噴き出したように笑っていた。

罪悪感はないらしい。

ろくでもない友人連中に囲まれて、男を最大限に利用し

ながら、むなしい毎日は繰り返される。
「そういやリサ、この前、ヤスって人と会ったんでしょ？」
　瞬間に思い出してしまった、あの日のツツモタセ。
　と、いうか、タカのせいでそんなこともすっかり忘れていたわけだけど。
「えーっと……」
　乃愛は、曖昧な表情しか返せないあたしを見やった。
「そういう反応するってことは、ハズレだった？」
「うん。ご飯食べて別れた」
　嘘ではない。
　けれど、あの男にはなんの罪もなかったので、少し可哀想だったんじゃないかと、今では思う。
　まぁ、どうでもいいけど。
「リサ。恋愛する気ないなら、適当に男作って貢がせればいいのに」
「乃愛みたいに？」
「あたしは貢がせてんじゃないの。より高い物を買ってくれるかどうかで、愛をたしかめてるだけ」
　ものは言いようだ。
　それって同じことじゃん、とは思ったものの、あたしは何も返さず肩をすくめた。
「……愛をたしかめる、ねぇ」
　あたしたちは、しょせん、愛されてなんかいないことを、誰よりわかっていた。
　制服を着て、かわいく振る舞っていれば、ヤリ目的で男

が寄ってきて、ちやほやされているだけのことなのに。
　なのに、それでも、誰にも求められないよりは、ずっとマシなのだ。
　乃愛もまた、出会い系に依存しているひとりだった。
　愛も恋も、どこかに置き忘れてきてしまったあたしたちは、こんなやり方でしか自分をたしかめられないから。
「っていうかさ、よくそんなに手広く頑張れるよね」
　呆れ半分に言うあたしに、乃愛はずいと顔を近づけてくる。
「あたしはね、何人いても平等なの。誰でも同じなんだから、そこに１番も２番もないでしょ」
「まぁ、たしかにねぇ」
　ずいぶんと合理的な考え方だが、まちがってもいないと思う。
　割り切らなければ心が保てないこともあるから。
「それより梢はまだ？」
「知らない。ナントカって男がどうのって言ってた気がするけど」
「意味わかんないよ」
「だって興味ないもん」
　人の遊びには不干渉、友情なんて二の次という暗黙の了解が、あたしたちの間では、ごく当然のこととして受け入れられていた。
　あたしたちは、自分勝手の集合体でしかないのだ。

５限目を過ぎた頃、やっと梢はやってきたが、すぐに放課後になった。
「ねぇ、ふたりとも、今日、暇でしょ？」
　言い出したのは、もちろん梢。
「あたしめちゃくちゃ金欠でさ、ちょっと小銭稼ぎに付き合ってくんない？」
　それの意味するところは想像に易い。
　一度、乃愛と顔を見合わせ、「いいよ」と返した。
　梢はその瞬間に目の色を輝かせ、すぐに携帯を取り出して電話をかける。
「もしもーし、佐藤ちゃん？　今日、あたしとリサと乃愛の分、いい？」
『佐藤ちゃん』は、誰だったかの繋がりで知り合った、元・風俗嬢の自称27歳で、大人のオモチャを扱う店を経営しながら、裏ではもっと怪しいものを売っている人。
「じゃあ、６時半にいつものとこで！」
　確認だけの電話を切った梢は、こちらにオッケーの丸を作ってみせる。
「リサも乃愛もサンキュー」
　そう言ってから、梢は「行こう」とあたしたちに促した。

　駅からすぐの場所には、繁華街が広がっている。
　あたしたちは、迷うことなく下着屋に入った。
「佐藤ちゃんが、セクシー系で頼むってさ」
　ぶっちゃけると、パンツを売るのがあたしたちの小銭を

稼ぐ方法だ。
　でも、普段、身に着けているものを売りたくはないので、こうやって直前に、店で買っていくのが通例となっている。
　3人で【ワゴン内のショーツ3つで千円】を割り勘で買えば、安あがりになるというわけだ。
「よーし、オッケー」
　続いて向かうのは、近くにある公園のトイレ。
　そこであたしたちは、今しがた買ったパンツに穿き替える。ある程度の使用感を出さなければ、さすがに買い取ってはもらえないから。
　で、準備も完了し、時間を潰すために適当にファストフード店へと入った。
「佐藤ちゃんってさぁ、裏ではかなり儲けてるはずだよね」
　乃愛が言った。
「『需要があるから供給してるだけよ』とか言ってたけど」
「てか、エッチなオモチャ売ってるドアの裏で、生のパンツ売ってんだからね」
　どれだけ儲けているのかは知らないけれど。
「どうでもいいけど、うちらのパンツを誰が買ったのかだけは知りたくないよね」
　あたしの言葉に、ふたりは腹をかかえて笑っていた。

「遅くなってごめんねぇ！」
　5分遅れてやってきた佐藤ちゃんは、見た目だけなら少し派手な会社員の女性といった感じ。

まさか、この人が大人のオモチャを売っていたり、ブルセラ売買に手を染めているだなんて、きっと誰も思わないだろう。
「みんな相変わらずかわいいよねぇ」
　まずひと言お世辞を添えるのが、佐藤ちゃん流の挨拶。
　そのまま女４人で駅の多目的トイレに入り、鍵を閉める。
「じゃあ、乃愛っちからよろしくね」
　あたしたちは順番に、前かがみにパンツをおろし、佐藤ちゃんはその光景をポラロイドカメラで撮影した。
　さらには３人でピースした顔も写し、佐藤ちゃんからその写真を渡される。
「いつものように適当にラクガキしといて」
　パンツを売る時に顔写真を添えれば売値が高くなるが、さすがに顔出しはできないので、それぞれが撮影されたものにラクガキをほどこす。
　目の部分を隠したり、偽名を書いたりして、写真を装飾した。
　佐藤ちゃんは全員分のパンツと写真を受け取ると、
「まいどありー」
　と、あたしたちにそれぞれ５千円を手渡した。
　こんなにもたやすくバイト代が手に入るのだから、せこせこ働こうとは思えない。
「南高って制服かわいいし、かわいい子も多いってことで、うちの店でも商品取り扱うと売れるのよね」
　佐藤ちゃんは笑う。

「ねぇ、みんな、卒業したら制服いらないでしょ？ リボンでもシャツでもいいから、その時はあたしに売ってよね。高く買い取ってあげるから」
　商魂たくましい人だ。
「使用済みの下着買って、想像でヌイてる男なんて、絶対、ろくなもんじゃないよね」
　肩をすくめた乃愛に対し、
「どっかの巨乳に貢いで絞り取られるよりはマシじゃない？」
　と、突っ込むあたし。
　時間にしてものの５分ほどで佐藤ちゃんと別れた時、梢は「これであの靴が買える！」と、うれしそうな顔で笑っていた。
　こんな風にして得た金も、しょせんは流行りのものに消えていく。つねに新しいものを、人よりいいものを、なんて消耗していけば、キリがない。
　これからどうしようかという話になった時、携帯で時間を確認した乃愛が言った。
「あたしそろそろ時間だから帰るね」
「今日はどの男？」
　なのに、そう聞いたあたしに、「内緒だよー」と返し、本当にそのまま帰ってしまった。
　三股は忙しくて大変なのだろうけど、でもよくやるもんだと思ってしまう。
　帰っていく乃愛の背中を見送りながら、梢とふたり、顔

を見合わせた。
「リサは？　これからどうする？」
「わかんないし、なんでもいいよ」
　互いにこのまま家に帰ろうとは思わない。
　とはいえ、こうも毎日、街にいたって、することがないのが実情だ。
　だから困りあぐねてしまった時、鳴ったのは梢の携帯だった。
「はーい。あぁ、うん」
　梢は、いつもよりワントーン高い声で、
「じゃあ、駅で待ってるね」
と、言って、電話を切った。
「ごめんね、リサ。あっくんに誘われちゃった」
　どうやら男からの呼び出しだったようだ。と、いっても、カレシとかそういう類ではないことは知っている。
　結局、梢とも別れ、あたしは駅でひとりになった。
　番号を知っているくせに、タカがあたしに連絡してくることはないし、あたしからも連絡しない。
　携帯には、どうでもいい男たちからの誘いが届いているけれど、でも返信する気分にはなれなかった。
　とぼとぼと、街へときびすを返す。
　淀んだ空気と、ノイズだらけの場所。右を見ても左を見ても、胡散くさい連中ばかりで嫌になる。
　歩き疲れ、自動販売機に寄りかかって携帯を取り出した時、

「何やってんのぉ？」
　と、さっそくナンパ男に声をかけられた。
　男はラッパーみたいな歩き方で近寄ってきて、まるでそれが当然のように、あたしの肩に腕をまわす。
　左の手の甲には、クモのタトゥーが描かれていた。
　たんに馴れ馴れしいだけなのか、それともあたしを逃がさないようにしているのか。
「なぁ、ひとりなんだろ？」
　男は唇の端をあげた。
　今日はこいつでいいや。
　暇を持て余した時はいつも、そうやって顔すら見ずに決めてしまう。
「お腹空いたなぁ、とか思って歩いてたんだけどぉ」
　少し困った風な目で言ってやると、
「じゃあ、どっか食いに行こうよ！」
　と、男は乗ってくる。
　遊び慣れた男は楽。
　口説きますオーラを出しながら、勝手に話を進めてくれるので、こちらは適当に相槌を打っておくだけでいい。
　流されてしまうことほど簡単なことはないから。

　奢ってもらって食事を終え、カラオケ屋で酒が入ったあたしたちのテンションは高かった。
　いや、酔いたかっただけかもしれないけれど。
　男はこれ見よがしに絡んでくる。

密着した場所から、酒とタバコとシトラス系の香水が混じったにおいが鼻をついた。
　気分が悪いなんてもんじゃない。
「かわいいね」
　ここにきてから、まだ1曲も入れていないのに。なのに、そんな言葉を耳元で囁きながら、男はあたしにキスをした。
「俺さ、店員とツレなんだよね」
　聞いてもいないのに。
「ここ、誰もこないし見えないから」
　男は、このカラオケ屋の構造を熟知しているのだろう。
　たしかに他より小窓が小さくて、一番奥にあるこの部屋は、外から見えにくい。
「俺、マジでリサちゃんといるとヤバいわ」
　酒の入った思考に、男の声がダイレクトに響いた。
　また唇が触れ、制服の隙間を縫うように触手が侵入してくる。
　今日、初めて会った男に体を貪られながら、与えられる快楽に身を委ねるように、目を閉じた。
　自分で自分が嫌になるくらいにお手軽で、貞操観念の欠片もないあたし。
　その場しのぎの高揚感で、いったい何が埋まるのかはわからないけれど。
　不意にタカの顔を思い出して、でもすぐにそれは、男の味に消されてしまう。
　あたしは何がしたいのだろう。

情事を終えて乱れた服を直し、タバコをくわえた。
　気だるさの中で、取り留めのない思考のままに煙がたゆたう様を見つめていると、
「そろそろ時間だし、帰る？」
　と、男は言う。
　終わってみればこんなものだ。
　何も言わずに頷いて見せると、男はすっかり何事もなかったかのような顔。
　せまい密室にはセックス後の独特のにおいが満ちていて、ここにいるだけで頭がおかしくなってしまいそうだった。
　パンツを売って、知らない男と行為に及ぶ、腐った果実のような自分に嫌悪する。

## エンペラー

　タカの部屋に入ってすぐ、ドアを閉めたと同時に唇を奪われた。言葉を交わす間もなく、性急に求められる。
「リサ」
　こういう時だけ名前を呼ばないでほしい。
　なんの用があって呼び出されたのかと思えば、セックスをするためだったというのは笑えるけれど。
　ドンッ、と壁に伏す格好で貼りつけられ、そのままうしろから犯された。
　痛みに貫かれながら、玄関先で声を押し殺すことしかできない。
「リサ」
　タカは吐き出すように声を絞る。
　その苦しげな吐息が耳に触れて、途切れてしまいそうだった意識がまた引き戻された。
　どうしてそんなにも、辛そうな声を出すのだろう。
　背中で受け止めるにはあまりにも悲しい重みに、堪えきれなくなって膝から崩れる。
「ねぇ、なんかあった？」
　けれど、タカはあたしの問いには答えない。
　代わりに「うるせぇな」と、吐き捨てられた。
「お前は黙って俺にヤラれてりゃいいんだよ！」
　フローリングにうずくまるあたしを、タカはさらに強く

押さえつける。
　まるでイラ立ちをぶつけるかのような行為の間中、タカはあたしの顔を見なかった。

　ほとんど無理やりな行為を終えてすぐ、鳴ったのはタカの携帯。
　ディスプレイを確認したタカは、舌打ち交じりに通話ボタンをタップした。
「あぁ、わかってるよ。そのうち時間取ってやるから。もういいだろ。切るぞ」
　漏れ聞こえてくる女の声にむなしくなって、あたしは軋む体を無理に起こした。
「帰るよ。もう用も済んだでしょ」
「おい、リサ」
　腕を掴んで制され、顔だけを向けると、タカはバツが悪そうに言う。
「帰るなよ。悪かったって。ちょっといろいろあってイラついてたのはほんとだけど、別にヤルだけのためにお前のこと呼んだわけじゃねぇし」
　どうしてあたしなんかに、いちいち言い訳するのだろう。
　沈黙が重い。
　最初に会った時とは、まるで別人みたいなタカ。
　今は少しだけ、泣きそうな顔をしているようにも見えて、その手を振り払えない。
　タカはきっと、あたしと同じ、孤独な人。

だからあたしたちは、愛だの恋だのと言う前に、互いを求めてしまうのだろう。
「つーか、明日、休みだろ？　泊まってけよ」
　あまりに必死な様子に、思わずあたしは笑ってしまった。
　するとタカは、今度は不機嫌な顔になる。
「っとに、お前といると、調子狂うわ」
　ぽつりと漏らされた台詞は、聞き流してやった。
　タカがくわえたタバコの煙は、行き場を探すように漂って消えた。

　結局、あたしは帰らなかった。
　シャワーを浴びて戻った時、タカは険しい顔で誰かと電話していた。
「わかりました。それは俺が処理します。大丈夫です」
　話の内容を探ろうとは思わない。
　たしかに、気にならないと言えば嘘になるけれど、でも知りたくはないというのが本音だ。
　テーブルの上には、バタフライナイフが無造作に置かれたまま。
　あの日、あたしに突きつけていた鈍色の輝きが、そこで静かに存在を主張していた。
「運搬の車、お願いします。はい。いつもの場所で」
　抑揚のない、タカの声。また、あの冷たい目をしてる。
　何かを確認するような電話を切ったタカは、疲弊した顔でため息を吐いたが、そこにいたあたしに気づくと、少し

困ったように肩をすくめてみせた。
「ビール、飲むだろ？」
　あたしが答えないうちに、タカは冷蔵庫から取り出した２本の缶のうちの１本を手渡してくる。
　仕方なく受け取りながら、あたしはその目を見あげた。
「別に詮索したりしないよ？」
　言ってやると、タカは一瞬、ひどく驚いた顔をする。
　そして少しの沈黙のあと、視線を下げて言った。
「俺、たぶん、お前が思うよりずっとヤバいことやってるよ」
「うん」
「明日になったら死んでるかもしれない」
「うん」
「金のためならなんだってするし、それに」
　そこまで聞き、たまらず「もういいよ」と、さえぎった。
　タカの声は、わずかに震えているような気がしたから。
「もういいから」
　その目を見据え、もう一度、強く言った。
　どうかしてるんだ、あたしもタカも。
　体だけの関係を望みながらも、他の何かを求めようとしてしまうなんて。
「よくわかんないけどさ、飲みたいなら付き合ってあげるから」
　わざとのようにあたしが明るい声を出すと、タカは少し気が抜けたように、ふっと表情をゆるませた。
　たとえばこの部屋のように、静かで、決して広くない世

界でなら、あたしたちはもう少し楽に生きられるのかもしれないのにね。

　それからふたりで、乾杯し直した。
　ビールを飲みながら、タカは気まぐれにあたしにじゃれてくる。
　熱を失ったその指先が、あてもなくあたしの体を這い滑っていた。
「そういやお前、高校生だっけ」
「うん」
「じゃあ、俺って今、未成年者略取ってやつ？」
　何を今さら。
　そう言いかけた言葉は、耳朶を甘噛みされた疼きによってさえぎられる。
　無理に流し込んだ酒は体中をめぐりながら、あたし自身を蝕んでいく。
「どうしようもねぇ女だな」
　タカの嘲笑の交じる笑い声。
　それとは正反対に、あたしの髪を梳く指先が優しくて、小さな戸惑いの中に身を預けた。
「ねぇ、タカ」
「ん？」
「あたし、あんたに殺されたかったの」
　むなしさが募って、やるせなさに覆い尽くされそうで、だからタバコの火種のように、なじるように消してくれれ

ばよかったのに。
　なのに、タカは何も言ってはくれなかった。
　静かすぎる長い夜だった。


　起きた時には昼だった。
　さすがにお腹が空いたけど、でも頭が痛くてそれどころではなかった。
　完璧に二日酔いのあたしとは対照的に、タカは平気な顔をしている。
「あんたさぁ、あれだけ飲んで次の日もへっちゃらとか、どんだけ強いのよ」
　こめかみを押さえながら悪態をつくあたしを鼻で笑ったタカは、
「お前が考えて飲まねぇから悪いんだろ」
　なんて言いながらも、ミネラルウォーターを差し出してくれるところには優しさを感じてしまう。
　リビングでうだうだと過ごしていた時、玄関からチャイムの音が鳴り響いた。
　タカは舌打ち交じりにそちらに向かい、ドアを開ける。
「よう、久しぶりだな」
　顔を覗かせたのは、スーツの男だった。
　その人は、目を丸くしているタカを無視し、つかつかと部屋へと入ってくる。
　そしてあたしを見つけ、
「あれ？」

と、小首を傾げた。
　見た感じだと、30代半ばくらいで、怪しい商売でもしている風の男。
　あたしはタバコをくわえたまま、曖昧な笑顔を浮かべるしかない。
「初めてじゃねぇか、タカが部屋で女といるなんて」
　タカは心底面倒くさそうな顔をしたが、男はそれさえ笑い飛ばす。
「名前、なにちゃん？　まだ若いんだろ？　いくつ？　あ、タカとは長いの？」
　質問攻めだ。
　なんなんだ、この男は、と驚きながらも、あたしはまずどれから答えればいいかと考えあぐねた。
　が、こちらに近づいてくる男の肩を掴んで制したタカは、
「道明くん、ちょっと落ち着けよ」
　と、言った。
『道明』と呼ばれた彼は、黒い短髪と、おしゃれにそろえられたあごヒゲに、軟派な性格が滲み出ている顔だが、どこかタカと似て見える。
「別にリサは、道明くんが思ってるような関係じゃねぇよ」
　なのに、道明さんは、そんなの聞いちゃいない。
「ふうん。『リサちゃん』ね」
　あたしを上から下まで舐めるように見て、
「まぁ、タカは悪いやつだけど、いいとこもあるよ」
　と、フォローにもならないようなことを言って、ひとり

でうんうんと頷いていた。
　呆れた様子のタカと、きょとん顔のあたし。
「なんかわかんないけど、あたし邪魔みたいだから帰るね」
「いや、いいから」
　制したのは、道明さん。
「俺は預かってるもの渡しにきただけだから、リサちゃんは帰んなくていいよ」
　そう言った道明さんは、スーツの内ポケットから取り出した封筒を、タカの手に渡した。
「これ、この前の分な」
　現金の束だというのは、見ればわかる。
　受け取ったタカは中身を一瞥(いちべつ)し、封筒ごとチェストの上に放り投げた。
　スーツだからってサラリーマンには見えなかったが、道明さんもまた、ヤバい人なのだろうと思った。
「しっかし、タカが羨ましいなぁ」
　またあたしを見た道明さんは、
「なぁ、お前らどんなセックスすんの？」
　と、にやにやしながら聞いてくる。
　ふざけた男だ。
　だからご機嫌斜めになるタカを横目に、笑ってしまった。
　空気が和んだところで、道明さんは、「用が済んだから帰るよ」と言った。
「じゃあ、リサちゃん、また会おうな。タカに飽きたら俺の部屋空けといてやるから、いつでもおいで」

冗談とも本気ともつかないような笑顔と、口説き文句。
　あたしはまた笑い、タカの機嫌は悪くなる一方だった。
　道明さんは笑いながらこちらに手をひらひらとさせ、さっさと部屋を出てしまう。
　それを見送ってから、やっとタカは脱力するように大きなため息をついた。
「あれ、堀内組の久保道明」
　堀内組は、このあたりにいくつかある組の中でも、ダントツに力があることで有名だ。
　どうやら道明さんは、ヤクザだったらしい。
「道明くんは冬柴さんにかわいがられてて、俺もいろいろ世話になってるから」
　別に聞いてもいないのに。
　なのに、タカはそれをあたしに言って、どうしたいのだろう。
「俺はきっと、道明くんに殺されて死ぬと思う」
「⋯⋯」
「まぁ、どうせくだらねぇことやってヘタ打った時だろうから、あの人を恨んだりはしねぇけどさ」
　それなら本望だ、とでも言いたいのだろうか。
　道明さんはヤバい人だけど、でも悪い人のようには思えなかったのに。
「なんか、嫌な話だね」
　目が合い、どちらからともなく笑う、あたしたち。
　タカの、切れ長の目元にできる、笑いジワが好きだった。

無駄な肉が削ぎ落とされたような傷だらけの体とか、シルバーのバングルをはめた腕とか、とにかく綺麗だと思う。
「そんなに俺のこと眺めてて、穴が開いたらどうすんの」
　タバコを歯でくわえ、タカはスカした顔で聞いてくる。
「穴が開いて死んじゃったら、骨くらい拾ってあげるから安心してよ」
　あたしの言葉に、タカはまた笑う。
「俺が死んだら、無様だなって笑い飛ばしてくれりゃいいから」
「そんな寂しいこと言わないでよ」
「まぁ、簡単には死んでやらねぇけどさ」
　死にたがりなあたしと、殺されるかもしれないタカ。
　なんだか滑稽な関係だった。
「なぁ、どっか行くか」
　いきなり、思いついたように言われて驚く。
「どっかって、どこ？」
「わかんねぇけど、地獄《じごく》とか？」
　今度は声を立てて笑ってしまった。
　天国になんて行けないあたしたちだけど、ふたりで地獄まで旅をするなら、悪くないんじゃないかと思う。
「それってどんなとこかな」
「閻魔大王《えんまだいおう》に折檻《せっかん》されるんだって。もう二度と悪いことなんかしたくねぇ、って思うくらいひどいらしいぜ」
「何それ、サディスト？」
　くだらない会話で笑う。

こんなに笑ったのなんて、いつ以来か。
 タカが本当はどんな人だろうといい。あたしはタカといる時だけは、本当の自分でいられる気がするのだ。
「まぁ、でも、その前に、腹減ったから飯でも行くか」
 そう言ったタカは、出かけるために、ごく当然のように、タバコと携帯と財布、そしてナイフをポケットに入れる。
 普通に出歩くだけなのに、そんな危ないものを常備しないでほしいと、心底思うけど。
 あたしの視線に気づいたタカは、「ただの護身用だよ」とだけ言った。

 そのままふたりで適当に過ごし、家に帰る前になって、タカは「寄るとこがある」と言った。
 そして向かった場所は、海の近くの工場地帯。
 このあたりはヤバいことで有名で、夜は地元の人間だって誰も近づかないようなところだ。
 タカが車を進めると、入ってすぐの場所には数十台の車やバイク、そして大人数の危ない男たちの姿があった。
 緊張が走る。
「ちょっと待ってろ。つか、絶対、車から降りるなよ」
 タカはそう言い、ひとり車を降りた。
 面倒なことになったなと、小さく舌打ちをし、あたしは顔をうつむかせる。
 タバコを吸うために３分の１ほど窓を開けていたため、外の会話が聞こえた。

「ちゃっす、雷帝さん!」
「お久しぶりっすね!」

　口々に言いながら、男たちはタカを『雷帝』と呼び、頭を下げていた。

　聞き覚えがないわけではないけれど、でも、まさかと思いたい。

　タカはこいつらをまとめているのだろうか。

「雷帝さん、まーたちがう子連れてるんすね」
「羨ましいっすよ」

　そんな言葉を軽くあしらったタカは、

「警察がいろいろと嗅ぎまわってるみたいだから、お前ら気いつけろよ」

　と、言う。

　エンジン音とウーハーの重低音、そして排気ガスと人の熱が、この車の中にまで伝わってきて、嫌になる。

　タカはさらに男たちを統率した。

「あと、県外プレート狩りが流行ってるし、今はあんま地元離れるな」

　「うぃっす」と返事をする男たち。

　タカはそのうちのひとりに数万円を渡すと「じゃあな」の言葉ひとつで車に戻ってきた。

　その場から離れる車内で、あたしは思わずため息をついてしまう。

「悪いな。もう終わったから」

　タカのそんな言葉も意味をなさない。

先ほどの集団がなんなのかくらい、すぐにわかってしまったから。
「さっきの、チーム・エンペラーでしょ？」
　聞いた瞬間、タカはひどく驚いた顔でこちらを向いた。
「見ればわかるし、地元の人間なら誰でも知ってるよ」
　軽く言ったつもりだったのに、タカはありえないとでも言いたげな顔で車を停車させる。
「なんでお前がその名前を知ってんだよ。あいつらにはなんの統一性もないし、ただ集まってるだけの烏合の衆だ」
「……」
「それだけを見て、なんでエンペラーだってわかったんだ？」
　たたみかけるように言って、タカは詰め寄ってくる。
　たしかにエンペラーは、暴走族のようにチーム名を振りかざしてるわけでも、特攻服を着ているわけでもない。
　だから余計なことを言って墓穴を掘ってしまったことに今さら気づき、あたしは焦った。
「答えろよ、リサ」
「……別に、それくらいっ……」
　言いかけた瞬間、ガッ、とハンドルを殴られ、思わずあたしは身をすくめてしまう。
「お前、エンペラーとなんか関係があんのか!?」
「……」
「答えろっつってんだろ！」
　恐ろしいほどの剣幕で、タカは声を荒らげた。

誤魔化すことはできないと悟り、あたしは諦めるように息を吐く。
「あたしはエンペラーとは関係ない。ただ、あの中に、世界で一番、大嫌いなやつがいるだけ」
　あたしの言葉に、タカはまだ納得していないような顔だったが、
「あいつらには関わるな」
　と、強く言われた。
　タカはあたしを見ようとはしない。
　そして長い沈黙のあと、
「エンペラーは、俺が立ちあげた組織だ」
　と、言った。
「最初は族みたいなもんだったけどな。俺は引退してから『雷帝』とか呼ばれて、あいつらと堀内組を繋いでるんだ」
　エンペラーが相当ヤバいのは知ってたけれど、でもまさかヤクザとまで関わってるなんて、思いもしなかった。
　そして、それの橋渡しをしているのが、タカ。
　タカがあいつのいる組織と繋がっていただなんて、嫌になるくらいに世間はせまい。
「ねぇ、タカ」
　言いかけた言葉は、しかしタカの携帯の着信音によってさえぎられた。
　苦虫を噛み潰すあたしを見ることもなく、タカは取り出したそれの通話ボタンを押す。
「はい、はい、大丈夫です。じゃあ、明日にでも受け取り

に行きます。俺がやりますから」
　『金のためならなんだってする』と言っていた言葉を思い出す。
　いつものように短く電話を切ったタカは、ため息交じりに顔をうつむかせた。
「悪い。仕事入った」
「いいよ。あたし、歩いて帰るし」
　幸い、駅はここからすぐの場所にあるのは知っているし、終電には辛うじて間に合う。
　今、これ以上、タカと一緒にいて、また余計なことを口走らない自信もなく、あたしは言い捨てるように車を降りた。
「リサ！」
　呼び止めるタカを無視し、ドアを閉めて車に背を向ける。
　過去の忌まわしい記憶が、頭の中に浮かんでは消える。
おかげで、夜風がたまらなく冷たく感じた。


「リサ。最近、元気なくない？」
　乃愛は言いながらも、さして心配する素振りは見せず、のん気にグロスを塗っていた。
　あれからまた、タカは連絡してこなくなった。
　まさか、あたしの知らない間に死んでたり？
　でも、だからって、あの日、自分から車を降りた手前、あたしからも電話しづらかった。
「ねぇ。何があったか知らないけど、テンションあげたい

なら誰か呼ぼうか?」
　梢はあたしの顔を覗き込みながらも、自分が遊びたいだけなんじゃないかと思う。
　余計な世話なら焼かないでほしい。
「別にあたし今、そういう気分じゃないし」
「でも、大悟くんがまたリサと会いたいってさ」
　……『大悟』?
　言われて思考をめぐらせ、「あぁ」と思い出した。
　いつぞや一発ヤッた男になんて、もう興味の欠片もない。
　と、いうか、あたしの頭の中は今、タカのことばかりだ。
「てか、もしかして春樹くんのことで?」
　乃愛の言葉に、一瞬、体が跳ねた。
「……不吉な名前出さないでよ」
　けれど、途端にあいつに与えられた痛みの数々を思い出してしまった。
　世界で一番、大嫌いな男。
　苦々しくも、春樹は今もエンペラーにいることだろう。

　5月も半ばを過ぎた頃、タカのことを考えるのを放棄したあたしの脳は、画用紙を黒く塗り潰したような色に戻ってしまった。
　これでよかったのかもしれないけれど。
　脅されて、殺されそうになったのに、そんな男に救いを求めること自体、まちがっていたのかもしれない。
　ただ少しだけ、憂鬱さが重たいだけ。

【暇ならこれから会わない？】
【リサのこと紹介してだって】
【昨日、待ってたのに、どうしたの？】

　途切れることなく入ってくるメッセージも、中身のない関係も、消費してしまえばすべては終わりだ。

　辟易すると言いながら、でも一方ではいまだに出会い系に縋り、あたしの毎日は繰り返される。

　右でも左でも、底辺からの眺めはそれほど変わりない。

「リサ。今日、暇でしょ？」

　梢はマスカラを重ねながら、鏡越しにあたしを見た。

「あたしこのあと、あっくんと会うんだけど、リサも一緒においでよ。大悟くんもくるって言ってたしさ」

　またその話か。

　梢はあれ以来、しきりにあたしに、顔も思い出せない男と会えと言ってくる。

　面倒なのでいつも適当な理由をつけて断ってはいるけれど、でもいい加減にしてほしいものだ。

「悪いけど、あたし、今日は春樹と会わなきゃならない日だから」


　久しぶりに、日が暮れるより前に家に帰ったけれど、ここにいたってちっとも落ち着かない。

　濁った街の空気の方がまだマシだ。

　西日が射すリビングのテーブルに、現金の入った封筒を放り投げ、あたしはため息交じりにタバコをくわえた。

ふと、目に留まったのは、留守電のランプが点滅した、チェストの上の電話機。
「もしもし？　お母さんだけど。夏には一度、そっちに帰るから、たまには連絡」
　そこまで聞き、消去のボタンを押す。
　ピー、と、むなしくも無機質な電子音だけが部屋に響いた。
「バッカみたい」
　短くなったタバコを灰皿になじっていた時、玄関の方からガチャリとドアの開く音が聞こえた。
　春樹だった。
「珍しく時間通りね」
　嫌味のこもったあたしの言葉にも、春樹は眉ひとつ動かさない。
　金髪に近い茶色い頭と、会うたびに増えている耳のピアス。そして敵意剥き出しな瞳。
　世界で一番大嫌いな、あたしの、弟だ。
「金は？」
　春樹の開口一番はそれだった。
　テーブルの上の封筒に一瞥くれてやると、春樹はそれを手にし、口元をあげる。
「きっちり折半してんだろ？」
「当たり前じゃない」
　春樹はそれでもまだ疑うように、封筒の中身を確認する。
「お母さん、夏に帰ってくるんだって」
「じゃあ、飛行機が墜落すること願わねぇとな」

鼻で笑って吐き捨てるように話す春樹とあたしが、互いに目を合わせることはない。
「親父は？」
「そんなのあたしが知るわけないじゃない」
　春樹のくわえたタバコの煙が、部屋を侵食していく。
「まぁ、どうせあいつは、こっちには帰ってこねぇだろうけど」
　あんたも帰ってこなくていいよ。
　なんて、内心で思いながら、札を数える春樹を見た。
「他に問題は？」
「ねぇよ」
「じゃあ、また来月、ってことで」
　月に一度の義務的な顔合わせはすぐに終わり、春樹は現金を手にさっさとリビングを出る。
　あいつはこれでとうぶん、家に帰ってくることはないだろうからと、やっと息をついてあたしは、自室のドアに手をかけた。


　我が家に両親はいない。
　いや、日本にはいない、と言った方が正確か。
　父は製薬会社で働いていて、ニューヨークの研究室に呼ばれて以来、こっちには一度も帰ってきていない。
　そして結婚前に塾の英語講師をしていた母も、父の転勤についていった。
　あたしと春樹を残したまま。

そうやって5年前から始まった、姉弟ふたりの暮らし。
　と、いっても、実際にはふたり共、まともに家になんか帰っていないのだけれど。
　現金を数えながら、携帯代、定期代、とベッドの上に並べ分けていく。
　毎月、同じ日に振り込まれる生活費を、あたしたちは家賃や光熱費だけ残して折半し、あとは互いに自由に使っている。
　それ以上の干渉なんてしないし、春樹がどこでどうしてようと、あたしにはなんの関係もない。
　だからあいつがエンペラーの一員として犯罪に手を染めていようとも、捕まって迷惑をかけないでほしいと思う程度だ。
　いや、捕まってくれる方がずっと世の中のためになるのかもしれないけれど。
　あたしと春樹は、互いを嫌い、憎しみ合っていた。
　そして両親もまた、そんなあたしたちを疎ましく思っていることだろう。
　何もかもが春樹のせい。
「……死ねばいいのに、あんなやつ」
　あいつのせいで、あたしの人生もまた、狂ってしまったのだから。
　日本から逃げるようにニューヨークに行ってしまった両親が、本当は春樹を恐れているだけだってことくらい、気づいている。

5年間、毎月、子供の小づかいにしては多すぎる額だけを押しつけて、あとは知らぬ存ぜぬを貫き通されているのだから。
　なんて、考え出すとむなしくなる一方だけど。
　とにかくあたしたちは、5年前からそうやって暮らしているのだ。

　振り分けた現金を財布にしまい、あたしは携帯を取り出した。
【会いたいんだけど、暇してる？】
　受信ボックスの一番上に入っていた、顔も定かではない男からのメッセージを選び、【あたしも会いたい】とだけ返す。
　毎月、同じ日に襲ってくる虚脱感は耐えがたく、とにかく何かで誤魔化したかった。
【すぐに行くから】
　誰でもいいし、みんな同じ。
　泣き方を忘れてしまった自分の中に溜まった膿を、早く外に出してしまいたくて、気づけばいつも携帯を握りしめている。
　お手軽に繋がるだけの関係でいい。
　その場しのぎに相手をしてくれるだけでいいから、だから頼むから、ここじゃないどこかに居場所をちょうだいよ。
　そうじゃなきゃ、春樹に殺されてしまうから。

# 第2章
# 傷

\*\*

俺はさ
愛し方なんてわかんなかったから

だからいつも距離を取ってた

壊してしまいたくて
壊れてほしくなくて
迷って、もがいて、傷ついて

あの日から
死ぬのが少しだけ怖くなったんだ

なぁ、バカだって笑えよ

\*\*

## 灰色の瞳と

「今すぐうちにこいよ」
　それは、5月も終わりかけたある日のこと、本当に久しぶりに電話をしてきたタカが放った、たったひと言だった。
　っていうか、生きていたのか。
　心配してやった身にもなってほしいものだけど、でもそれは余計なお世話なのかもしれない。
　こんな夜も遅い時間に、こっちの予定を聞くこともなくて、傲慢だとか自己中だとか無遠慮だとか、罵倒すべき言葉を選べばキリがないけれど。
「まぁ、暇だしね」
　なんて、理由はすぐに見つけ出した。
　タカに会いたかったのかどうなのかは、よくわからない。
　でも、電話を受けた瞬間、たしかに胸を高鳴らせた自分がいた。
　こんなことでタクシーを呼びつけるあたしもどうかと思うけど。
　個人タクシーの運転手の千田さんとは、何度か偶然、乗ったことが縁で仲よくなり、今では直接電話して呼べばきてくれるようになった。
「雨が降りそうですね」
　千田さんが呟く。
　言われて視線を移した窓の外には、星は見られず、本物

の漆黒が広がっていた。
「そういえば、昔、雨が降るのは神様が泣いてるからだって、母親に教えられましたよ」
　ルームミラー越しに目が合い、思わず笑ってしまった。
「それはありえないよ。だって神様はいつも、滑稽な人間を空の上から見おろして、嘲笑ってるんだから」
　あたしの言葉に、千田さんは困ったような顔をした。
　どうして人は、目に見えない存在を美化し、崇拝したがるのだろう。

　タクシーを降りて、アパートの階段を上り、ひと呼吸置いてチャイムを押した。
　少し待つと、ガチャリとドアが開く。
「入れよ」
　顔を覗かせたタカは、なんだかご機嫌斜めなご様子だ。
　またいきなり何かされるのではと、おそるおそる中に入ったが、でもタカはそんなあたしを見ることなく、床にいる物体を前に、ひとつため息をついた。
「……子猫？」
　真っ黒の、しかもまだ小さな子猫。
「すぐそこに捨てられてたんだ。雨降りそうだったから、そのまま放置するわけにもいかないと思って連れ帰ってきたけど、猫のことなんか全然わかんねぇし」
　ようは困っているらしい。
　まだ片手で掬いあげられるほどのサイズのそれは、こち

らを警戒しながら震えていた。
　たまらず胸にかかえると、小さすぎるぬくもりに、悲しくさせられる。
「ねぇ、飼うの？」
「……」
「飼う気ないなら、その場しのぎでどうにかしてやろうなんて思わない方がいいよ」
　あたしの言葉に、タカは顔をうつむかせて、押し黙る。
　平気で人にナイフを向ける男らしからぬ様子だが、その瞳は迷いを帯びていた。
「まぁ、あとで里親も探せるけどさ」
　タカはひどく寂しそうな目をしてあたしを見た。
　子猫のか細い鳴き声が、それにシンクロナイズする。
「この子が死ぬの、嫌？」
　タカは何も言わなかったが、答えは明白だった。
　ため息をついてから、あたしは、そのへんにあったメモ用紙に、必要なものを書き出した。
「とりあえず、今すぐ買い物行ってきて」
　タカはその紙切れを手にし、「悪いな」とだけ。
　タカが出ていき、静かになった部屋には、雨音が聞こえ始めた。
　あたしは、いっそう、子猫のぬくもりをたしかめる。
　人の都合に振りまわされて生きるだなんて、まるであたしみたいな子。

それから10分ほど経った時、タカが戻ってきた。
　手渡された買い物袋には、あたしの指示通りのものが詰まっている。
「猫、抱いてて」
　子猫を押しつけてから、まずは、キャットフードの包みを開け、中身を粉々になるまで砕いた。
　そしてそれを、皿に移した牛乳に混ぜる。
「これで少しは栄養も取れるでしょ」
　床に置くと、子猫は戸惑いながらもそれに舌をつけてくれた。
　これならひとまず安心だ。
「こいつ、もう震えてねぇんだな」
「お湯で濡らしたティッシュで肛門（こうもん）を拭（ふ）くとね、母猫に舐めてもらうのと同じで安心するらしいの」
　猫の愛情表現の方法。
　だからあたしも、タカが買い物に出ている間に、それを実践（じっせん）したのだ。
　そのおかげなのか、子猫も少しは警戒心がゆるんだらしく、皿に注いだ牛乳を、一心不乱に舐めていた。
「助かったよ、お前が詳しくて」
　タカは言った。
「なぁ、お前がこいつ飼ってやれない？」
「無理言わないでよ。うちのマンションはそういうの厳しいから」
　何より春樹がいる以上、殺されかねない。

タカはため息交じりにソファに腰をおろし、何かを考えるようにタバコをくわえた。
「じゃあ、ここで飼うか」
「は？」
　さすがに驚く。
　里親くらい、探せば見つかるだろうに、自分で飼うだなんてどうしたのか。
　それよりこのアパートってペット飼ってもいいのかな？
「俺、あんま帰ってこれないかもだし」
　そう言って、タカはキーケースから鍵を外し、それをあたしに差し出した。
「勝手にうちきていいから、こいつに餌やっといて」
「……え？」
　聞きまちがいではないのかと思った。
　と、いうか、本当に何を考えているのかわからない。
「鍵なんか渡されたって困るし。自分で面倒見られないなら、無責任に飼うべきじゃないよ」
「けど、放っとけねぇし」
　タカは引かない。
「たらいまわしにされる辛さは、俺にもわかるから。だからそんなんならここで飼えばいいし、お前に面倒見ててほしいんだよ」
　悲しいまでに響く雨音が、静かに帳を染めていた。
　戸惑いばかりが増していく。
「……なんで、あたしなの？」

タカを見あげる。
　　聞くべきじゃなかったのかもしれないけれど。
「この１ヵ月近く、ずっとお前のことが頭から離れなかったんだ」
　　告白なのだろうか。
　　タカは寂しそうな、泣きそうな顔。
「マジでお前に会いたかった」
　　どうしてそこまで勝手なことが言えるのだろう。
　　なのになぜだか涙が出そうになって、それをぐっと堪えるように唇を噛みしめた。
「いい加減にしてよ！」
　　声を荒らげた瞬間、腕を取られた。
「だったらお前は、なんでまたここにきたんだよ！」
　　そうだ、タカの言う通りだ。
　　そう思ったら、抵抗することもできなくて、タカはそんなあたしの頬にそっと触れた。
「こっち向け」
　　それでも顔を背けていると、今度は唇が奪われた。
　　泣きたくなって、でも泣けなくて、抱きしめられた時、図らずもただ、安堵してしまった自分がいた。
　　寂しくて、どうしようもなくて、だから本当は、こうやってタカのぬくもりに触れていたかったんだ。
　　タカがくれる重みも体温も、全部、忘れることができないくらいに、あたしに刻み込んでほしいと願う。
　　子猫は灰色の瞳でこちらの様子をうかがっていた。

好きとか愛してるとかはいらないから、お願い。
「もう少しでいいから、こうしてて」

　どれくらい、そのままでいただろう。子猫がふにゃふにゃとした鳴き声をあげ、足にすり寄ってきた。
　タカが体を離したので、あたしはそれを抱きあげる。
「この子の名前、どうするの？」
「お前が考えていいよ」
　子猫は灰色の瞳であたしをじっと見つめている。
「シロ」
　気づけばあたしはそう呟いていた。
「……黒猫なのに、『シロ』？」
　人間の身勝手で犠牲になって捨てられた、まだ小さな命。
　それでもどうか、あたしのように醜く汚れないでほしい。
　誰かを恨んだり、憎んだりして生きるんじゃなく、せめてこの子だけは、真っ白い心のままでいてほしいから。
「シロって名前じゃないと嫌」
　タカはそんなあたしを見て、困ったように笑った。
　孤独を寄せ集めたようなあたしたちの世界に響き渡る雨音が、今は少しだけ心地よくも感じてしまう。
「いちおう、明日、病院に連れていって、病気してないかとか診てもらわなきゃ」
　シロに対して同情めいた感情が生まれてしまうのは、どうしても、自分自身と重ねてしまうからだろう。
　だからこそ、この子にだけは、あたしの精一杯を与えて

あげたかった。
　それを人は、愛と呼ぶのだろうか。

　シロはあたしたちにすっかり慣れたらしく、ソファの上で丸くなって目を閉じた。
　綺麗な艶のある黒い毛並みをなでると、喉が鳴る。
　こんなにも小さな命に癒されるなんてね。
「ソファ、取られちゃったね」
　あたしが笑うと、タカも笑う。
　笑ったら、また抱き寄せられて、じゃれるようにキスをされた。
「ちょっと、くすぐったいよ」
「お前の方が猫みたいだな」
　きっと、この人に飼い慣らされてしまえば楽なのだろう。
　迷子にならないように、どこへも行けないように、首輪をつけて、鎖で繋いでほしいと思った。
　いらなくなったらゴミを捨てるように殺してくれればいいから、だからそれまではタカの思うままに扱ってほしい。
　何も考えることなく、この人に完全に所有されてしまえば、もうあんな家には帰らずに済むから。
「ねぇ。今日、泊まってもいい？」
「つか、いつでも泊まりにくればいいし」
「何それ。あたしがここに住んじゃったらどうするの？」
　すると、タカは口元だけをゆるめ、鍵を握らせてくれた。
　左手に収められた銀色のそれを見つめながら、淡い感傷

に胸の奥をくすぐられる。
　タカの考えていることは、やっぱりよくわからない。
　雨音が寂しげに響く夜だった。


　それ以来、あたしはシロの世話をするために、頻繁(ひんぱん)にタカの部屋に通うようになった。
　だいたい、行く前に連絡を入れておくと、少し経ってから返信が入っていたりする。
　タカは帰ってきたりこなかったりだ。
　たまに、知らない香水の残り香を引き連れていることもあるが、あたしは詮索しようとは思わない。
　帰ってくれば、タカはいつも、シロを抱きしめるあたしを抱く。だからそれ以上を求めるつもりはなかった。
　それで連泊したりしているうちに、同じくタカに会いにきた道明さんと会い、気づけばあたしまで仲よくなってしまっていた。
　ヤクザなんてろくでもないだけだと思っていたけれど、道明さんは妙に人懐っこくて困る。
『飯の世話までしてくれるなんて、羨ましいよ』
　とは、道明さんの台詞だ。
　タカが『なんか作って』と言ってきた時から、あたしはこの部屋で、料理までさせられるようになった。
　そこにも女の影はあるのだけれど。
　食器棚には最初から３人分の食器がそろえられていたし、蒸し器や卵焼き用のフライパンなんかは、男じゃちょっ

と買わないだろう。

　ましてや、塩と砂糖の区別もつかないような、タカなんかじゃ。

『誰かと暮らしてたの？』

　一度だけ、そう聞いたことがある。

　でも、タカはいつものように何も答えなかったので、あたしは今も、誰が買ったのかもわからない食器で、タカに手料理を振る舞っている。

　絶対に捨てようとしないそれには、何か思い入れでもあるのだろうか。


　6月に入って少し経った頃、学校帰りに乃愛と遊んでから、夜になったのでそれぞれに別れた。

　なので、久しぶりに家にでも帰ろうかと、ひとりで街を歩いていた時のこと。

　コンビニの近くまできたところで、

「リサちゃん？」

　と、呼ばれた声に足を止める。

　振り返ると、黒塗りの高級車から、道明さんが顔を覗かせていた。

「すげぇな。マジで高校生だったんだ？」

　失礼なことを言いながら、道明さんは、制服姿のあたしを、にやにやと見た。

「高校生に手ぇ出して、猫まで飼って。最近のタカには驚かされてばっかだよ」

「嫌味で言ってる？」
「いやいや、羨ましいってこと」
　道明さんはそう言って笑った。
「タカ、あれで結構マジみたいだから」
「ちょっと。やめてよ、そういうの」
　からかうような台詞を制したのに、
「なんでだよ。俺はいいと思うけどねぇ。恋愛なんて自由なんだし、死んだ人間にはできねぇことなんだから」
　と、道明さんは真面目に言った。
　いつもこの人は、あたしたちに、『仲よくしろよ』と繰り返す。
　応援されているのかどうなのか、まるでお兄ちゃんみたいな台詞。
「タカは本気でもねぇ女にまで相鍵渡すようなやつじゃねぇからさ。口には出さねぇけど、ちゃんとリサちゃんのこと考えてるよ」
　そんなことを言われても困る。しかし、あたしの顔色なんか気にしない道明さんは、ぐちぐちと言い始めた。
「つーか、あいつは女々しいんだよ。あの部屋だってさっさと引っ越せばいいのに、まだ昔のこと引きずってやがる」
　それは、あの食器を買いそろえた人のことだろうか。
「忘れないと前に進めねぇことだってあるのになぁ」
　タカの心には、何が引っかかっているのだろう。
　聞きたかったけど、でも聞いたっていいことなんかないだろうと、あたしは言葉をのみ込んだ。

好き勝手なことだけ言った道明さんは、時計を一瞥して、
「あっ」と声を出す。
「悪いな、リサちゃん。送ってやりてぇとこだが、さすがに制服の子はマズいから」
「何それ？」
「警察に職質されたら面倒なんでな。ヤクザだってバレたら、高校生連れてるって理由だけでパクられるんだ」
「ほんとに？」
「あぁ。あいつらは俺らなんかよりよっぽどタチが悪いんだよ」
　ヤクザのくせに、優しくていい人な道明さんは、「タカによろしくな」と言い、車で走り去った。
　あたしとタカは、付き合っているわけでもないのに。

## 過去の狭間

　タカがあたしを好きだってことくらい、わかってる。
　けど、でも、あたしたちは、恋愛なんかする気はない。
　どんなに望もうとも、あの人はあたしを縛ろうとなんてしないし、きっと互いに見たくないことには蓋をして、関係を構築しているだけ。
　それは恋人同士なんて呼べないから。
「リサ、最近マジで付き合い悪いよね」
　梢はお菓子を食べながら、あからさまに口を尖らせた。
「もしかして、男でもできた？」
「勘弁してよ」
　なのに、梢はまだ疑うような目を向けてくる。
　あたしたちの間には、上辺だけの薄っぺらい友情しかなく、暇な似た者同士がツルんでいるだけ。
　だから、いちいちうるさい梢には、ぶっちゃけイラ立ちも生まれていた。
「あんたの方こそ、最近どうなの？」
　聞いた瞬間、梢は少しだけ頬を赤らめて言った。
「あたし、あっくんのことマジになっちゃったかも」
「はぁ？」
「向こうも好きだって言ってくれてるし、あっくんといると楽しいんだよね」
　あたしが口を出すことでもないが、でもあんなチャラい

遊び人の、どこがいいのかはわからない。
　どうせいつものように、顔で選んだだけだろうけど。
「付き合ってんの？」
「付き合ってないけど、ほぼ毎日会ってるし」
　それって、たんに都合がいいだけの女じゃないの？
　と、言おうとしたが、ふとタカの顔が頭をよぎり、言葉はすんでのところで止めておいた。
　あたしは梢をバカにできる立場ではないから。
「まぁ、頑張りなよね」
　それだけの言葉を残し、席を立つ。
　用もなく購買まで行こうとして廊下を歩いていると、見知った顔と目が合った。
「直人じゃん」
　直人は梢の幼馴染みだ。
　バスケ部のエースで、後輩から人気らしいけど、バカなところがたまにキズ。
「リサも購買？」
「まぁね。梢がうるさいし、避難してきたの」
　あたしの言葉に、直人は「ははっ」と笑った。
　笑うとヘタレに見えてしまう直人は、少し損をしていると思う。
「梢は相変わらず？」
「うん。遊び歩いてるよ」
　直人が梢を好きなことくらい、見ていればわかる。
　けど、でも、それが梢まで届くことはない。

「心配なんかしないで、もう放っとけば？　梢の男遊びなんて、病気みたいなもんなんだから」
　どうして直人は、梢なんかがいいのだろう。
　幼馴染みとはいえ、ふたりの性格は正反対。
「梢、昔はあんなんじゃなかったんだけどね」
　直人は少し悲しげに天を仰いだ。
「中学入る頃くらいまでは、素直だったし、みんなに優しかったし、友達も多かった」
　「けど」と直人は、言葉を切る。
「けどさ、あいつの姉ちゃん、賢くて。スポーツも勉強もできる優等生で、いつのまにか比べられるようになって」
　だから耐えきれなくなり、次第に荒れ始めたのだと、直人は教えてくれた。
　梢の、それが家に帰りたがらない理由だった。
　心配している直人の気持ちがわからないわけではないけれど、でも梢がそれを疎ましがっていることも知っている。
　人の想いはいつだって一方通行にしかならない。
「直人さぁ、度が過ぎるお人好しは、迷惑にしかならないんだよ？」
「……」
「今は、あんたにはあんたの、やるべき大事なことがあるんじゃないの？」
　本当は、こんな風に言いたくはなかったが、直人はスポーツ推薦を蹴ってまで、梢と同じ、この学校に入学したのだ。
　しかし、それが報われることはない。

「もうやめときなよ」
　今、最後のインターハイ前の大事な時期に、他のことに心を痛めている場合じゃないと、あたしは思う。
　だってこれじゃあ、直人があまりに可哀想だ。
「あたしだってあんま言いたくないけどさぁ。直人はただ、幼馴染みだってことに縛られすぎてるだけじゃない？」
「……」
「梢には梢の、直人には直人の、似合いの相手がいると思う」
　あたしたちのように汚れた女は、直人みたいにまっすぐな男に愛される資格はない。
　だからどうしても、直人に対し、同情めいた感情が生まれてしまうのだ。
　口を出しすぎている自覚はあるが、でも直人はあたしに怒りもせず、いつものように笑顔を見せた。
「ありがとね、リサ。リサが俺のためを思って、優しさで言ってくれてるって、ちゃんとわかってるから」
　途端に罪悪感に支配される。
　どうしてそこまで純粋でいられるのだろう。
「でもさ、俺やっぱ、梢が好きだから」
　恋愛は自由だと、道明さんは言っていた。
　屈託なく笑う直人を見ていると、ほだされてしまいそうになる。
「わかったよ。もう何も言わないから」
　完敗のあたしは、ついに降参させられた。
　今は少しだけ、直人のような綺麗な心に、梢の救いを求

めてしまう。
　不確かなものを恐れ、より暗い方を選ぶあたしたちに、それは眩しすぎるものだけど。
「そういえば、今度、練習試合でしょ？　しっかり頑張ってね」
「了解」
　その場で手を振って別れるあたしたち。
　いつか、一度くらいは直人の試合を応援しに行ってやろうと思った。

　その夜、タカはあたしを荒々しく抱いた。
　ぎしぎしと、悲鳴のように軋む、ベッドのスプリング音。
　タカはいつも、抵抗する気もないあたしを押さえつける。
　そして生み出される快楽だけが、あたしたちを繋ぐ唯一のものなのかもしれない。
　直人のような純粋さは、ここには必要のないものだ。
「そんな目ぇして、まだ足りない？」
　行為が終わると、タカはまるで別人のようにあたしの唇をついばむ。
　頼りないだけの月明かりに照らされたタカの体は、痛々しくも綺麗に見えた。
　抱きしめられるぬくもりが、ひどく心地いいと思う。
「なんだよ、甘えてんの？」
　タカは笑った。
　こんなにも柔らかく笑う人なのにね。

「残念だけど、俺、これからちょっと出かける用あるから」
　密着していた個所が、瞬間に熱を失った。
　タカが体を離してタバコを取りに行くためにドアを開けると、待っていたと言わんばかりにシロが入れ替わりで入ってくる。
　そしてベッドの上に飛び乗ってきた。
「シロはほんと、お前のことが好きなんだろうな」
「妬いてる？」
「まぁ、オス同士だしな」
　それは、どう解釈すべきなのか。
　さっさとリビングへと向かうタカの背中を見送りながら、あたしは軋む体を起きあがらせた。
　タカは堀内組と組んで、エンペラーを使って動く以外にも、個人的に金貸しをしていた。
　もちろん貸金業の許可証なんて持っていない、違法な金利を貪る闇金だ。
　だからタカの携帯は、いつもひっきりなしに鳴っていた。
「ごめんね、シロ。ご飯まだあげてなかったもんね」
　服を着てから小さなその体を抱きあげると、シロは喉を鳴らした。
　ふにゃあ、と弱々しい鳴き声は、まるであたしを心配してくれているかのよう。
「リサ。俺そろそろ行かねぇと」
「そっか」
「たぶん、明け方頃には戻れると思うから」

「いいよ、無理しなくて」
　いってらっしゃい、なんてことは言わない。
　だって、タカが必ず戻ってくるという保証は、どこにもないから。
「じゃあね」
　見送る時は、いつもそんな言葉。
　タカはあたしにキスをして、シロの頭をなでてから、部屋を出る。
　ドアが閉まると、身を預けた壁の冷たさを感じてしまう。
　ずいぶんとあたしの物が増えた部屋なのに、ちっともうれしくはならない。
　取り出した携帯には、いつも通り、何通もの無意味なメッセージが。
【愛してるよ】
【なんで電話に出てくれないの？】
【また遊ぼうよ！】
　この、どうしようもないむなしさも、やりきれない孤独も、痛みも、タバコの苦さでさえも、嫌になる。
　タカが出ていった静寂は、まるであたしを覆い尽くす闇のようだ。
　希望のひとつもない世界は混沌として、縋りつくべき場所さえ見失ってしまいそう。
　あたしの膝の上でうずくまったシロは、心地よさそうに目を瞑る。
　せめてこの子にだけは、寂しい思いをさせたくなかった。

「リサ、起きろよ」
　呼び声に意識を引き戻され、目を開けると、すっかり陽も昇っていた。
　タカはあたしの顔を覗き込んでいる。
「お前さぁ、なんでいっつもベッドじゃなくてソファで寝てんの？」
　あぁ、と思いながら軋んだ体を起こすと、キッチンの方に道明さんがいて、驚いた。
　なんでこんな時間からふたり一緒なのか。
「リサ、学校は？」
「いいよ、行かなくても」
「ふうん」
　聞いておいて、さして興味もなさそうなタカ。
　タカはあたしに、ちゃんと学校に行けとは言わない。
『したいようにすればいい』としか言わないし、だから当然のように、あたしが学校をサボろうとも、それを咎めたりはしない。
「なら、みんなで昼飯でも行くか」
　言い出すのはいつも、道明さん。
　タカと道明さんは、本当に仲がいい。友達というよりは兄弟に近い感じで、なんだかんだとじゃれ合っている。
　あたしが返事しないうちから「早く」と急かされ、仕方がなく準備した。
　家を出て、乗り込むのは、道明さん運転の車だ。
「リサちゃん、食いたいもんのリクエストある？」

問われたが、あたしではなくタカが、口を挟んだ。
「俺にも聞けよ」
「お前の意見なんか興味ねぇよ」
「うわー。これだから道明くん嫌いなんだよ」
　思わず笑ってしまう。
　普段は険しい顔をすることが多いふたりだが、素顔は本当に普通の男たちなのだ。
「なんかさ、天気いいし、遠くに行きたいよね」
「おっ、それいいね」
　あたしの提案に、タカと道明さんは、声をそろえた。

　高速に乗ってから、1時間以上が過ぎていた。
　息苦しい街から出られて、少しだけ呼吸が楽になった気がする。
　道明さんが案内してくれたのは、港町にある、海鮮丼が有名な店。
　たかが昼食のために、まさかこんなところまでくるとは思わなかったけれど。
　店は平日の昼間ということもあり、比較的空いていた。
　改めて、あたしたちはなんて怪しくて変な組み合わせなのだろうかと思う。
　それから、注文して数分すると、3人分の海鮮丼が運ばれてきた。
　地元じゃちょっと食べられないような、味と量。
「シロが見たら目の色変えるだろうね」

あたしの言葉に、ふたりは腹をかかえて笑った。
　食事中もずっと、タカと道明さんは、ふざけたことを言い合っていた。
　その楽しさで、いつもあたしは、日常の大抵のことを忘れられた。
　さらには今日は、知らない景色と美味しい昼食まであり、あたしは珍しくご機嫌だった。
「たまにはこういうのも悪くないもんだね」

　そのまま食事を終えて店を出た時、あたしの携帯が着信音を響かせた。
　どうせ梢か乃愛からだろうとディスプレイを持ちあげたのだが、しかしそこには春樹の名前が表示されていた。
　途端に鼓動が速くなる。
　あたしはふたりに背を向け、わずかに震える指で通話ボタンをタップした。
「なぁ。お前、今日、家帰んの？」
　電話口から聞こえた高圧的な声に、舌打ちをしそうになる。
「なんの用？」
「金、貸してくんない？」
　こういう電話は、初めてではない。
　大方、予想はしていたとはいえ、せっかくのいい気分を害され、怒りが込みあげてくる。
「いい加減にしてよね！　そんなことで電話なんかしてこ

ないで！」
「んだと？」
「てか、あたしとあんたは他人だって約束、覚えてないわけ!?　マジ、あんたなんかとしゃべってるだけでイラつくのよ！」

　吐き捨て、電話を切った。

　悔しくなって、肩で息をしていると、ふたりの視線に気づいた。が、あたしはうまく取り繕うこともできない。
「リサ、なんかあった？」

　タカの問いに、無言でかぶりを振った。

　春樹と同じ血が流れているだなんて、タカにだけは知られたくなかった。
「ごめんね。別にあたしのことなんか気にしなくてもいいから」

　そんな言葉が精一杯だ。

　ふたりは顔を見合わせたが、しかしあたしの顔色を気にしてか、それ以上は追及してこない。

　代わりに、ふたりは、わざとのような明るい声を出す。
「ついでだし、海行くか」
「そうだな。すぐ近くだし、行こうぜ」

　それがふたりの気づかいだとわかり、その優しさに、あたしは少しだけ泣きそうになった。
「ありがとね」

　あたしがいて、タカがいて、道明さんがいて。世界がたった3人ならば、どんなに幸せだろうかと思ってしまう。

「つか、道明くんってほんと海とか似合わねぇよな」
「タカに言われたくねぇから、それ」
　あたしの手を引くタカの少しうしろを、道明さんが笑いながら続く。
　海まで伸びる一本道で、昼下がりの陽に照らされながら、風が潮の香りを運んでくる。
　このまま時間が止まってしまえばいいのにと、心の底からあたしは思った。

　3人並んで歩いていると、徐々に視界が開け、そこには海岸線が広がっていた。
「すごーい！　海だぁ！」
　人のいない砂浜と、きらきらと輝く水面。
　思わず興奮して目を輝かせると、ふたりも笑っていた。
「リサちゃんが水着になってくれりゃいいのになぁ」
　という、道明さんの言葉は無視し、ヒールを脱ぎ捨てた。
　海外の南国リゾートにはほど遠いけど、でもはしゃがずにはいられない。
　いや、空元気に振る舞っていたかっただけなのかもしれないけれど。
「ねぇ、行こうよ！」
　ふたりの腕を引く。
　まるでこの場所は、あたしたちだけのもののよう。
　まだ初夏とも言えないような風に吹かれながら、あたしは目を細めた。

「着替えねぇのに濡れたらヤバいよな」
「したら、俺の車まで汚れるじゃねぇかよ」
　あんたらが海に誘ったくせに。
　それでも水辺で遊んでいたら、ふと彼方を見つめてタバコをくわえた道明さんは、
「なんだか懐かしいな」
　と、言った。
「なぁ、タカ。まるであの頃に戻ったようだと思わねぇか？」
　……『あの頃』？
　しかしタカは何も答えず、視線を下げるだけ。
　寄せては返す波音だけが響き渡る。
　あたしの知らない何かだけど、立ち入るべきではないと思った。
「あいつがいなくなって、何年だっけなぁ」
「やめろよ、今は」
　タカは強い口調で道明さんの言葉を制した。
　道明さんは、小さくため息をつき、
「俺ちょっと飲み物買ってくるわ」
　と、背を向ける。
　あたしは道明さんの様子が気になったが、タカはそちらを見なかった。
「やっと邪魔者が消えたな」
　そう言って笑ったタカは、先ほどのことには触れず、あたしの手を引いて浜辺を歩き始めた。
　砂に埋もれそうな足を踏み出すたびに、なぜだか悲しい

気分にさいなまれる。
「そういやお前さっき、電話しながらキレてたよな」
　タカは言った。
「別に言いたくないなら聞かないけどさ、俺らの前で無理する必要なんかねぇから」
　一歩先を行くタカの髪が、風に揺れる。
　背中越しではタカがどんな顔をしているのかはわからないけど、でも優しい声だった。
「道明くんもさ、お前のこと気にかけてるよ。いっつもリサがどうのこうのって、うるせぇんだもん」
　タカは笑ってこちらに振り向いた。
「タカと道明さんって、すごい仲いいよね」
「まぁ、ガキの頃から世話になってたしな」
　そんなに長い付き合いだったとは思わなかった。
　ふたりがどういう関係なのかは、今もよくわからないけれど。
　そのまま、手を繋ぎ、ふたり並んで浜辺を歩いていたら、道明さんが、あたしだけにジュースを買ってきたので、それに怒ったタカと、今度は口喧嘩(くちげんか)が始まった。
　あたしは笑いながら、陽が傾く水面を見つめる。
　それぞれがかかえたものをまるごとのみ込むように、世界は暮れてゆく。


　帰る車中、後部座席で、タカはあたしの肩に頭を預けるようにして眠ってしまった。

揺すっても、起きる気配はない。
「疲れたんだろうな。今日はあんま寝てなかったらしいし」
　ルームミラー越しに、道明さんは苦笑い。
「タカはさ、無茶することも多いけど、リサちゃんも見捨てないでやってよ」
「優しいんだね、道明さんは」
「そうか？」
「そうだよ。恋人とかはもっと大切にしそうな感じだけど」
　あたしの言葉に少しの沈黙のあと、道明さんは言った。
「俺の恋人は、もういないんだ」
「……え？」
「死んだっつーか、殺されたから」
　冗談とは思えないほど、抑揚のない声。
　その理由なんて、とてもじゃないけど軽々しく聞くことはできない。
「今日は命日でな。朝一番にタカと墓参りに行ってきたよ」
　そして道明さんは、ルームミラー越しにあたしを一瞥し、
「俺の恋人だったアイは、タカの姉ちゃんなんだ」
　と、言った。
　道明さんの恋人で、タカのお姉さんでもあるアイさんが、殺された。
　頭の中で繰り返すけれど、それは当然のようにあたしの思考の及ぶ話ではない。
　以前、死んだ人間は恋愛なんかできないとかなんとか言っていた気がするが。

あたしが何も言えずにいたら、道明さんは少しだけ思い出すように語った。
「アイは当時、キャバで働いてたんだ。俺はそこで知り合ったんだけど」
「……」
「あれから何年になるかなぁ。弟だって紹介されたタカは、まだクソガキだったよ。でもそれからなんだかんだ、ずっと一緒だもんな」
　だからふたりは、血の繋がりなんかなくとも、本当の兄弟のように見えたのかもしれない。
「よく３人で一緒にいたし、今日みたいに海に行ったこともあったよ」
　それが、『懐かしいな』と漏らした道明さんの、言葉の意味。
　悲しくなってしまう。
「じゃあ、あたしはふたりにとって、アイさんの代わり？」
　思わず尋ねてしまったが、「それはちがうよ」と、道明さんは即座に制す。
「人は誰かの代わりになんかなれないし、リサちゃんはリサちゃんだ。生きてる人間の方が、ずっと尊いんだから」
　死んでしまいたいあたしと、死んでしまったアイさん。
　あたしは、タカの疲れきった寝顔を見た。
「道明さんは今でもアイさんのこと愛してるの？」
　「どうだろうな」と、道明さんは笑ってから、
「悔やむことが多い分だけ、いろんな事を思い出すよ」

と、言う。
「あいつは死ぬべき人間じゃなかったのにな」
　あたしが死にたいと望むのは、罪なことなのだろうか。
「俺はな、タカとリサちゃんには、後悔しないで生きてほしいと思ってるから」
　タカを殺すかもしれない道明さんなのに。
　そう思うとまた悲しくなるけれど、でも生きろという道明さんの言葉は重い。
「生きるとか、愛するとか、あたしには難しいことだよ」
「臆病になるような何かでもあった？」
「さぁね。忘れちゃった」
　肩をすくめてみせたあたしに、道明さんは何も言わない。
　いつのまに、こんなにも自分は、誤魔化すことに長けてしまったのだろうか。
「……タカとあたしって、なんなんだろうね」
　呟きが、物悲しくも消える。
　それから、高速を降りて、車が地元の見慣れた景色に溶け込む頃には、すっかり世界は夜色に染まっていた。
　生と死と、人の営みが繰り返される街。

## 淡黄(たんこう)の月夜

　学校という空間は、やっぱり苦手だ。
　なんの役に立つんだかわからない勉強とか、無駄に増えるだけの友達とか、生徒を型に嵌(は)めたがるだけの校則とか。
　世間体を気にする母は、あたしに大学進学を望んでいるようだけど。
　半年に一度しかこっちに帰ってこないくせに、えらそうなことを言われたくない。
　夢も、希望も、人生の目標すらもないというのに、先のことを想像しろだなんて、無理な話だ。
「また宮原(みやはら)は進路表が白紙だったな」
　担任は怪訝な顔をした。
　進路指導室に呼ばれた時点で話の内容に見当はついていた。けれど、そのせいで余計に考えることが嫌になる。
「別に進路が未定だからって死ぬわけじゃないでしょ」
「そういう問題じゃないだろ」
「うるさいなぁ。別に卒業したあとにあたしがどうなろうと、先生にはなんの関係もないよね？」
　向かい合う担任は、心底面倒くさそうにため息をつく。
「そもそも、欠席と遅刻と早退の日数が目に余る。これじゃあ、卒業も危ういぞ」
「だったら日誌を書き直せばいいじゃない」
　どうせ教師なんて、評価を気にして躍起(やっき)になっているだ

けだ。
　しょせんは他人で、卒業したらさよならして終わりなのに。なのに、本当にうるさくてたまらない。
「留年しそうなら今すぐ学校辞めるから、それでいいでしょ？」
　毎回そんな台詞で話を終わらせ、席を立つあたしは、とんだ問題児なのだろうけど。
　期日までに今後の人生を考えられない人間は、まるで失格者のような扱いだ。
　あたしは社会不適合な欠陥品だろうか。
　チャラチャラと遊んでいるだけの梢や乃愛だって、それなりに就職や専門学校を選択しているのにね。
【ドライブ行かない？】
【カレシできたー！】
【今日会える？】
　最近では返信することもバカらしくなり、そのまま削除することが増えたメッセージ。
　廊下の掲示板には模試の日程が貼り出されていて、生徒たちが群がっていた。
　息が詰まるよ。
「リサ、担任に呼ばれたって？」
　梢が笑いながら近づいてきた。
　お気楽なその顔にイラ立ちが募る。
「進路表なんて、適当に書いて出せばいいのに」
「この前、フリーターになるって書いたら怒られたんです

けどぉ」
「何それ、ウケるし！」
　人一倍うるさくて派手な梢は、廊下で悪目立ちする。
　掲示板を眺めていた生徒たちは、迷惑そうな顔でこちらを一瞥し、通りすぎた。
　たいして偏差値が高くない学校なのに、真面目ぶらないでほしい。
「なら、気分転換にカラオケ行かない？」
　たしかにストレス発散したくて、あたしはその提案を了承した。


　放課後になり、梢とふたり、街に繰り出す。
　そこで梢は、思い出したように聞いてきた。
「そういえば、知ってる？　乃愛が最近、男切ってるって話」
　あの乃愛が？
　男の数がステータスだと考えているようなやつなのに？
　言われてみれば、最近、そういった話は聞いてないけど、でもありえない。
「何それ、嘘でしょ？」
「マジみたいだよ。なんか、本気になった人がいるって」
　ひどく驚く。
　しかし梢は、神妙な顔でつけ加えた。
「相手は妻子持ちらしいけど」
「はぁ？」
　不倫ってこと？

そんな男に本気になるだなんて、どうかしてる。
　そんなのどうせ、向こうは遊びの範疇であって、面倒になったら捨てられるのがオチだ。
　相手がどんなやつかは知らないけれど、でも乃愛には呆れて言葉も出ない。
　梢もあからさまに肩をすくめてみせる。
「別に、乃愛のやってることに口出すつもりはないけど、妻子持ちに本気になるのは、あたしもどうかと思うの」
　珍しく意見が一致していた。
　本気になれるような相手が見つかったことは、喜ばしいけれど。
「リサ、どう思う？」
　問いかけに、正直、考えあぐねてしまった。
　乃愛の家は母子家庭だ。
　お母さんはまだ35歳で、水商売をしていると聞いた。
　だからいつも家にひとりでいる乃愛が、擬似的に父親のような相手にぬくもりを求める気持ちも、わからないではない。
　たとえそれが、相手にとって都合がいいだけの関係だったとしても。
「まぁ、とうぶん様子見てようよ」
「だよねぇ。それにあたしも、ぶっちゃけ、妻子持ちと遊んだことあるから、何も言えないし？」
　梢はそう言って肩をすくめた。
「うちらってほんと、制服デートとかってやつとはほど遠

いよねぇ」

　カラオケ屋を出た頃にはすっかり夜になっていた。
　家に帰り、風呂場で鏡に映った自分の体を見て、ひどく汚らわしく思った。
　今までいったい、何人の男たちになでまわされてきただろう。
　醜い自分を嫌悪しながらも、自殺する勇気はない。
　結局は嘆いたってどうにもならなくて、ため息交じりに自室へと戻る途中、玄関先に、見慣れない女物のパンプスを発見した。
　春樹が、女を部屋に連れ込んでいるということ。
「……ふざけんなよっ……」
　思わず吐き捨てるように呟いた。
　金の無心だけでは飽き足らず、この家には誰も入れないというルールまで侵しやがって。
　苦虫を嚙み潰しながら部屋へと戻ったが、しかしそこにあたしの安息はなかった。
　隣の春樹の部屋から漏れ聞こえるのは、女の喘ぎ声と、ギシギシとうるさいベッドのスプリングの音。
　耳を塞いでも、頭が割れそうだった。
　たまらず渾身の力でガッと壁を殴りつけ、逃げるように家を出た。
　イラ立ちが収まらない。
　走り抜けてマンション近くの公園まできたところで、息

が切れて足が止まった。
　悔しさと悲しさで、ぐちゃぐちゃになりそうだ。
　それでも落ち着きたくて、震える手でタバコを吹かしていると、メッセージの通知音が鳴った。
　タカからだった。
【シロの餌がなくなりそう】
　会いたいよと、打とうとした手を止め、
【明日は行くね】
　と、あたしはその一文のみを返した。
　最近は、模試があることを理由に、頻繁にはあの部屋に通っていなかった。
　本当はタカに会いたくてたまらなかったけれど、依存のようになるのは怖かった。
　今のあたしにはもう、タカとシロが待つあの部屋にしか居場所を見出せないから。

　部屋に入ると、「久しぶりだな」と、タカは笑っていた。
　ただそれだけのことで泣きそうになって、自分から抱きついてしまった。
　あぁ、あたしはこの人が好きなんだ。
　タカの胸に顔をうずめながら、ぬくもりに悲しくさせられる。
「おいおい、どうかしたか？」
　何も言わずにかぶりを振ると、
「なんだよ、わけわかんねぇから」

と、タカは笑いながら口づけをくれた。
　いつのまに、こんなにも優しくしてくれるようになったろう。
　でも、今は何も考えたくなくて、もう少しだけこうしていたいと思った。
　が、シロが邪魔をするようにあたしたちの足にすり寄ってきて、みゃあ、と鳴く。
「こいつ最近、玄関の前を陣取って、お前の帰りを待ってたみたいだからな」
　タカは肩をすくめた。
　何も変わらないこの部屋に、ほっと安堵している自分に気づく。
「そういや、模試終わった？」
「うん」
「じゃあ、飯でも行かね？」
「いいの？」
「あぁ。勉強頑張ってたみたいだし、たまにはね」
　ちがうんだよ、と言いたくて、でも言えなくて。
　このままでは、タカに依存して、自分の足で立てなくなりそうで怖かった。

　シロにご飯をあげて、着替えてから、タカと一緒に部屋を出た。
　外はすっかり夜の帳が下りていて、月が雲間から顔を覗かせている。

ふたりで近所の居酒屋に行き、久しぶりに酒を飲むと、少しだけ気持ちが楽になった気がした。
　そこでダラダラと食べたり飲んだりしながら、店を出たのは2時間以上が過ぎてから。
　並んで帰り道を歩いていた時だった。
「ヤベぇ。俺さっきの店に携帯忘れてるわ」
　タカはそう言って足を止めた。
「ちょっと取ってくる」
「じゃあ、あたしそこのコンビニで待ってるよ。飲み物買いたかったし」
「なら俺のもよろしくー」
　タカはさっさときびすを返して行ってしまったので、あたしもひとり、コンビニの方に向かった。
　梅雨を前にした夜のわりに、今日は嫌になるほど肌寒い。
　ポケットに手を突っ込んで歩いていると、コンビニの駐車場まで差しかかったところで、足が止まってしまった。
　そこには、見覚えのある車から降りてくる、人の影が。
　あっ、と思った時には遅かった。
「あれれ、すげぇ偶然だなぁ」
　向こうもあたしに気づき、怪しい笑みを浮かべてみせる。
　手の甲にクモを飼っている、いつぞや一発ヤッた男。
　またこんな風にして会ってしまうなんて。
　面倒になる予感がして、瞬時に逃げようと足を引いたが、酒の入った体はうまく動いてくれない。
　追いかけられて、無理やり腕を掴まれた。

男はこれ見よがしに唇の端をあげるが、あたしは負けないようにとにらみつける。
「離してよ！」
　精一杯で声を荒らげたのに、
「悲鳴あげて損するのはどっちか考えろよ？」
　と、男はドスの利いた声を出す。
　とにかく、いつタカが戻ってくるかもわからないこの状況は、マズい。
　唇を噛みしめると、あたしが抵抗するのを諦めたと思ったのか、男は、
「俺もそろそろ溜まってたし、ちょうどよかった」
　と言い、その手の力を強くした。
　もしこのまま車まで引きずられたら、本当に逃げられなくなる。が、叫べばタカに知られてしまうかもしれなくて、どうすることもできない。
　男はあたしの腕を引きながら、
「すぐ済むし、この前だって合意の上だったろ？」
　と、目を細める。
　思わず身を固くすると、舌打ちを吐き捨てた男が平手を振りあげた。
　しかし、殴られる、と思った瞬間。ガッ、と鈍い音が響き、男が地面に倒れ込む。
　おそるおそる振り返ると、あたしのうしろには、歪んだ顔のタカが。
　殺意さえ帯びたような瞳で、タカは地面に伏した男に馬

乗り、胸ぐらを掴みあげる。
「どこの馬の骨か知らねぇけど、あんま俺のこと怒らせんじゃねぇぞ」
　言った瞬間、タカは拳を振り落とした。
　ガッ、ガッ、ガッ、と規則的に繰り返される鈍い音と、うめき声。
　男の顔も、タカの拳も、夜の闇でもはっきりとわかるほどに、血に染まっていた。
　あたしは、止めに入ることもできないまま。
　何度目かのあと、手を止めたタカは、
「地元歩けなくなっても後悔すんなよ？」
　と、吐き捨て、ポケットから取り出したナイフを男の太ももに突き刺した。
　グサッ、と湿り気のある音が響く。
　躊躇うことなく、一直線に振りおろされたそれ。
「ぎゃあ」と、猫の尾を踏んだような叫びは、男のもの。
　男は血がだくだくとあふれる足を押さえながら、地面でのたうつように体をくねらせる。
「……やめっ、悪かっ、助けてくださっ……」
　ボタリ、ボタリ、と赤く染まったナイフからは、鮮血が滴る。
　しかし男の懇願も、タカには通じない。
「お前、『雷帝』って名前くらい、聞き覚えあんだろ？」
　タカが見おろした瞬間、男は先ほどよりももっと顔を青くした。

「なぁ、死に急いでんなら殺してやるよ」
　再び刃物を振りおろそうとしたタカを、
「もうやめて！」
　と、あたしは必死で制した。
「タカ、お願いだからっ」
　タカはひどく冷めた目でこちらを一瞥する。
　男は今のうちにとばかりに逃げようと身をよじるが、タカは舌打ち交じりにその頭を掴んだ。
「おい。警察に俺らのことタレ込んだら、次はねぇぞ」
「ひぃっ」
「二度と俺のもんに触んな」
　ドスの利いた声で言い、タカは最後に男の腹部を蹴りあげる。
　「うっ」という、うめき声を聞くこともなく、タカは鮮血に染まった手であたしの腕を掴んで引いた。
　足がもつれるが、とにかくこの場から逃げ出したかった。
　息があがって、走れなくなっても、どこか身を隠す場所を求めた。

　散々走り、辿り着いたのは、人気のない路地裏だった。
　頼りない月明かりだけに照らされた、薄暗くて、湿っぽくて、カビくさい場所。
　あたしはその場にへたり込む。
「あの野郎、もう一発くらい殴ってやるべきだったぜ」
　タカは苦々しそうに言いながら、血のりがべっとりと付

着したナイフをポケットにしまった。
　月夜の下で見たそれは、ぞっとするような色をしていた。
　タカはしゃがみ、あたしと同じ高さで目線を合わせる。
「リサ、ケガねぇか？」
　あたしのことなんか心配している場合じゃないだろう。
「……なんでこんな危ないことすんのよ、バカぁ……！」
　怒鳴ろうとしたはずなのに、なのに自分でも驚くほど、情けない声しか出なかった。
　しかしタカは、悪びれもしない顔。
「危ぇのはいつものことだろ。だいたい、お前のこと助けてやった俺が、なんでキレられなきゃなんねぇんだよ」
　そうだ、悪いのはあたしだ。
　途端にそれ以上は何も言えなくなり、顔を伏せることしかできない。
　タカは肩をすくめ、いつもみたいに笑ってから、あたしの頭をくしゃくしゃとした。
「お前のためなら人くらいいくらでも殺してやるから、安心しろよ」
「何それ……」
　喜べるわけがない。
　それがタカなりの優しさだということは、わかってる。
　けど、でも。
「人殺しなんて、ダメに決まってるじゃん」
「……」
「あたしなんかのために、そんなことしちゃいけないよ」

弱々しくも言ったあたしに、タカは怒られた子供のような顔をした。
　血のついた手で顔を覆うタカ。
「そういう言い方すんなよ……」
　タカは泣きそうな顔で、悔しげに吐き出した。
「この世の中には、死んだ方がマシだって思うようなやつ、いくらでもいるだろ！　そんなやつらは、ぶっ殺してやればいいんだよ！」
　タカの言うことは、たしかに正論だ。
　それでも、誰かが死ねば、他の誰かが悲しむことになるんだよ？
「ねぇ、タカは何をかかえているの？」
　ナイフを常備しているのは、本当に護身用というだけの理由だろうか。
　けれど、あたしの問いに、答えは聞かれなかった。代わりにタカは漏らす。
「……俺、やっぱ異常なのかな」
　あたしはそれを、強く否定した。
「ちがう！　タカは優しい人だよ！　だからそんな風に言わないで！」
　愛だの恋だのと、難しいことはわからない。
　それでも、あたしは、タカのそばにいたかった。
「助けてくれてありがとう、タカ」
　あたしを想ってくれるのは、この世でタカひとり。
　だからどんなに歪んでいてもいい。

泣きそうなのに、うまく泣けないあたしたちは、互いに縋るように抱きしめ合う。
　タカはあたしの肩口に顔をうずめ、ひどく苦しげに声を絞った。
「……俺もう、お前までいなくなるのが怖いんだ……」
　あたしもそうだよ。
「帰ろうよ。シロが待ってる」
　明日には死んでいるかもしれないタカに、だったらずっとそばにいてよ、とは言えなかった。
　あたしの言葉に、弱々しい笑みを返すタカ。
　きっともう、タカはあたしを乱暴に抱かないだろうし、願ったって殺してもくれないだろう。
　淡黄の月は、次第に雲間に隠されていった。

## 痛みの残像

　さすがに高3ともなれば、模試が終わっても期末試験があるので、気を抜くことは許されない。
　まぁ、別に赤点さえ取らなければいい、というような考えのあたしは、最初から爪弾きにされた存在だけど。
　開きっぱなしのノートにぐるぐるとラクガキを施していた時、
「ねぇ、リサ！」
　と、携帯片手の梢が声をかけてきた。
「久々に息抜きで、ぱーっと遊ぼうよ！」
　あんたは、つねに遊んでるでしょ。
　と、思ったけれど、面倒なので言わなかった。
　梢が夢中になっている『あっくん』という男は、とにかくいいウワサなんて聞いたことがない。
「あのさぁ、梢」
「ん？」
「あんたさぁ、あっくんとかにあんま関わんない方がいいんじゃない？」
　視線を移した瞬間、眉根を寄せる梢。
「何よ、いきなり」
　だってあいつら、あんたを穴だとしか思ってないよ。
　とも、言えない。
「とにかく、やめときなって！」

だから強い口調で制したのに。
「リサだってろくでもない男とヤッてばっかのくせに、あたしが文句言われる筋合いなくない⁉」
　逆ににらまれ、そう吐き捨てた梢はその場を去った。
　梢の大声に、教室中の誰もがこちらを好奇の目でうかがっていて、嫌になる。
　結局は空気の悪さに耐え兼ね、あたしはため息交じりに教室を出た。
　そこで偶然、友達といた乃愛があたしに気づき、声をかけてきた。
「リサ。さっき梢と、なんか派手な言い争いしてなかった？」
　廊下まで聞こえていたのか。
　別に言い争いというほどでもないが、頭の痛さにこめかみを押さえるばかりだ。
　乃愛はくるくると巻いた髪をいじりながら、
「まぁ、梢は否定されると余計に意固地になっちゃうタイプだからねぇ」
と、他人事みたいに言った。
　そして、
「直人が可哀想になっちゃう」
と、つけ加え、わざとらしく肩をすくめてみせる。
　あんたの不倫相手の奥さんの方がよっぽど可哀想だよ。
　とは、返さないけれど。
　普通の愛や恋を見失ったあたしたちには、もう戻れない

道があるのかもしれない。
「乃愛こそ最近はド派手なウワサがないね」
　だから嫌味交じりに言ってやると、
「けど、むなしいことに変わりはないよ」
　と、乃愛は漏らす。
　乃愛だってもしかしたら、どれほど相手を想おうとも、最後は報われないとわかっているのだろう。
　本気になった相手とのことを素直に喜べないなんて、あたしたちはそろってダメダメだ。
「ねぇ、リサ」
　不意に乃愛はあたしを見た。
「あんた、なんか隠し事してるでしょ」
　どきりとして、思わず言葉に詰まってしまったあたしに、乃愛は同情しているみたいな目をする。
「誰にも言えないような恋なんだね」
　自分と同じだとでも言いたいのだろうか。
　途端に乃愛に対してイラ立ちが生まれた。知った風なことを言われたくない。
「恋なんてしてないし！」
　そうだよ。『春樹の姉』であるあたしが恋愛だなんて、おこがましいにもほどがある。
　だって、あいつは……。
「あ、授業始まっちゃうね」
　他の生徒の声にさえぎられ、脳裏をよぎった言葉を振り払った。

時間を確認するために取り出した携帯のディスプレイには、嫌な日付が打たれている。
今日は木下くんの命日だ。

5年前の今日、木下くんという男の子が、学校のトイレで首吊り自殺をした。

彼は当時、中学1年生で、春樹のクラスメイトだった。

もともとヤンチャで活発な春樹とは対照的に、木下くんは、本ばかり読むような真面目でおとなしい子だったと聞いている。

悪く言えば、いじられキャラ。

当時からクラスのリーダータイプだった春樹は、事あるごとに、そんな木下くんにちょっかいを出していたらしい。

それは幼さゆえの、無邪気な遊びの延長であり、本人は決していじめているつもりなんかなかったらしい。

けれど、木下くんは自殺した。

すると当然のように、疑惑は春樹に向けられる。

それでも、遺書もなく、その私立中学校は、事件を揉み消した。

『我が校においては、何も問題はありませんでした』と。

木下くんが自殺をした本当の理由なんて誰にもわからないし、それは一生、明かされることはない。

けど、でも、一番怖いのは、人のウワサだ。

うちの両親はそれに耐え兼ね、引っ越しまでして地元を離れた。

あたしと春樹は、その中学から転校し、『忘れなさい』と、強く言われたことを覚えている。
　逃げれば消えるというものでもないのに。
　何もかもが狂い始めたのは、その頃からだ。
　春樹はつねにイラ立ち、それをぶつけようと人や物に当たり散らすようになった。
　そんな春樹と向き合うこともせず、恐怖を感じた両親は早々に海外に逃げ、そしてもう５年。
　５年間、何も変わらない闇の中で、あたしたちの時間は止まったまま。
　なんの関係もないあたしの人生までも巻き込んで、地獄の底に転げ落ちたのだ。
　あんなことさえなければ、あたしたち家族は、今も楽しく笑って暮らしていたことだろう。
　なんて、時間は巻き戻せないのに。
　あたしは転校なんかしたくなかったし、自分が何かしたわけでもないのに、春樹のせいでうしろ指をさされ続けることが、許せなかった。
　それまで順風満帆だった人生は、一瞬で春樹にぶち壊されたのだ。
　それからずっと、あたしまで犯罪者のような扱いをされたまま。
　だからあたしは、一生、春樹を憎み続けるの。

　【用事があるからあとで行く】と、タカにメッセージを

送り、自宅に戻った。
　いつも通り、振り込まれていた現金を折半した片割れの封筒をテーブルに投げ置き、リビングでタバコを吹かしていると、少しして、玄関のドアが開く音がした。
　実に1ヵ月ぶりの、弟との再会。
「30分もオーバーだけど」
　嫌味のように言ってやったが、
「うるせぇんだよ」
　と、春樹は舌打ちし、テーブルに置いていたものを手に取って、いつものように中身の数を数え始めた。
　春樹は学生でもなければ、何か仕事をしているわけでもない。だから余計に憎々しくなる。
「今日がなんの日か、覚えてるでしょ？」
　瞬間、春樹はぎろりとこちらをにらみつけた。
　それは異様なまでに歪んだ瞳。
「あんたのせいで死んだ木下くんの命日だってこと、忘れてないよね？」
　確認するように問うたあたしはきっと、侮蔑するような目をしていたと思う。
　唇を噛みしめた春樹は、手にしていた封筒を床へと叩きつけた。
　そしてあたしの胸ぐらを掴みあげる。
「黙れよ、クソが！」
　すごむように低い声で、春樹はあたしに吐き捨てた。
　けれど、負けるわけにはいかない。

「罪悪感があるなら、死んで詫びるくらいやってみたら⁉
あんたが死んだって木下くんは生き返らないけど」
　そこまで言った瞬間、ドンッ、と壁に突き飛ばされた。
　一瞬、呼吸ができなくなり、生理的にごほごほと咳き込むと、
「今度は腕だけじゃ済まねぇぞ」
　と、春樹は恐ろしいほどの形相で、あたしの首を掴んだ。
　ちょうど1年前の今日、今とまったく同じ言葉で春樹をなじったあたしは、殴られて腕の骨を折ってしまった。
　春樹に殴られたのは、それが初めてだった。
　それでも恐怖は感じなかった。
「殺したいなら殺せば？」
　あたしが鼻で笑うと、
「見下してんじゃねぇぞ！」
　と、春樹は叫び散らす。
　首にかけられた手に力が込められるが、あたしは春樹から目をそらさない。
　今度は拳が降ってきた。
　ガッ、という、脳を揺さぶるほどの衝撃と、あごにもたらされる強烈な痛み。
　口内には血の味が広がった。
「んだよ、その目は！」
　バカな男。
　本当のあんたは、誰より臆病者だって知ってるよ。
　木下くんが死んだあの日から、いつも人の目に怯えなが

ら生きてきた、って。
　金髪も、ピアスも、暴力も、自分を強く見せるための手段でしかないくせに。
「薄気味悪いんだよ！」
　吐き捨てると同時に、春樹はあたしをフローリングへと投げ飛ばした。
　ぶつかって、テーブルの上にあった灰皿は床に落ち、打ちつけた脇腹が痛みを放つ。
　息ができない。
「てめぇは５年前のあの日から、ずっとそうやって俺を嘲笑ってんだろ！」
　狂ったように春樹は叫ぶ。
「蔑んだ目ぇしやがって！」
　髪の毛を掴まれ、また首を絞められる。
　それでも抵抗することなく、あたしは春樹の歪んだ形相をにらんでいた。
「ふざけんな！　殺してやる！」
　春樹はそればかり繰り返しながら、最後はフローリングを殴りつけた。
　まるで泣いているみたいな顔をして。
「……ちくしょうっ……！」
　春樹は声を絞る。
「なんで俺だけが罪人なんだよっ」
　木下くんが死んだのは、春樹だけが悪いわけではないし、それは頭ではわかってる。

けど、でも、人生を壊されてしまったあたしには、それを向ける矛先がこいつしかいないから。
「あんたなんか一生苦しめばいいのよ！」
　そのへんに散らばったものを、手当たり次第に投げつけた。
　もうやり返す気力を失ったのか、春樹は悔しそうな顔で唇を噛みしめるだけ。
　息も切れ切れに、無理やりに体を起こすと、どこも折れていないことを確認できた。
　だからって別に、痛すぎて喜べるわけもなく、辛うじて意識を保つだけでやっとだった。
　第一、タカになんと言い訳をすればいいのか。
　飛んでしまいそうな思考の端でそう思った時、向こうに転がっていたあたしの携帯が、着信の音を鳴らした。
　床を這うように手を伸ばしたら、音に驚いてはっと我に返った春樹は、
「クソッ！」
　と、その場から逃げ出した。
　バタバタと走り去る足音を聞いてから、いっこうに鳴りやむ気配のない携帯をなんとか手繰り寄せる。
　が、しゃべることもままならない。
「おい、リサ？」
　怪訝そうな声色だけど、それにすら力が抜けたように安堵してしまう。
　だから心配だけはさせたくなくて、

「……ごめん、今日、無理っぽい……」
　と、あたしは声を絞った。
　蹴られた腹が痛くて、吐きそうだった。
　世界はぐわんぐわんとまわっていて、声を漏らさないようにと必死で痛みを堪えたのに。
「なぁ、どうしたんだよ!?」
　あぁ、気づかれてしまった。
　タカにだけは、こんな姿を見せたくないのに。
「おい、何があったんだ!?」
「……大丈夫、だから……」
　言えるわけがないじゃない。
「……熱が出てて、さっき薬飲んだから、ちょっと、うちで寝てれば……」
　しかしそんな陳腐な言い訳が、タカに通じるはずもない。
「リサ!?」
　それがあたしの耳に、最後に届いた呼びかけだった。
　……もうダメだ。
　一瞬にして世界はスローモーションのようになり、ガコッ、と落ちた携帯と共に、意識が遠くなっていく。
　ねぇ、タカ。
　最低最悪な死に方だと、笑っていいよ。


　ふわふわとした世界で、見覚えのある幼い姉弟が、手を繋いで歩いていた。
　あぁ、あれは昔のあたしと春樹じゃないか。

膝小僧に擦り傷を作った程度でメソメソ泣くあたしと、その手を引く春樹。
　いつもみんなの輪に入れず、かわいいお洋服を汚したくなかったあたしとは対照的に、ガキ大将だった春樹は、
『おねえちゃんはドジだなぁ』
　と、笑って慰めてくれていたね。
　そういえば、どちらが年上かわからないとよく言われていたっけ。
　あの頃は、こんなにも仲よしだったのに。
　春樹は自慢の弟で、大好きで、大切で。
　何をするにもふたり一緒だったのに。
　なのに、どうして狂ってしまったのだろう。
　どうしてこんな風に……。


「リサ！」
　意識を取り戻した時、あたしは誰かの腕の中にいた。
　虚ろに目を動かすと、それがタカだとわかり、驚く。
　あたし、生きてたのか。
「しっかりしろよ、バカ野郎っ！」
　言葉に反し、泣きそうなタカの声は弱々しい。
　何もかもが散乱した部屋の中で、あたしはタカに抱きしめられていた。
　どうやら家で寝ていると言ったことがアダになってしまったようだ。
　タカは少し震えていた。

「なぁ、誰に何されたんだよ!?」
　部屋の中で、まるで暴漢にでも襲われたかのように気を失っていたあたし。
「とにかく病院が先だ！」
　そう言ったタカに、嫌だと首を振った。
「……別に、ただの姉弟喧嘩だし……」
　だからこれ以上心配しないで。
　そうつけ加えるより先に、タカの戸惑いを帯びた瞳を見てしまった。
　タカが悲しそうな顔をするたびに、強がれなくなってしまいそうで怖い。
「……平気だよ、これくらい……」
　だってこんな風にしないと、春樹に復讐できないから。
　たとえそれが、過去に囚われているだけだとしても、あたしは許し方なんて知らないから。
　もう、昔のようには戻れないから、だからあたしはあいつの心に傷をつけてやるの。
　どちらかが死ぬまでは、ずっとね。
「もしもあたしが死んでも、タカが泣いてくれるならそれで十分だから」
　できることなら命途切れるその瞬間には、今みたいにタカの腕の中にいたいけど。
　なんて、わがままなのかな。
　弱々しくも腕を伸ばすと、タカはあたしを抱きしめる手にいっそう力を込めてくれた。

次に目を覚ました時には、タカの部屋でベッドに寝かされていた。

　シロまで布団の中に潜り込んでいることに気づいた時には、少し笑ってしまったけれど。

　あのままうちにいて、春樹と鉢合わせするようなことにならずに済んだことだけは幸いだ。

　タカは「起きた？」と言いながら、あたしの頬に手を触れる。

「これ、鎮痛剤だから、飲んだら少しはちがうと思うし」

　そう言って、ミネラルウォーターと共に、それを手渡してくれた。

　なんとか体を起こし、薬を流し込むと、タカは少し安堵したような顔になる。

　あたしは笑顔を作った。

「ありがとね」

　あれからどれくらい経ったのかはわからないが、でも先ほどよりはずっと体が楽になっていた。

　タカはそっとあたしを抱き寄せる。

「俺の姉ちゃん、殺されたんだ」

「……うん」

「だからあの時と同じようにお前まで、って思ったら、寿命が縮んだよ」

　タカはまるであたしの体温を確認するかのように、首筋へと顔をうずめる。

　胸がしめつけられそうだった。

「あたしは弟を恨むことでしか生きられない女だよ？」
「……」
「だから本当は、タカが思ってるよりずっと、汚なくて醜いの」
　「リサ」と、あたしの言葉をさえぎったタカは、
「そんな風に言うなよ」
　と、悲しげな瞳を揺らす。
「お前が汚なくて醜いんなら、俺なんかどうなんの」
　ちがうよ。
　タカは優しい心を持ってるじゃない。
「俺、仕事だったら誰だって抱くし、なんだってしてきた」
「……」
「けど、お前だけはちがう。大切なんだ」
　その腕は少し震えていて、タカは悔しそうに息を吐いた。
「俺以外のやつに傷つけられてんじゃねぇよ」
　そんなこと言わないでよ、タカ。
　優しさをくれた分だけ復讐心が削ぎ落とされてしまいそうで、そしたらあたしは生きる理由がなくなってしまうじゃない。
　春樹を許してしまったら、あたしの今までの人生がなんだったのか、わからなくなるじゃない。
　だから愛さないで。
「愛してる」
　ダメだよ。
「もう俺から離れんな」

ダメだよ、そんなの。
　　指先は熱を失っていて、震えていたのはあたしの方だったと、その時、初めて気がついた。
「……リサ？」
　　あぁ、あたし、泣いてるんだ。
　　そう思った時にはもう遅く、すでに涙があふれて止まらなかった。
　　タカはそれを指で拭い、「泣くなよ」と、悲しそうに言って、口づけをくれた。
　　愛されたくなくて、でも本当は愛されたくて。
　　自分の感情さえ制御しきれずに、ただ震えるままにその体へと縋りつく。
「リサ」
　　もう、タカ以外じゃ埋められない。
　　他の誰も、何もいらないから。
　　だから今だけでいいから、お願い、ここにいて。
「泣くなって言ってんのに」
　　困ったように笑ったタカを見て、また1粒の涙が零れ落ちた。
　　シロは不思議そうにこちらに目くばせをしたあとで、ふにゃあ、と鳴いて擦り寄ってくる。
「ほら、シロもお前のこと心配してる」
「うん」
　　頷くと、今度は乱暴に涙を拭われ、タカは安心させるように笑ってくれた。

心の中に凝り固まっていたものが、泣いた分だけ溶け落ちて、自然と気持ちが楽になれた気がした。
「あたしもたぶん、タカのこと愛してると思うの」
　一緒に眠るベッドの中でそう呟いた時、「たぶんってなんだよ」と、タカはまた笑っていた。
　あたしには、こんな小さな幸せだけがあれば十分だよ。
　だから今は少しだけ眠らせて。

第3章

# 痕

＊＊

お前の涙を初めて見た

復讐を糧に
傷を負いながら
死ぬ術を探していた

俺たちは同じだったよな

痛々しいまでの痕も
弱々しいまでの瞳も
全部塗り替える力があったならって

あの時ずっと
俺はそう思ってたよ

なぁ、ちゃんと届いてた？

＊＊

## 悲傷(ひしょう)の嘆き

　あれから２日間、熱にうなされた。
　タカはその間、片時も離れることなくあたしのそばにいてくれた。
　そしてあの日から４日が過ぎた、ある昼のこと。
　タカが出かけた隙を見計らい、あたしは荷物を取りに行くために自宅へと戻った。
　体中にできたアザは前より少し薄くなり、服で隠れるので、期末試験のことも考えると、さすがにもうそろそろ学校に行かなくてはならないから。
　春樹がいないことを願いながら玄関を開けると、そこは静寂に包まれていて、あたしはほっと胸をなでおろした。
　しかし、廊下を進み、リビングのドアを開けた時。
「……なん、で……」
　我が目を疑う。
　あれほど散乱していたはずのリビングはそれなりに片づけられていて、新しい灰皿まで置かれていた。
　そしてテーブルの上には、何かの買い物袋。
　おそるおそるそれを覗き込んで、また驚く。
　シップやガーゼ、傷薬に痛み止め、他にも近所のドラッグストアで買ったらしきものが詰め込まれたまま放置されている。
　まさか、そんなはずはない。

「……どうして、春樹が……?」
 あたしのためのものだろうということはわかった。
 けど、だからこそ、なんで春樹がわざわざこんなものを?
 考えたってちっともわからない。
 あたしたちは憎しみ合っているし、もっと言えば、互いを殺してやりたいとさえ思っていたはずだ。
 なのに、あいつはこんなものなんか買って、まさか、あたしにしたことに罪悪感を覚えているとでも言いたいのだろうか。
 途端にイラ立ってくる。
「ふざけんな!」
 呟いて、唇を噛みしめた。
 こんなことで許してやるほどあたしたちの溝は浅くはないし、あいつのせいで壊れたものは、もう元には戻らないのだから。
 本当に、ふざけるのも大概にしてほしい。
 あの事件以来、どれほど春樹のせいで苦しめられてきただろう。
『人殺しの姉』として生きてきたあたしの気持ちが、こんな程度の薬なんかで治るとでも思っているのだろうか。
 むしるように袋を掴みあげ、それごとゴミ箱に投げ捨てた。
 春樹が何を思ってこんなものを置いていったのかは知らないけれど、でも考える必要もない。
 拳を握りしめると、消えかけていた痛みを思い出した。

だからイラ立ち紛れに真新しい灰皿をフローリングに叩きつけると、ガコッ、と鈍い音がする。
　フローリングには窪みができた。
　肩で息をしながらそれを見つめていたら、次第にむなしさと悲しさ、やるせなさに襲われてくる。
「……なんで、なのよっ……」
　許すことの方がずっと簡単だということくらい、頭ではわかっている。
　けど、でも、あたしと春樹が、今さらどんな関係になれるというのだろう。
　もう、昔みたいに戻れるわけもないのだから。
　だからあたしたちは、憎しみ合う以外に道はないの。
　ねぇ、そうでしょ、春樹。


　タカの部屋に戻り、落ち着こうと一服していた時のこと、玄関からチャイムの音がした。
　ドアを開けると、買い物袋片手の彼は、「よう！」と歯を見せて笑う。
「道明さん、どうしたの？」
「リサちゃんが臥せってるって聞いて。これ、お見舞い」
　手渡されたそれを覗き込んでみたら、中にはおにぎりやジュース、お菓子やデザート、タバコに週刊誌、そしてなぜかコンドームの箱までも。
「ちょっと、これ何よ」
「それイボイボすげぇって聞いたから」

相変わらずのふざけた男だ。
道明さんは何が楽しいのか、やっぱり笑っていた。
「いらないわよ、こんなもん」
「おいおい、避妊(ひにん)は大事だぞ？」
そういう問題じゃない。
肩をすくめるあたしを無視して、道明さんは勝手知ったるように部屋の中へと入り、ソファでうずくまるシロにじゃれる。
「タカならまだ帰ってこないと思うけど」
「知ってるよ」
そしてタバコをくわえた道明さんは、
「ちょっとリサちゃんに話があって」
と、言った。
あたしに話ってなんだ？
「タカのことだよ」
……タカのこと？
首を傾げる。
「何よ？」
思わず眉根を寄せたあたしに、道明さんは少し言葉を選ぶような顔をしたけれど、でもストレートに聞いてきた。
「あいつ、たまにおかしくなる時ない？」
「……え？」
「情緒不安定っつーか、いきなりキレたりとか」
思い当たる節がないわけではない。
あの男を刺した時も、タカの目はちょっと異常だった。

「……身に覚え、あるだろ？」
　おずおずと頷くあたし。
　道明さんは、あたしの反応に、ため息をつく。
「タカ、昔からそういうことたまにあったんだけど」
　それはタカの過去という意味？
　あたしはそんなこと、他の人の口から聞いてもいいのだろうか。
　少しの迷いの中で、でも耳を塞げない。
「施設にいた時もそうだったみたいだけど、アイが殺された時なんかしゃべれなくなったりしたしさ」
　……『施設』？
　聞き慣れない単語に驚きながら、それでも言われている言葉の意味を必死で理解しようと努めていたのに。
「タカ、今でもたまに、あの頃と同じような目ぇすることがあるから。俺も兄貴同然だし、あいつが心配なんだよね」
「……」
「だから、リサちゃん。タカに本気なら、そばにいて、あいつの全部を受け止めてやってよ」
　もう、半端には一緒にいられないということは、わかっていた。
　けど、でも、あたしが誰かの何かを支えるなんて、できるはずもない。
　道明さんは過保護というか、タカを大切に思いすぎている節がある。
　どうしてそんなことを言うのかわからないけれど、まる

で何かに罪の意識を感じているみたいな顔をして、
「タカが死んでしまわないように見張ってて」
　と、言った。とても悲しそうな目で。
　あたしは言葉が出ない。
　道明さんは、いったい、あたしにどうしてほしいのか。
　困りあぐねて顔をうつむかせた時、バンッ、と玄関の方から大きな物音がして驚く。
　何事なのかと、道明さんと顔を見合わせ、そちらへと向かうと、脇腹を押さえ、壁に寄りかかって立つ、傷だらけのタカの姿が。
「タカ⁉」
「おい、タカ！」
　手負いの獣みたいな目をして、タカは「はぁはぁ」と肩で息をする。
「誰にやられたんだ？」
　冷静に聞いた道明さんにも、「うるせぇんだよ！」と怒鳴り散らすタカ。
「あんたにケツ拭いてもらおうなんて思ってねぇよ！」
　死と隣り合わせに生きるということの現実。
「お前なぁ」と、こめかみを押さえた道明さん。
「追い込みかける時は相手にも逃げ道作ってやれって、いつも言ってるだろ」
　何もこんな時に、説教じみたことなんて言わなくてもいいのに。
　なのに道明さんは、まるでわからせるように言う。

「『窮鼠猫を噛む』って言うじゃねぇか。こんなんじゃザマがねぇ」
「……」
「だいたい、闇金なんて、うまく立ちまわらねぇと警察に駆け込まれたら終わりなんだから」
　タカは心底悔しそうに唇を噛みしめ、ガッ、と壁を殴る。
　道明さんはため息をついた。
「お前はこんな世界にしがみついて生きるべきじゃねぇ」
　何も言い返せないのか、タカは顔をうつむかせるだけ。
　あまりに傷が痛々しくて、
「とりあえず手当てしなきゃ」
　と、伸ばした手は、しかしタカの手に振り払われた。
「触んな！」
　行き場を失くしたあたしのそれは、むなしく宙に残る。
「おい、何もリサちゃんに当たることねぇだろ」
　道明さんは割って入るように制したが、それでもタカは食い下がる。
「俺のこととやかく言う権利、あんたにあんのかよ！」
　タカの言葉に道明さんは、舌打ち交じりに顔をそらし、「勝手にしろ」と吐き捨てて、部屋を出た。
　タカは壁を背に、ずり落ちるようにその場に崩れる。
　戸惑うままにその悲しそうな横顔を見つめていると、
「悪い、マジ」
　と、タカは漏らすように言って顔を覆った。
　シロはこちらに歩いてきて、少し離れた場所にちょこん

と座る。
　人は自分を守ろうとする時、無意識のうちに他人を傷つける言葉を吐くことがある。
　だからタカは、決して道明さんが嫌いなんかじゃないはずだ。
「⋯⋯大丈夫？」
　今度はおそるおそるその頬に触れると、タカは小さく揺れる瞳を持ちあげた。
「あたしも道明さんも、もちろんシロも、タカのこと大好きなんだよ？」
　無理する必要なんかないと言ったのは、タカなのにね。
　引き寄せられて、唇が触れた。
　それはただの慰め合いなのかもしれない。
　けれど、あたしはきっと、タカが消えてしまったら生きてはいけないから。
「ごめんな、リサ」
　吐き出すようにそう言ったタカの顔は、やっぱり悲しげだった。
　あたしたちは、ひとりで生きていけるほどの強さなんてなかったから、だから寄り添い合っていた。
　ぬくもりを共有しながら、互いが生きていることを確認し合った。
　悲しい気持ちを分かち合いながら、この部屋で過ごしていた。

久々に学校にきてみたけれど、そこに梢の姿はなかった。
　代わりに乃愛が、ため息交じりにあたしの席へと近づいてくる。
「梢なら、また夜遊びして寝坊だよ」
　そして乃愛は、大きなため息をついた。
「最近の梢ってほんとに大丈夫なのかなぁ？」
「何が？」
「あっくんとかいう男、相当評判が悪いって、みんな言ってるんだよ？」
　チャラい遊び人だとかいう話なら、あたしもよく聞くけれど。
　でも梢が本気だと言う以上、止める権利なんてない。
「そんなもん自己責任でしょ。子供でもないのに。もし、もてあそばれて捨てられた挙げ句に留年したって、梢自身が悪いんだから」
「けど、嫌な予感しない？」
「……え？」
「だって、何かあってからじゃ遅いんだよ？」
　珍しく真剣そうに言った乃愛は、肩をすくめてみせた。
「梢は相変わらず遊び歩いてるし、リサはまた弟に殴られたって言うし、どんだけ心配させんのよ、あたしのこと」
　驚いたけれど。
「でもあたしからしたら、不倫してる巨乳の方が心配だけどね」
　互いに顔を見合わせて笑った。

学校が終わってから、あたしと乃愛は、いつものように街に出た。
　そこで偶然、同じように遊んでいた結香さんと再会し、一緒にご飯に行くこととなった。
　結香さんは乃愛の地元の１個上の先輩で、めちゃくちゃ美人なのに気さくなキャバ嬢。
「冬に会って以来だよね！」
「結香さん、会うたびに髪型変わってるし、一瞬わかんなかったですよ」
　あたしたち３人はファミレスに入り、久々の再会を喜び合った。
　ああでもない、こうでもないと、世間話や愚痴を並べながら時間を過ごしていた時、鳴ったのは乃愛の携帯。
「あ、梢からだ」
　そう言って乃愛は通話ボタンをタップしたが、すぐにその顔色が変わった。
「えっ、ちょっ、梢⁉」
　そのただならぬ様子に、あたしと結香さんは、何事なのかと顔を見合わせたのだが、さらに乃愛は大声を出す。
「ねぇ、泣いてちゃ何もわかんないよ！」
　あの、気の強い梢が、泣く？
　その姿が想像できないあたしに反し、電話をしている乃愛は、今度は声を震わせた。
「……嘘、でしょ……？」
　梢に何かあったのだということはわかった。

「すぐに行くから」と、電話を切った乃愛は、あたしたちを見あげ、顔を蒼白にして言う。
「……梢、レイプされたって……」
　あたしは目を見開いたまま。
　乃愛は携帯を握りしめてガクガクと体を震わせ、結香さんはうつむき加減に唇を嚙みしめる。
「とりあえず行くよ」
「……結香、さん……」
「いいから早く！」
　キーケースを握る結香さんの手もまた、震えていた。
　あたしたちはすぐにファミレスを出て、結香さんの車に乗り込む。
　状況はわからないけれど、でもレイプがどんなものかくらいは想像に難くない。
「……梢、パニックになりながら、『あっくんに騙された』って繰り返してて……」
　乃愛は悔しそうに言った。
　どうせいつか天罰が下ったって自業自得だ、なんて思っていた昼間の会話を、後悔せずにはいられない。
　結香さんはさらにアクセルを踏み込む。
　梢はスーパーの駐車場の裏手にあるゴミ置き場の近くに、隠れるようにして身を潜めていた。
　泣き腫らした顔と、ボロボロの体。
　あたしたちを見るなり、「うわーん」と、子供みたいに声をあげる。

「乗りなよ、梢」

　あたしと乃愛で、梢を支えるようにして、結香さんの車に乗せた。

　嘘であればと、あたしはまだ願っていた。


「とりあえずうちでいいよね？」

　そんな言葉と共に、結香さんの家にお邪魔させてもらうことにした。

　ワンルームタイプのマンション。

　何から何までお世話になりっぱなしだ。

　シャワーを浴びて、結香さんが淹れてくれたホットコーヒーを飲んだ梢は、先ほどよりは落ち着いた様子だった。

　体中にできた抵抗の痕らしき傷が、目をそらしたくなるほど痛々しいが。

「あたし、昨日、あっくんちに泊まったの」

　梢はぽつり、ぽつりと話し始めた。

　昨日、梢はあっくんの家に泊まり、そのまま面倒になって学校を休んだそうだ。

　すると、どこかに電話をしたあっくんは、『友達がくることになった』と言った。

　数分後に現れたのは、5人の男たち。

『どういうこと⁉』

　と、声を荒げた梢に対し、

『こいつらがお前とヤリたいって言うから、セッティングしてやったんだ』

と、あっくんは言ったそうだ。
　逃げることができなかった梢は、結局、男たちにマワされた。
　まるで永遠とも思えるほどの長い時間の中で、あっくんはその様子を見ながら笑っていたのだという。
　『お前だって何本もくわえられて幸せだろ？』と言って。
　梢が命からがら逃げ出した時にはもう、外は真っ暗闇に包まれていた。
　怖くて怖くて、だから乃愛に電話したのだという。
　すべてを聞き終えた時、あたしも乃愛も怒りに震えた。
「許せないよ！　警察行こう！　泣き寝入りなんか絶対ダメだよ！」
　しかし、結香さんは、そう言った乃愛を制した。
「ねぇ。警察に行くってことがどういうことか、わかって言ってる？」
　結香さんは少し言葉を詰まらせたあと、言った。
「あたしの友達もレイプされたことがあるの」
　結香さんの拳が震える。
「事情聴取って、何から何まで聞かれるんだよ？　どこをどんな風に触られたか、どの角度で何秒か、その時スカートはどんな風だったか、って」
「……」
「被害届を出して、もしも犯人が捕まって起訴されたとしても、今度は裁判でより多くの人に同じこと聞かれるんだよ？　それに耐えられる覚悟がないなら無理だよ」

梢はまた涙ぐむ。
「……悔しいけど、世の中なんてそんなもんだよ」
　夜の世界で、あたしたちよりずっと多くのことを経験している結香さんの言葉は重い。
　乃愛はまるで自分のことみたいに、「こんなのひどいよ」と繰り返していた。
　しょせんは高校生で、ただの子供のあたしたちが、調子に乗って、車持ちだからとか奢りだからとか、男たちを利用していた結果がこれだ。
　うまく遊べば大丈夫だ、なんて過信は消えた。
「警察が無理なら、誰かに頼めば」
「乃愛！」
　そんなことをして報復したって、梢の受けた傷が消えるわけではない。
「だってこんなことってないよ！」
　喚く乃愛と、泣きじゃくるだけの梢。
　あたしと結香さんは顔をうつむかせた。
　あんな男だとしても、梢は本気だったのに。
　愛も恋も捨てたと言いながら遊んでいたあたしたちには、やっぱり幸せなんてものは訪れないのかもしれない。
「梢。とうぶんうちに泊まっていいから」
　結香さんは、梢の背中をさすりながら言った。
「被害届だって、出すか出さないか、ゆっくり考えればいいんだよ」
　アネゴ肌の結香さんの存在が、どれほどあたしたちの支

えになっているか。
「結局は女なんて無力なだけなんだね」
　自嘲気味な乃愛の呟きが悲しい。
　何も言わずにまた顔をうつむかせたあたしたちに、
「でもね、無力だとしても、死のうだなんて思っちゃダメだよ」
　という、結香さんの言葉が突き刺さった。
「あたしの友達は、レイプされて、その辛さから精神科に通うようになって、結局は自殺しちゃったの」

　タクシーに乗り込んで帰宅の途についたものの、あたしと乃愛に、会話らしい会話はなかった。
　好きな人にハメられて、知らない男たちに体を貪られ続けた梢の気持ちは、計り知れないものがある。
　セックスを軽んじたあたしたちへの、これが天罰だとでも言うのだろうか。
「……梢、大丈夫だよね？」
　乃愛は不安そうに、まるで確認めいた聞き方をする。
　けれど、答えられなくて、あたしたちなんかに、いったい何ができるだろうかと思う。
　ただ、窓に映る、流れる景色を見つめていた時、乃愛の携帯が鳴った。
「はい。はい、うん」
　電話口からかすかに漏れる落ち着いた男性の声は、きっと例の不倫相手だろう。

「大丈夫だよ。またね、先生」
　短くだけ通話を終了させた乃愛の言葉に、思わず眉根を寄せるあたし。
「……『先生』？」
「あぁ、つい、昔の癖(くせ)でね」
　乃愛は携帯へと視線を落とし、懐かしむような顔をした。
「あたしの中学の時の、塾の先生だったの。学校にも家にも居場所がないって思ってた頃、先生だけがあたしに親身になってくれたんだ」
「ふうん」
「いつも勉強なんてそっちのけで、先生はあたしのつまらない毎日の話を聞いてくれたの。でも卒業してから塾も辞めて、そのまま疎遠(そえん)になっちゃったんだけどね」
　けれど偶然の再会は、今年の春先。
　先生はいつのまにか結婚していて、子供も生まれていた。
　でも、昔のようにいろいろな事を相談して、何度も会っているうちに、そういう関係になってしまったのだという。
「先生はいつも、あたしに『ごめんね』って言うの。あたしが勝手に好きになっただけだから、謝る必要なんてないのにね」
「……」
「別にあたしは、あの人の家庭を壊したいだなんて思ってないよ。だって今のあたしには、先生の存在だけが心の支えだから」
　乃愛は乃愛で、精一杯だったんだ。

しょせんは不倫だとバカにしていたあたしは、急にはずかしくなる。
　梢を、乃愛を、勝手に見下していたのはあたしで、こんなことになってから、やっと大切な存在であることに気づいたから。
「ごめん、乃愛」
「ちょっと、意味わかんないから。なんで突然、謝るのよ」
　乃愛は少し悲しそうに笑っていたけれど。
「梢がこんな風になったのだって、きっとちゃんと止めなかったあたしの責任だよ」
「リサ！」
「……あたし、最低だよね」
　呟けば、途端にやるせなさに襲われる。
「リサが悪いんなら、あたしも同罪だよ……」
　乃愛はまた、ぐずぐずと泣き始めた。
　悔しくて、やり場のない悲しみだけがせまい車内を包む。
　今まで散々、人の心をもてあそんでおいて、やっとそれが、どれほど罪なことなのかと気づいた。
　そんなあたしたちが、今さら、人並みに誰かに恋心なんか抱いてもいいのだろうか。
　タカを、好きでいてもいいのだろうか。

## 頑迷(がんめい)の揺れ

 それから１週間、梢は学校を休んだ。
 だけどあたしと乃愛は、毎日のように結香さんの家にお邪魔させてもらい、梢を囲んでくだらない話に興じた。
 呆然(ぼうぜん)と日々を過ごしていた梢の顔にも、次第に笑みが戻ってきた。
 そしてテスト開始日でもある月曜日、梢は少し無理をしながらも学校にやってきた。
「もう大丈夫だよ」
 本心なのかはわからない。
 けれど、あたしも乃愛も、梢のその言葉に強く頷く。
 あたしたち３人は、こんなことになってやっと、本当の意味での『友達』になれたのかもしれない。
「昨日、１週間ぶりに家に帰ったら、疲れた顔したお母さんに泣かれちゃって。『連絡ひとつ寄こさないで、毎日、眠れないくらい心配してたんだから』って」
「……」
「今まで家族なんて大嫌いだと思ってたけど、あたしが勝手に壁を作ってただけなのかもって、その時、気づいたの」
 それはきっと、どん底から見た梢なりの、希望の光。
「だから、リサも乃愛もありがとね」
 やっぱり乃愛は泣いていた。
 結局、たいして勉強することなく受けたテストは散々

だったけど、それでも生きていく上で、もっと価値のある
ものを見つけた気がしたから。
　なんて、死にたがりなあたしの台詞ではないのかもしれ
ないけれど。


　テストは午前中で終わり、普通なら他の生徒はそのまま
帰宅するのだが、あたしたちは教室に残り、提出物を片づ
ける梢を待っていた。
　せめてこれくらいしなきゃ、冗談じゃなく単位不足で留
年させられてしまうから。
　それから１時間ほどが過ぎた頃。
「あー、やっと終わったぁ」
「んじゃあ、早くこれ提出して帰ろうよ」
　やれやれと３人、荷物を持ちあげた時、
「おっ！　お前らまだいたんだ？」
　と、直人が教室のドアから顔を覗かせた。
「直人こそ、こんな時間まで何やってたの？」
「俺は部活のミーティングがあって」
　乃愛の問いに答えながら、直人はあたしたちの前まで
やってくる。
「それより梢、おばさん心配してたぞ」
「うっさいよ」
「ったく、口悪いなぁ」
　頭を掻きながらも、直人は梢に、「これからちょっと話
せない？」と聞いた。

「何?」
「いいから、いいからぁ」
　直人が笑いながら手を引こうとした瞬間、梢はびくりと肩をあげた。
　と、同時に、パシッと乾いた音が響き、直人の手が振り払われる。
「触らないでっ!」
　驚くように目を見開いた直人と、拳を握りしめ、唇を噛みしめて顔をうつむかせる梢。
　梢の体は震えていた。
　あれからたった1週間しか経っていないのだから、怖がるのだって無理はない。
　それがたとえ、幼馴染みの直人の手であろうとも。
「ははっ。梢ちょっと今、機嫌悪いから」
　乃愛はその場を取り繕おうと笑ったが、それはあまり意味をなさなかった。
　直人は怪訝な顔をする。
「こず、どうしたんだよ?」
「やめてよ!　いい加減にして!　直人なんかにはなんの関係もないでしょ!」
「こらこら、そういう言い方はないだろ?　俺だってお前のこと心配してるから、こうやって」
「うるさいっ!」
　梢は金切り声をあげて耳を塞いだ。
　あたしと乃愛では、とてもじゃないけど割って入れるよ

うな空気ではない。
　梢は目に涙を溜めていた。
「もうあんたが知ってる昔のあたしとはちがうの！」
　そう吐き出した瞬間、梢は逃げるように教室を出た。
「梢!?」
　焦った乃愛がその背を追う。
　が、出遅れたあたしは直人の困惑した表情を見てしまい、その場から動けなくなってしまった。
　どうするべきか。
「ごめんね、直人。梢ちょっといろいろあって、今精神的に不安定っていうか」
　濁すように言ってみたが、直人は大きなため息と共に頭をかかえた。
「俺のせいで泣かせたってことだよな？」
「ちがうよ、そうじゃない」
「なら、どうして！」
　直人の気持ちは知っているが、だからってレイプされただなんてことを、やすやすとあたしからは口にできない。
　沈黙の帳が重くのしかかる。
「昔は梢のこと一番知ってるのは俺だったはずなのに、今は何もわかんないや」
　直人の自嘲気味な呟きが痛い。
「ほんとは梢だって、あんな風に言いたかったはずじゃないんだよ」
　カーテンがはためき、少し湿った風が舞った。

あたしは息を吐く。
「お願い、直人。何があっても、何を知っても、梢のことを見捨てないで」
「……どういうこと？」
「直人は梢の前で、変わらないであり続けてほしいの」
　だって梢にとって本当に必要なのは、直人のような存在なんだと思うから。
　いつか、梢が苦しみを乗り越えた時、あたしたちより近くにいてあげてほしい。
　直人の優しさは、まっすぐで強いって知ってるから。
「梢は本当は、誰かに心の底から愛されたいはずなの」
　どうか梢を、救ってあげてほしい。
　梢はもうこれ以上、傷つくべきじゃないから。
　たとえ今すぐには無理だとしても、きっと直人の力があれば、梢は必ず前を向けるはずだ。
　あたしの言葉に少し驚いたような顔をして、でも次には直人は、いつもみたいに歯を見せて笑った。
「なんかわかんないけど、リサの気持ちはいただきました」
　直人は力強く言う。
「俺、絶対、梢に対しての気持ち、変わんないから」
「……」
「だからリサからの励ましもあることだし、何度当たって砕けても頑張るよ」
　この人らしいなと思う。
　ピースを作って笑う直人を見て、あたしまで少し笑って

しまった。
「てか、リサこそさっさとカレシ作れよな」
「余計なお世話よ」
　また顔を見合わせて笑ったら、直人はいくぶん元気になったようで、
「俺、梢んとこ行くわ」
と、言った。
　ふたりで教室を出て、廊下を歩き、階段まできたところに、その姿はあった。
　慰める乃愛と、涙を拭った梢。
　直人は梢に、明るく声をかけた。
「ほら、梢。隣同士なんだし、たまには一緒に帰ろうぜ」
「嫌だって言ったでしょ！」
「んなこと言ってっと、帰りにアイス買ってやらねぇぞ？」
　それを聞き、乃愛がぷっと噴き出した。
　あたしも思わず笑ってしまう。
「梢。今日は直人と一緒に帰りなよ」
「ちょっ！　なんでよ、リサ！」
「大丈夫だって。直人はあいつらとはちがうって、ちゃんとわかってるでしょ？」
　いつまでも傷をかかえながら内にこもるより、時には荒療治でもこんな風にすべきなのだ。
　梢は一瞬、驚いて、でもすぐに諦めるように息を吐いた。
「あんたはひとりじゃないよ」
「そうだよ。何かあれば、いつだってうちらが助けるから」

あたしが言って、乃愛が言うと、直人は笑いながら梢に右手を差し出した。
　それは先ほど梢が振り払ったもの。
「帰ろう、こず」
　おそるおそる、梢はその手を握り返す。
　涙でぐちゃぐちゃな梢の顔は、耳まで真っ赤になっていた。
「あとは任せたよ、直人」
　直人はうしろ手に手をヒラヒラとさせる。
　涙を拭いながら歩く梢は、小さな子供みたいだった。
　直人に手を引かれながら帰る梢の背中を見つめていると、胸の中にあたたかい何かが込みあげてくる。
　あたしと乃愛は顔を見合わせ、笑ってしまった。
「直人ってやっぱりすごいね」
「そうだね」
「あたし、ちょっと羨ましくなっちゃった」
　乃愛はそう言って、肩をすくめる。
　まっすぐで、優しさにあふれた直人は、まるで太陽のような人。
　だからそれに染められたなら、きっと梢は幸せになれるだろう。
「梢はさ、見えるものから目を背けて、見えないものばかり必死で見ようとしてたから悪かったんだよ」
　いつも直人は、梢のすぐそばにいたのにね。
「自分のことを想ってくれる人が近くにいるって、じつは

すごいことなんだよね」
 乃愛も同意したように頷く。
 あたしたちはいつまでも、ふたりの背を見送っていた。
 友情なんてクソ喰らえだと思っていたはずなのに……。


 タカとメッセージを送り合いながら歩いていると、乃愛があたしの携帯を覗き込んできた。
「なんか楽しそうじゃーん」
「そう？」
 誤魔化すように言ってみたけれど、でも内心ハラハラしてしまう。
 乃愛はこれで鋭いところがあるから困る。
 あたしが曖昧な顔で笑っていると、乃愛は思い出したように眉をひそめて、
「ねぇ、リサもう大丈夫なの？」
 と、聞いてきた。
「ほら、あんた１年くらい前から、あのこと悩んでたでしょ」
 どきりとした。
 だから足を止めてしまったあたしの反応を見て、乃愛は、
「まだストーカーされてんの？」
 と、怪訝な顔をする。
「実害ないって言ったって、ちょっと気持ち悪いもんね、あれは」
 もう、出会い系なんてしていないあたしの携帯には、男たちからのメッセージはほとんどなくなった。

けれど、1年ほど前から、今も変わらず毎日のようにくるメッセージがある。
【パンツ何色?】
【今日、遅刻しただろう?】
【愛してるよ】
【今、キミでヌイてる】

犯人が誰かなんてわからない。

顔さえ見えない相手からの、日課になったような薄気味悪いメッセージの数々。

最初は遊んでいる男たちのうちの誰かなんじゃないかと思い、拒否設定にした。けれど、相手はその都度、新しい番号に変えて、同じことを送ってくる。

二度、三度、とそれが続き、結局はいたちごっこだった。

犯人は知り合いの可能性もあるけれど、やっぱり特定するには至らない。

別に待ち伏せされたり、何か具体的に被害があったわけでもないので、今は放置しているのだけれど。
「リサ、大丈夫?」

乃愛の声に、弾かれたように笑顔を作った。
「まぁ、あたしを恨むやつなんて多いだろうし」

笑い話のように言ったけど、でもじんわりと手のひらが汗ばむのを感じてしまう。

乃愛は少し不安そうな顔でこちらを見た。
「だってさぁ、梢みたく何かあってからじゃ遅いんだよ?」
「ありえないってば。どうせ春樹が、友達使ってあたしに

嫌がらせでもしてるつもりなのよ、きっと」
　そうに決まってる。
　断言したように言って、まだ何か言いたげな乃愛の言葉をさえぎり、あたしは再び歩き出した。
　早くタカに会いたかった。

　地元に戻り、駅の近くにある行きつけのペットショップでシロのエサを買ってから、タカの家に行く前にコンビニに寄った。
　そしてジュースだけを買って店を出た時、
「あっ」
　見覚えのある顔に、無意識のうちに舌打ちする。
　まさか白昼に、しかもこんなところでこいつに会うだなんて、思いもしなかった。
「なんでお前がこのあたりウロチョロしてんだよ」
「春樹に関係なくない？」
　見るからにギャングみたいな格好で、春樹はにらむような目を向けてくる。
「てか、話しかけないでよ」
　あたしの言葉に、春樹は苦虫を噛み潰したような顔をしながらも、
「死んでねぇのは知ってたけど、てめぇも相変わらずだな」
　と、吐き捨てる。
　再会は、木下くんの命日の日以来、半月ぶりだ。
　ドラッグストアの袋ごと捨てたあたしをどう思っている

のかなんて知らないけれど、でも今さら、馴れ合う気なんてない。
　春樹はタバコをくわえた。
「なぁ、とりあえず話せねぇか？」
　あたしは話すことなんて何もない。
「悪いけど、忙しいの」
　どうせまた、金の無心か何かだろう。そんなことに付き合っていられないし、それ以前にこんな場面を誰かに見られでもしたら困る。
　けれど春樹は引こうとしない。
「話があるっつってんだよ」
「いい加減にして！」
　だから声を荒らげたのに、腕を掴まれて肩があがった。
　同じ血を分けているとはいえ、男女のちがいは大きなものだ。
　苦痛と嫌悪に顔が歪む。
　春樹は怒りの形相だった。
「そんなに俺が憎いのかよ！　一生、俺を恨んでりゃ、てめぇはそれで満足なのかよ！」
　怒声が響き渡る。
　だって、春樹を憎んで恨み続ける以外、方法なんてないじゃない。
　あの頃の『仲のよかった姉弟』は、もう消えてしまったのだから。
「じゃあ、あたしにどうしろって言うのよ!?」

渾身の力でその手を振り払い、あたしは肩で息をした。
「辛いからって今まで好き勝手に振る舞ってまわりに迷惑かけて生きてきたあんたが、自己陶酔に浸ってあたしを責める権利、あんの!?」
「……」
「甘ったれんじゃないわよ！　ふざけんな！」
　あたしたちはもう、互いを許す術なんて見つけられないから。
　あたしは春樹の傷ついたような顔から目をそらした。
　５年間、何度も何度もこんな言い争いをし、そのたびに話は平行線のまま、むしろ関係だけが悪化してきたのだ。
　今もまだ、出口なんて見えないまま。
「もう用は済んだでしょ？」
　だから早くその場を立ち去ろうと思ったのに、「待てよ」と言った春樹に、また腕を取られた。
　本当に、いい加減にしてほしい。
「触らないでってば！」
　だから必死で抵抗した。
　が、その瞬間に春樹は、あたしの後方を見て驚いたように目を丸くする。
　なんなのかと振り向くと、そこにはタカが佇んでいた。
「何やってんだよ!?」
　その言葉は、あたしと春樹に向けられたもの。
「おい、そいつから手ぇ離せ」
　タカは顔を歪め、あたしたちを引き剥がす。

春樹は状況をのみ込めずに困惑した様子だが、あたしは唇を嚙みしめて顔をうつむかせることしかできない。
　知られたくはなかったのに。
「……どういうことだ？」
　タカはあたしたちを見て、さらに眉根を寄せる。
　そして春樹の元へと歩み寄り、
「答えろよ、春樹」
と、その胸ぐらを掴みあげた。
「待ってくださいよ、雷帝さん！　俺はただ、姉貴と話してただけで」
「え？」
　春樹の言葉に、タカはゆっくりとあたしをうかがう。
　最低最悪だ。
「……じゃあ、リサを殴った『弟』って……」
　呟くタカの剣幕は、先ほどよりずっと恐ろしいものに変わった。瞬間、ガッ、と響いた鈍い音と共に、春樹は地面に倒れ込む。
「タカ、やめて！」
　焦って止めようとしたのに、
「てめぇ、力じゃ俺に敵わねぇからって、体使って雷帝さんに取り入ったのかよ！？」
と、今度は口元を拭った春樹が、あたしに向けて声を荒らげた。
　春樹はこちらをにらみつけながら体を起こし、
「そこまでして俺を陥れてぇのかよ！」

と、うなるような声を出す。
　春樹はあたしに掴みかかろうとするが、タカがそれを止めたのだと思う。
　突き飛ばされたあたしは、擦りむいた膝を押さえて、唇を噛みしめた。
　もう本当に、めちゃくちゃだ。
　別に春樹を陥れるためにタカの部屋に通ってたわけじゃないし、ましてや取り入ろうとなんてしていないのに。
「雷帝さん！　こいつに騙されないでください！」
「わけわかんねぇこと言ってんじゃねぇぞ！」
　頭上で繰り返される言い争いに耐えかね、
「もうやめてっ」
　と、あたしは吐き出すように拳を作った。
　どうしていつもいつも、あたしの小さな幸福さえこいつに奪われなければならないのだろう。
　春樹のせいで、何もかもを失ったのに。
　なのに、今度はタカとの関係までもが壊される。
「消えてよ、春樹！」
　擦りむいた膝よりずっと、張り裂けそうな胸が痛かった。
「……タカだけがあたしの救いなのにっ……」
　もう、タカだけなのに。
　視界が赤黒く染まるまでに、悔しさが込みあげてきた。
　怒りも、絶望も、すべてが混濁した中で、次第に呼吸ができなくなっていく。
「おい、リサ⁉」

伸びてきたタカの腕に、無意識のうちに縋りついた。
　その様子を見た春樹は、急に２、３歩足を引き、逃げるように駆け出す。
　あたしは苦しさの中で脂汗を滲ませながら、徐々に遠のく意識を手放した。


　生まれてこなければよかったのは、あたしだったのか、春樹だったのか。
　盲目的なまでに研究に命をかけている父と、友人とのパーティーに勤しむばかりの母は、どうしてあたしたちなんか産み落としたのだろう。
　もう、心も、体も、痛くてたまらないの。
　憎しみ合うことでは何も生まれないと、わかっているはずなのに。
　ねぇ、春樹。
　今も許すことができなくてごめんね。


「リサ、平気か？」
　タカの部屋で、タカの腕に抱かれて、意識を引き戻したあたし。
　そのぬくもりが、恋しいまでに愛しくて、タカの胸に顔をうずめるようにして縋ってしまう。
　居場所なんてもう、この腕の中だけでいいから。
「あたし、タカが好きだよ。ほんとだよ？」
「わかってるよ。大丈夫だから」

タカは、あたしが落ち着けるようにと背中をさすってくれた。
　そして、少し迷うような沈黙のあと、聞いてきた。
「お前が世界で一番大嫌いだって言ってたのは、弟の春樹？」
「……うん」
　うん、そうだよ。
　春樹なんか大嫌いだったし、死ねばいいとすら思っていた。
　けど、でも、あの子が苦しそうに顔を歪めるのを見るたびに、あたしの中で、罪悪感の欠片がうごめくの。
　だって春樹は本当は、木下くんが大好きだったから。
　木下くんが当時、レベルの高い私立校の勉強についていけてなかったって、みんな知っていたのにね。
　なのに、それ全部、性格の正反対だった春樹と一緒にいたからだって言われて、結局はウワサに尾ひれがつき、すべてがあの子のせいになってしまっただけ。
　それをわかっていながら、あたしは何もかもが壊れてしまったことを春樹のせいにして、今も憎み続けているの。
　ねぇ、最低でしょ。
「だから本当は、消えてしまえばいいのはあたしの方なの」
　許すことすらできないあたしの存在なんて、なくなればいいのに。
「やめろよ。冗談でもそんな風に言うな」
　冗談なんかじゃないのに。

なのに、タカがあまりにも悲しそうな顔で言うから、それ以上の言葉が出なくなる。
「俺にはお前が必要なんだから」
「……」
「エンペラーの中で一番かわいがってる春樹も大切だけど、それ以上にお前がいてくれなきゃダメなんだ」
　バカだよ、タカは。
　こんな、なんの価値もないあたしのために、そんなこと言わないでよ。
　泣きそうな顔なんてしないで。
「ごめんね。タカに迷惑かけるつもりなんてなかったのに」
「そんなん思ってねぇよ」
　もう何度、あたしはこの人の存在に救われているだろう。
　タカの香りに包まれているだけで、胸のつかえが取れる気がする。
「つか、頼むからあんま心配させんな。辛い時はちゃんと俺に言えよ」
　あたしよりももっと辛そうな顔で言って、タカは抱きしめる腕に力を込めた。
　ねぇ、あなたのかかえているものは、何？
　聞きたくて、聞けなくて。顔をあげると唇が触れた。
　あたしはこの人のために、何かできているだろうか。
「復讐なんて、お前には似合わねぇから」
　タカは言った。
　その言葉に、その瞳に、固く誓った決意さえも揺るがさ

れる。
　もういい加減、あたしは春樹を許してあげるべきなのかもしれない、と。
　けれど言葉が持てず、目をそらした時、ドアの向こうから、ふにゃあ、とか細いシロの鳴き声が響いた。
　寝室のドアを開けると、リビングのソファで道明さんがタバコの煙を吹かしていて驚く。
「よう、リサちゃん」
　タカと道明さんは、あの喧嘩をした次の日にはもう、仲直りをしたのか一緒にいたことは知ってる。
　けど、でも、どうして今ここに？
「道明くん、いたんだ？」
　あたしのうしろから、タカまで顔を覗かせた。
「お前ねぇ。パニクって俺に電話してきといて、おまけに買い出しまで行かせといて、よく言えたもんだなぁ」
「うっせぇよ」
　タカは口を尖らすが、道明さんはそんなの無視して、心配そうにあたしの顔を覗き込むと、
「リサちゃん、もう平気？　これ適当に栄養あるもんとか買ってきたから、食える時に食って」
　そう言って、買い物袋を手渡してくれる。
　なんだか全然関係ないこの人にまで迷惑をかけてしまったことが、本当に申し訳なく思ってしまう。
　道明さんは、タカを一瞥し、呟いた。
「しっかし、復讐なんか似合わねぇ、ってか？」

「……聞いてたのかよ」
「俺からすりゃあ、お前が言うなって感じだけどな」
　どういう意味？
　と、思ったけれど、相変わらず聞けるような雰囲気ではなかった。
　途端にタカは悔しそうに拳を作って顔をうつむかせる。
「なぁ、タカ。お前の方こそいい加減、過去に縛られずに未来を見ろ」
「……」
「アイだってそんなこと望んでねぇって、わかってるだろ？」
　タカはやっぱり泣きそうな顔。
　この人の心の闇を、あたしはまだ知らない。

## 見つめる先

　やっと長かった期末試験が終わったのは、あの日から4日後だった。
　毎晩のように一夜漬けをして疲れ果てていたあたしは、まっすぐタカの部屋に帰ってそのまま、眠っていた。
「お前、全然起きねぇんだもん」
　タカは笑いながら、まだ少し意識がまどろんでいるあたしに絡まってくる。
　あれ以来、あたしは試験があり、タカも仕事だったため、すれちがいで話らしい話もしていなかった。
「なぁ、久々にどっか食いに行かね？」
　そう言いながらも、あたしの体をまさぐるタカ。
　どうして出かける話をしながら、人の服を脱がせるのか。
　たまにタカの体から香ってくる、知らない香水のにおいが嫌だった。
　知らない女の影に、どうしようもない気持ちにさせられてしまうから。
　なのに、いつもあたしは、タカを受け入れてしまう。
　互いに拒絶されることを恐れるあたしたちは、弱さばかりを重ね合わせることしかできない。
「タカ」
　その名を呼び、引き寄せるように腕をまわして、背中に爪痕を残した。

痛みの上から痛みを塗り重ねることでしか、あたしたちは楽になれる術を知らないから。

　結局、あたしたちが食事に出かけたのは、夕食時もとうに過ぎた頃だった。
　ここ数日で、すっかり気候も夏に近づき、夜でもむしむしとしていて気持ちが悪くなりそうだ。
「ねぇ、居酒屋行こうよ、居酒屋！」
「お前はどこのサラリーマンだ。つか、普通、女ってもっと、あれ食いたい、これ食いたい、って言うのになぁ」
　誰と比べてんのよ、なんてことは言わないけれど。
　いつもの居酒屋に入り、さっそくビールを注文するあたしたち。
「そういや、今日で試験終わりだって言ってたよな？」
「うん。赤点補習がなければいいんだけどね」
　進学する気はないが、ここまできて赤点で留年というのも嫌なので、一夜漬けとはいえ、久しぶりに本気を出した。
「改めて思うけど、お前、高校生だもんなぁ」
「うるさいなぁ」
　その『高校生』の体をむさぼっているのはどこのどいつだよ、って感じだが。
　タカはいつも、あたしに将来のことなんか聞いてこない。
　先の話なんかしたこともないし、もっと言えば、翌日の約束さえ交わしたりしないのだ。
「もうすぐ最後の夏休みだと思うと、学生なんて嫌なのに、

感慨深くなっちゃうよ」
「お前はオヤジか」
　と、突っ込むタカ。
　無駄に過ごしているだけの高校生活だけど、得たものは少なくないのかもしれないと、最近は思うようになってきた。
「お前、最後の夏休みだからって、あんまハメ外すなよ？」
「心配なんだぁ？」
　笑ってしまった。
「そんな心配しなくても、あたしはタカのところ以外には帰らないでしょ？」
　もう、あの家に帰る気はないし、春樹とも離れるべきなのだと思う。
　そうじゃなきゃ、あたしたちはまた、いがみ合ってしまうから。
　タカは一瞬、驚いた顔をしたけど、すぐに伏し目がちに笑った。
　ちょっと照れてるみたいでかわいいと思う。
「そんなに俺が好きなんだぁ？」
「バーカ」
　なんて言いながら、ビールを飲んだり、食事に箸をつけたりで、時間は過ぎていった。
　それから１時間ほどが過ぎた頃、
「あっ！」
　と、いう声が背中から聞こえ、驚いて振り向いた。

その瞬間、あたしはぎょっとしてしまう。
「なんでこんな場所で、道明くんと結香に遭遇するかねぇ」
　タカは肩をすくめているけれど、でも思考が及ばない。
　まさか結香さんがふたりの知り合いだったなんて、どうしてこう、世間はせまいのだろう。
「リサ、あんた何やってんのさ?」
　結香さんは目を丸くして、あたしとタカを見比べた。
「てか、タカさんのカノジョって、リサだったわけ⁉」
「ちょっとちょっと、これってどういうこと?」
　よくよく話を聞いてみれば、道明さんは結香さんのお客だそうだ。
　たしかに結香さんは中学卒業と同時に年を誤魔化してキャバ嬢をやっていたので、タカや道明さんと知り合うことは不思議ではない。
　どうやら今日は、店が暇だったのでふたりで食事にきたらしい。
「リサ、よくこんなガラの悪い連中と仲よくやってるよね。この人たちってほんとただの悪人なのに！」
　結香さんはなぜか大爆笑だった。
　一方、男ふたりはその言葉に口元を引きつらせている。
　サバけている結香さんの勢いに、圧倒されているようだ。
「まぁ、なんかよくわかんねぇけど、みんな顔馴染みってことで、乾杯でもしようぜ」
　隣のテーブルに座った道明さんが言った。
　タカは急に不機嫌そうになった様子で頬杖をつくが、

ビールが運ばれてきて、あたしたちは乾杯をし直した。
「タカさんがあんまり飲み歩いたりしないのって、リサがいたからなんだね」
　結香さんが茶化すように言うが、
「いや、タカはもともとキャバとか嫌いだし、人が多い場所で騒ぎながら飲むのが苦手なだけだよ。つーか、こいつは基本、仕事以外でそういうの行かないしな」
　と、道明さんがお兄ちゃんみたいな口調で笑って返す。
　それはアイさんがキャバ嬢として働いていたことと何か関係があるのかと思ったけど、やっぱり聞くべきではないような気がした。
　タカはあたしの向かいで、興味もなさげにタバコばかり吸っている。
　それからみんなで適当に談笑し、結香さんがトイレに行くというので、あたしも同じように席を立った。
　鏡の前でメイクを直す結香さんに、
「この前はすみませんでした。なんか結局、ちゃんとお礼もできてないままで」
　と、あたしは頭を下げる。
　結香さんは、笑いながら首を振った。
「いいよ、そんなことは。それより梢はもう大丈夫っぽい？」
「はい。どうにか」
「そっか。よかった」
　胸をなでおろす結香さん。
　本当に優しい先輩で、道明さんと並んでいても違和感が

ないように見えた。
「リサはタカさんが大好きなんだね」
「えっ」
「だってさっきから一緒にいても、向こうばっか気にしてたから」
　視線というものは、どうして隠せないのか。
　あたしが苦笑いしか返せないでいると、結香さんは息を吐いて宙を見つめる。
「なんか羨ましいな、そういうの」
「あたしから見たら、結香さんの方が美人で羨ましいですけどね」
「いやいや、よく言うよ。それに顔と恋愛は関係ないし」
　そう言った結香さんは、少し困ったような顔で言った。
「あたしね、久保さん好きなんだけど、ダメっぽいからさぁ」
　結香さんが、道明さんを？
「『本気で俺のことを好きな女は抱けない』ってさ。じゃあ、どうすればいいんだろうね」
「……」
「久保さん、昔のカノジョのこと今も引きずってるって言ってたんだ」
　アイさんのことだろう。
　あたしは言葉を返すこともできない。
「指名してくれるのだってどうせ、仕事だからってわかってるのに、期待してるあたしってバカでしょ」
　誰が見ても美人な結香さんなのに、そんなに悲しそうな

顔をするなんて、似合わない。
　でも、道明さんの気持ちだってわかるから、やっぱり結局のところ、人の想いなんていつも一方通行だ。
「なーんて、なんか初めて人に話して、ちょっと楽になれたよ。ありがとね」
　お礼を言うのはあたしの方なのに。
「リサはタカさんのこと大切にしなよね」

　結香さんを残して先にトイレをあとにし、席に戻ろうとした時だった。
　ついたて1枚を挟んだ向こうから、タカと道明さんの話し声が聞こえ、足が止まる。
「道明くんって、結香のこと好きなわけ？」
「お前さぁ、中学生でもねぇんだから、一緒に飯食った程度でいちいち『好き』とかに直結させんなよ」
「けど、結香は姉ちゃんと似てる。だから道明くんは、想いに応えてやる気もねぇのに、今も結香を指名し続けてんじゃねぇの？」
　タカの問いは直球過ぎて、道明さんは沈黙する。
　今しがた結香さんの気持ちを聞いてしまったあたしが、ふたりの会話を盗み聞きすべきではないはずなのに、動くことができなかった。
「やめろよ。俺のことはもういいだろ」
　他人の世話ばかりしたがる道明さんは、タカよりずっと、自分のことなんて話さない。

だから結局、道明さんの本当の気持ちなんて、わからないままだ。
　何事もなかったかのようにあたしが席に戻ると、ふたりは重い空気を引きずっていた。
　それでも、笑顔の結香さんが戻ってくれば、その場の雰囲気をすぐに華やかなものへと変えてくれる。
　本当にすごい人。
「ちょっと、お酒ないじゃーん！」
　結香さんの態度は、誰の前でも変わらない。
　『悩みのない人間なんていない』と言うけれど、あたしたちはそれぞれに思い悩むことがありながらもそれを隠し、笑いながら生きていた。
　時に酒で誤魔化しながら、胸にかかえたものを晒さないようにと必死だったのかもしれない。
　そのあと、道明さんの携帯が鳴り、呼び出されたようで、行ってしまった。
　結香さんも「ふたりの邪魔はしないよー」なんて言って、先に帰ってしまう。
　あたしとタカは再び静かになった席で向かい合った。
「さっきの話、ほんとは聞いてたんだろ？」
　タカの問いに、言葉に詰まる。
「俺、道明くんの恋愛に口出すつもりねぇし、今はもういない姉ちゃんばっかに縛られるべきじゃねぇとは思ってんだ。思ってんだけどさぁ……」
　タカは唇を噛みしめて顔を覆う。

「俺、たぶんまだ、道明くんのこと、心のどこかで恨んでんの。姉ちゃんが死んだのはあの人のせいじゃないってわかってても、それでも忘れてほしくないっつーか」
「……」
「矛盾してんだけどさ。道明くんはそういう俺の気持ちとか知ってるから、気ぃつかってるんだよ。あの人は、残された俺のために、恋愛とか捨てちゃったから」
　アイさんの死の理由は、今も知らない。
　けど、でも、タカも道明さんも、今もそれに縛られていることだけはわかる。
「タカは結香さんのこと嫌いなの？」
　だってさっき、タカはほとんど結香さんを見ようとしなかったから。
　しかし、タカはかぶりを振る。
「いや、結香がどうとかじゃないんだ。ただ、道明くんはいつも俺に何も言ってくれないから、そういうのがムカついて」
「でも結香さんは悪い人じゃないよ？」
「わかってる」
　そう言ったタカの顔は、やっぱり寂しげだった。
　人を縛るものは、いつも過去という名の記憶で、今もあたしたちはそれと折り合いをつけられず、うまくは生きられない。
　グラスの中の氷は溶けきっていた。

期末試験を終えて1週間ほどが過ぎた頃、補習を免れたあたしは、無事に夏休みを迎えることができた。
　といっても、友達と遊ぶ以外にはこれといった予定もないので、たまに暇潰しで短期のバイトをしたりしながら、毎日をタカの部屋で過ごしていた。
　大嫌いな学校に行くこともなく、好きに過ごせる日々は最高で、タカと一緒にいられる時間が何より大切だと思っていた。
　だからずっとこんな風でいられるならばと、願っていたのに。
　なのにそれは、いつもとなんら変わりない、夕暮れ時。
　雑誌を読んでいる傍らであたしの携帯が鳴り、何気なくディスプレイを確認した瞬間、我が目を疑った。
「うそっ」
　ついに、この時がきたかと絶望した。
「どうかしたか？」
　怪訝そうなタカの声も、耳を通りすぎる。
　あたしは世界がぐにゃりと歪んだような気がしていた。
　そこには、【自宅】という文字が点滅していたから。
　これを目にするのは、いつも年に二度、決まって母が帰国した時だけだ。
　ふらふらとタカに背を向け、ゆっくりと携帯の通話ボタンをタップする。
「リサ。あなた今、どこで何をやっているの？」
　ひどく刺々しい言葉。

「話があるの。今すぐ家に帰ってきなさい」
　ぴしゃりと言って、こちらの答えを聞くこともなく、通話は一方的に遮断された。
　唇を噛みしめ、あたしは悔し紛れに携帯を床に投げつけて、顔を覆う。
　最悪だ。
「おい、リサ！」
　タカはあたしの肩口を掴んで揺らす。
「お母さんが、帰ってきた」
「……は？」
「あたし、呼ばれたし、行かなきゃ」
　結局はあたしの自由なんて、母の保護下にあってこそのものだ。
　しかしタカは、納得しない。
「お前のこと、今まで散々放っておいたやつのところに行く必要なんて、あるのかよ！」
「ごめん。でも絶対ちゃんと、ここに帰ってくるから」
　タカは行くなといった風にあたしを抱き寄せる。
　それでも、どうせいつかは向き合わなければならないことだから。
「心配しなくても、魔女に煮て食われるってわけじゃないんだからさ」
　もう何度、タカはあたしのために、こんなにも悲しげな顔をしてくれただろう。
　一度、タカにぎゅっと抱きついてから、体を離した。

「大丈夫だよ」
　そんな言葉を残し、あたしはタカの部屋を出た。

　タクシーに乗って自宅マンションまで戻り、呼吸を整えてから、ドアを開けた。
　玄関には、春樹の靴と、そして母のパンプス。
　それを確認し、リビングまで行くと、ふたりは向かい合わせで座っていた。
　やっぱり父は今回も帰国しなかったらしい。
「どこに行ってたの？」
　母の問いには答えず、あたしは春樹の左隣の椅子へと腰を降ろした。
　春樹はこちらを一瞥したが、あたしたちが互いに目を合わせることはない。
「まったく、どうせこんなことだろうとは思ってたけど、親のいない間に、いったい何をやっていたんだか」
　吐き捨てるように言った母は、苦虫を噛み潰したような顔であたしたちを見た。
　ねぇ、そろそろ若作りなんてやめれば？
　と、言ってやろうかとも思ったが、面倒なのでバッグの中からタバコの箱を取り出した。
　母は、キッとこちらをにらみつける。
「いい加減にしなさい！」
　バチン、と乾いた音が響いた。
　次の瞬間、手から零れ落ちたタバコが、ばらばらと床に

転がっていく。
「あなたたちは、そろってろくに家にも帰らず、悪い連中とばかり遊び歩いて、はずかしいと思わないの⁉」
　ひとりで怒り、息を荒らげる母の姿が、ひどく滑稽なものに見えて仕方がない。
　だってあたしから言わせれば、その似合わない真っ赤な口紅をつけていることの方がずっと、はずかしいことだと思うから。
「なんとか言いなさいよ！」
　耳障りな金切り声だ。
　何より、春樹が怖いからって、あてつけのようにして、あたしにばかり怒鳴り散らさないでほしい。
　バカバカしくて、笑うことすら億劫になるじゃない。
「そもそものまちがいは、リサに春樹の監視を頼んだことよ！」
　嘘を言わないでよ。
　あんたらは、すべをあたしに押しつけ、面倒事や他人の目から逃れるように海外に行っただけじゃない。
　あの頃、荒れる春樹が嫌であたしも同じように家に帰らなくなり、結局は言うことひとつ聞かなくなった子供を持て余したのはそっちだろうが。
「こんなことになるなら、全寮制の学校にでも行かせるべきだった！」
　自らが腹を痛めて産んだ子に対し、愛情の欠片すらないような台詞。

母の思い描いていたレールから外れたというだけで、どうしていつもいつも、こんなにも悪く言われなければならないのか。
「不埒(ふらち)な娘と加害者の息子なんて、世間にどう顔向けすればいいのよ！」
　母が言った瞬間、バンッ、と机を叩いたのは、あたしの右隣りに座っている春樹だった。
「黙れよ、クソババア！　俺らのこと置き去りにして捨てたやつが、えらそうに世間がどうとか言う筋合いあんのかよ！」
「なっ」
「俺と姉貴が今までどんな想いで生きてきたか、考えたこともねぇくせに！」
　そうだね、春樹。
　ずっとずっと、あたしたちは苦しかったよね。
　誰も味方になってくれず、結局は互いを傷つける術しか見い出せなかったのだから。
　吐き出したような春樹の言葉に、ただ悲しくさせられた。
「やめなよ、春樹」
　春樹はまた悔しそうに拳を作った。
　あの頃、一番に守ってくれるべき両親に捨てられたという現実が、どれほど春樹の心をえぐったことか。
　けれどそんなことは、母には届かないとわかってるから。
「扶養する義務だけで、もうあたしたちの間には親も子もないんだから、何を言われようと関係ないし」

母は怒りに震えた形相を見せるけれど。
「姉貴は何も悪いことやってねぇだろ！」
　どうして春樹があたしを庇ってくれるのだろう。
　互いに憎しみ合っていたはずなのに、結局は血の繋がった姉弟ということか。
「俺らは親の人形じゃなくて、ちゃんとした人間なんだよ！」
　そこにあった灰皿を床に叩きつけ、春樹はリビングを出ていった。
　春樹の心の叫びに、あたしはやっぱり顔をうつむかせることしかできなかった。
　恐怖に身を縮めていた母は、一瞬、呆けたあと、咳払いをしてから再び苦々しさに顔を歪める。
「あんな悪魔みたいな口ぶりのどこが『人間』なのかしら」
　人間じゃないのはあんたの方だよ。
　けれど言いかけるより先に、母はバッグから１冊のパンフレットを取り出し、あたしの前に投げ置いた。
　見るとそれは、大学の案内らしい。
「あなたは春からそこに通いなさい」
「は？」
「どうせ先のことなんて何も考えてないんでしょう？　そこの理工学部の教授はお父さんの友人だから、もう頼んでおいたの」
　開かれているページに載った写真は、見知った顔。
　テレビでコメンテーターを務めている有名な教授で、こ

うも簡単に裏口入学が成立するなんて思わなかった。
「最初から春樹にはなんの期待もしていないわ。でもせめてあなただけは、名前の通った大学に入って学歴を残してくれなきゃ、困るのよ」
「……」
「そうすればお金だって今まで通り与えてあげるから、言うことを聞いていなさい」
　どこまでバカにされているのだろう。
　イラ立ちの中で、あたしはパンフレットを破り捨てる。
「リサ！」
　すると、再び振りあげられた平手。
　けれどあたしがにらみつけると、母はぐっと唇を噛みしめた。
「あたしや春樹が邪魔なら、殺せば？」
「なっ」
「別にあんたなんか怖くないし、5年間、顔も見てないようなお父さんの体裁がどうだろうと、こっちにはなんの関係もないんだから」
　言葉を失ったような顔をした母を見て、あたしもさっさとリビングを出た。
　夏の夜なのに、心に開いた穴に吹いた風は、驚くほど冷たく乾いていた。
　期待なんかしていないつもりだったのに、滑稽な話だ。
　あたしたちの存在は、いったいなんなのだろう。
　考える分だけむなしくて、そして愛されてもいない現実

を憂いてしまう。

　マンションのエントランスを抜けて、外を歩いていると、タカと初めて会った公園まで差しかかった。
　思い出すようにして足を止めてしまい、そこを眺めていると、人影が動いているのが見えた。
「……春樹？」
　薄暗い園内のブランコに腰かけて、タバコを吹かす春樹の姿。
　すっかり遊具も似合わなくなった体躯なのにと、笑ってしまいそうになる。
「ねぇ、あたしにもくれない？」
　先ほど、拾うこともせずに家を出てしまったために、手持ち無沙汰だ。
　春樹は何も言わずにタバコを差し出してきた。
　火をつけて煙を吸い込んでみるも、それは恐ろしく苦く、咳き込んでしまうと、今度は鼻で笑われた。
「ジャングルジムから落ちて泣いてた姉貴が今はタバコ吸ってんだから、あれってすっげぇ昔のことなんだよな」
「あんたは金髪ピアスじゃなかったしね」
　なんて、まともに話したのは、じつに５年ぶりか。
　あたしが少し離れた位置にある滑り台に寄りかかると、春樹は息を吐いて言葉を手繰り寄せた。
「俺、あのあと、雷帝さんに頭下げられちゃって」
「……え？」

「『たとえお前らが憎み合ってたとしても、俺にとってはリサが大事だから』って」
「……」
「『だから頼むから、もう姉弟で傷つけ合わないでくれ』ってさ」

　タカが？
　目を見張ったあたしに春樹は、
「姉貴の辛そうな顔とか見たくないって、あの人言ってたから」
　と、言った。
　どうしてタカは、あたしなんかのために、そこまでしてくれるのだろう。
　口内に広がる苦さ以上に、胸がしめつけられてしまう。
「雷帝さんはさ、俺にとっても恩人なんだ」
　春樹は言う。
「腐ってたあの頃、雷帝さんが拾ってくれなきゃ、俺、今頃どうなってたかわかんねぇしさ。まぁ、今だってろくでもねぇことやってるのは同じだけど」
　煙を吐き出した春樹は、闇夜を仰いだ。
「だから、そんなあの人に姉貴のことが大事だとか言われて、すげぇ困ってんだよ」
　泣けるくらい笑ってしまった。
　タカの優しさと、春樹の苦笑いが、夜風に沁みる。
　それは母に張られた頬の痛みさえ消え失せるほど、あたたかなもの。

「あ、俺そろそろバイトの時間だわ」
「……バイト？」
「居酒屋だよ。年誤魔化してっけど。先週から始めたんだ」
　ちょっと信じられなかったけど、人は変わるものらしい。
　謝ることも、許すという言葉さえも使わないけれど、でもあたしたちはもう、互いを傷つけ合うようなことはしないだろう。
「しっかり社会貢献しなさいよね、不良バカ」
「てめぇに言われたくねぇけどな」
　小さく笑ってから、ふたり、別々の道に別れた。
　それは５年ぶりに見た春樹の笑顔だった。


　タカの部屋に帰ると、「おかえり」と言って抱きしめられた。
　この世界で唯一、あたしを愛してくれる人。
　だから今、この腕の中にいられるなら、あたしは他の何を捨てたって構わない。
「もう帰ってこないのかと思った」
　タカが言うから、笑ってしまう。
「あたしね、お母さんに啖呵切っちゃったし、今度こそ本当に捨てられちゃうかも」
「そしたら俺がお前のこと奪ってやるよ」
　うれしかった。
　ちっぽけな明日の約束なんかよりずっと、あたしには意味のあることのように思えたから。

「ありがと」
　仕事とか、かかえているものとかが、気にならないわけではない。
　けど、それでも、タカの一番近くにいたかった。
　シロはあたしたちの元へと寂しそうに擦り寄ってきて、喉を鳴らす。
「ほらぁ、またこいつに邪魔されるし」
　タカは肩をすくめてシロをかかえあげた。
　短くて黒いその毛並みをなでながら、タカは困ったように笑っている。
　ただ幸せだった。
　永遠さえ願いそうになるほどその幸せを手放したくなくて、自分の欲深さが嫌にもなるけれど。

## 記憶の束縛(そくばく)

　うだるような暑さの中で、夏休みに入って以来、久々に、女だけでカフェにやってきた。
　ミントティーを飲む梢と、ケーキを頬張る乃愛、そしてタバコを吹かすあたし。
　友達というのは不思議なもので、話は尽きない。
「ねぇ、梢は最近、何やってたの？」
　何気なくあたしが聞くと、梢はため息交じりに口を尖らせた。
「なんかね、毎日、直人がうちに押しかけてくるんだよ」
「マジで？」
「課題見せろとか、ゲームしようとか、ちょっと鬱陶しいけどさ」
　横から乃愛が、「仲いいじゃん」と笑った。
　梢はテスト後のあの日、心配してくるばかりの直人がうざったくて、爆発したように怒鳴り散らしたのだという。
　『レイプされたんだよ』、『汚ないんだよ』、『だからもう近づかないでよ』と。
　けれど、泣き叫ぶ梢を、直人は抱きしめたのだとか。
「直人はさぁ、いっつも一緒にいるのに何もしてこないし、今まで通りヘラヘラだし、よくわかんない」
　真っ赤な顔をして言う梢を見て、あたしと乃愛は噴き出したように笑ってしまった。

「梢それ、直人のこと好きってことじゃん？」
　乃愛は梢を肘で小突く。
　「うるさいなぁ」と、やっぱり耳まで真っ赤にした梢はかわいい。
　梢はすっかり遊ぶことをやめて落ち着き、前よりずっと自然体に見えた。
「んじゃあ、そろそろ時間だし、行こう」
　じつは今日、うちの学校で、バスケ部の練習試合がある。
　おもしろがった乃愛が、「応援に行こうよ」と言い出したのだ。
　強引に引っ張ってこられた梢と、特に用もなかったので誘われたあたし。
　学校に着くと、もうすでにギャラリーが数多く集まっていて驚く。
「たかが練習試合なのに、すごい人だね」
「相手の学校、うちより強豪らしいからね」
　だからなのか、と納得した。
　3人でグラウンドを歩いていると、見慣れたアホ顔が近づいてくる。
「あ、直人ー！」
　見つけて手を振る乃愛と、大爆笑のあたし。梢は不貞腐れたようなご様子だ。
「お前らほんとにきたんだ？」
「あんた試合前にこんなとこフラフラしてていいの？」
「俺キャプテンじゃないからいいんだって」

そう言った直人は、また少し背が伸びたようだったが、笑うとヘタレに見えるところは変わらない。
「なぁ、それよりちょっと梢に話あるし、借りていい？」
　急に言われた梢は驚いたような顔をするが、またすぐに目をそらし、
「そんなのここで言いなさいよ」
　と、言った。
「じゃあ、言うけどさ。今日の試合勝ったら、俺と付き合おうよ」
　「きゃー！」と叫んだのは、乃愛だった。
　きょとん顔のあたしと、驚愕しまくりの梢。
「……なっ、ななっ……」
「ほら、だから向こうで話そうって言ったのに」
　直人は悪びれるでもなく笑う。
　乃愛はそれを見てからにやりと笑い、足を引こうとする梢を直人の前へと押し出した。
「こずが今までバカばっかやってきたの、俺は全部知ってるけど、そういうのひっくるめても昔と気持ちは変わってないし」
「……」
「お前ちっちゃい頃、俺のお嫁さんになりたいって言ってたじゃん」
「……そん、なの……」
「だからさぁ、今も昔も、お前のこと一番好きなのは俺なんだっつの」

図らずも、聞いているこちらまで胸が熱くなってしまう。
　梢は真っ赤になった顔を覆った。
「そんなこと言って、勝てなかったらどうすんのよ！」
「勝てるに決まってるよ。エースの俺が梢のために頑張るんだから、どんな相手だろうと負ける要素ないし」
　本当に、直人らしい。
　直人は笑いながら、顔をうつむかせる梢の頭をなで、
「俺のこと応援しててね」
　と、言って、体育館の方へと走っていった。
　結局は涙を溜めてしまった梢を、あたしと乃愛は我が子のような目で見てしまう。
　心の底から幸せになってほしいと思った。

　あたしたちは体育館の２階席の最前列を陣取り、柵から身を乗り出して試合を見ていた。
　直人のプレーなんて初めて見たけれど、でもウワサ通り、バスケなんか知らないあたしでもうまいと思ってしまう。
　ふたりをかわしての３ポイントシュートは、じつに鮮やかだ。
　直人は声援の中で、あたしたちの方へとピースを掲げて笑った。
「直人ー！　梢が惚れ直しちゃうって言ってるよー！」
　と、乃愛の方が煽って楽しそうだけど。
　梢は終始涙を浮かべたまま、直人を目で追い続けていた。
「もう！　そんなに泣いてたら直人のことちゃんと見られ

ないでしょ！」
「そうだよ。梢のためにあんな最高なプレーしてんのに」
　普段は見せない真剣な顔で、でも楽しそうにバスケをする直人。
　パスをカットされても、ファウルで突き飛ばされても、直人は決して諦めない目をしている。
　相手は地元で一番強い学校らしいけど、それに立ち向かう姿は本当にかっこいいと思った。
「梢も強がってばっかだと、直人のこと取られちゃうよ」
「そうそう。あいつが本気の告白してくれたんだから、あんたも素直に答えてやらなきゃじゃん」
　梢は唇を噛みしめた。
「だってあたし、怖いんだもん……」
「けど、直人だけは他の男とちがうって、梢もちゃんとわかってるでしょ？」
「……」
「あんた今、愛されてんだからさ。そういうの大切にしなきゃ、バチが当たるよ」
　言ってやると、梢はあたしの胸に縋るように抱きついてきて、また涙した。
　乃愛は複雑そうな顔で笑い、そんな中で試合終了のホイッスルが鳴る。
　会場はその瞬間に歓喜の声に包まれた。
　大逆転の末の、我が校の勝利だった。

「俺すごくなかった⁉」
　試合が終わり、体育館裏に座り込んでいたあたしたちを見つけた直人の開口一番はそれ。
　大満足なのか、にんまり顔だ。
「まぁ、俺が本気を出したら、ざっとこんなもんよぉ」
「よく言うよ。ほんとは試合中に足くじいたくせに」
「うわっ。泣きっぱなしかと思ってたけど、ちゃんと見てんじゃん」
「別にあんたなんか見てないわよ」
　相変わらず強がってばかりの梢に、あたしと乃愛は顔を見合わせて肩をすくめた。
　こりゃダメだ、と思った時、
「……でも、約束は約束だし」
　と、梢は蚊の鳴くような声で言った。
「あたしなんかでほんとにいいの？」
　膝をかかえた梢を見て、直人はひどく優しい目で笑っている。
　こんなにかわいいことを言う梢なんて初めて見た。
「じゃあ、うちらこれ以上、邪魔したくないし、帰ろーっと」
　乃愛が言うのであたしも便乗しておく。
「だよねぇ。空気ピンクとか居辛いっての」
「ってことで、あとはご自由に―」
「ばいばーい」と、ふたりに手を振り、あたしたちはその場をあとにした。
　すっかり西日の色に染まる世界の中で、妙な清々しさだ

けが胸に残る。
　梢は、きっともう大丈夫だ。
　恋愛は、バカにするほど悪いものでもないのかもしれない。
　あたしと乃愛は、気分も上々のまま、笑顔で再び街へと繰り出した。

　買い物をして、プリクラを撮って、思い出したように先ほどの話ばかりしながら、時間だけが過ぎていく。
　そしてすっかりあたりも薄暗くなり、そろそろ帰ろうかという話になった時、
「ねぇ、千田っち呼んでよ！」
　と、乃愛は目を輝かせて言ってきた。
「またぁ？」
「だって千田っちマジいい人だし、リサばっかタダにしてもらってズルいよぉ」
　前に千田さんを呼んだ時、代金をまけてもらったことを、乃愛はいまだに言い続けている。
　別にあたしだって、毎回タダにしてもらってるわけじゃないけど。
　それでも仕方がないなとため息をつき、あたしは携帯を取り出した。
　電話をすると、客待ち中だった千田さんはすぐにきてくれると言った。
「ほんと、持つべきものは友達だよねぇ」

「うわー、腹立つ台詞ぅ」

なんてことを言いながら大通りで待っていると、1台のタクシーが横づけした。

あたしが乗り、乃愛もほくほく顔でそれに乗り込む。
「千田さん、いっつもありがとねぇ」
「いえいえ。こちらこそいつも宮原さんに呼んでもらえてうれしいですよ。最近タクシー業界も厳しいんで」

適当な会話を交わし、車は発進した。
「乃愛んち先で」

と、言うだけで伝わったりもする。

あたしは疲れた体をシートに沈め、乃愛の横顔を見た。
「ねぇ、最近、『先生』とはどう？」
「あー、何も変わんないけどねぇ」

乃愛は困ったように笑った。

少し前に一度だけ写真を見せてもらったけれど、28歳の普通の男といった風。

たしかにちょっといたずらに笑った顔がかわいくて、これなら塾の生徒にも人気だろうな、というような感じだ。

こんなんで結婚して子供までいるなんて、本当に罪な男だけれど。
「あの人って誠実だから、あたしの存在のせいで苦しめてんじゃないかなぁ、って思ったりもするんだけどさ」

不倫で負う傷を、あたしは慰めてあげることなんてできない。

誰かを裏切ってまで続ける関係で痛みに蝕まれるのは、

当然のことだから。
　けれど、乃愛を全否定することだってできなかった。
「今日、直人と梢を見て、あたしって最低なのかも、って」
「今さら言う？」
「ははっ。だよねぇ」
　寂しがりな乃愛なのに、それに耐えてまで会う相手が妻子持ちだというのは、悲しい話だけれど。
　乃愛だってきっと、ずっとこのままではダメなんだと思いながらも、好きだからこそ関係を断てないのだと思う。
「あたしの気持ちは、直人とはちがって、一生、報われたりしないのにね」
　誰かを傷つけてまで愛を得たとしても、必ず痛みと過去はつき纏う。
　ましてや乃愛は、幼子から『父親』という存在を奪う気なんてないのだろう。
　なのに、それでも好きだなんてね。
「あたし、あんたを応援しようとは思わないけど、でも、否定もしないから」
　乃愛は頷き、「十分だよ」と言った。
　その時、あたしの携帯が着信音を鳴らし、ディスプレイには【タカ】と表示されている。
「なぁ、今日、遅くなる？」
「ううん。今帰ってるけど、どうしたの？」
「道明くんがさぁ、飯行くのにリサも誘えってうるさくて」
「マジ？　あと15分くらいだから、ちょっと待ってて」

「おー。了解」
　通話を終了させると、横から乃愛が、「誰ぇ？」と少しニヤけた顔で聞いてくる。
「カレシだぁ？」
「まぁ、似たようなもんっていうか、今ほぼ一緒に暮らしてる感じなんだよね」
　言ってやった瞬間、
「うそっ！」
　と、乃愛は目を白黒させた。
　ルームミラー越しに、運転手の千田さんまで驚いた目で見てくるけれど。
　別に今さら、隠しても仕方がないし、これでも口の堅い乃愛だ、言っても問題なんてないだろうと思ったから。
「ちょっと！　その話もっと詳しく教えなさいよ！」
「あー。もう乃愛んち着くし、残念でしたぁ」
「うわっ！　リサ卑怯！」
　ぎゃあぎゃあと騒ぐ乃愛に笑ってしまう。
　それからすぐに車は、乃愛のマンションに到着した。
　ドアが開き、降車する間際、
「ねぇ、リサ」
　と、乃愛は改まった顔で聞いてくる。
「それってマジ恋？」
「まぁね。なんか大切にしてくれるし、あたしもそれに応えたいっていうか」
　少しはにかむように言ったあたしに乃愛は、優しい顔で

笑ってくれた。
「安心したよ。それ聞いてあたしまでうれしくなった」
「ありがと」
「まぁ、今度イチから全部聞き出しますけどね」
　乃愛はタクシーを降りて、こちらに向かって手を振った。
　ドアが閉まり、また車は走り出す。
　急に静かになった車内で、あたしは息を吐いて窓の外へと視線を投げた。
「どこに行けばいいですか？」
　千田さんの問いに、
「いつものアパートで」
　と、答える。
　帰ればタカと道明さんが待ってるし、なんて思うと、考えるだけで頬がゆるんでしまう。
「じゃあ、あのアパートって、カレシさんの家だったんですか？」
　珍しく千田さんは、突っ込んで聞いてきた。
　いつもなら愛想笑いしか返さないが、今日のあたしは気分がよかったのかもしれない。
「そうだよ。あとね、猫とかいるし、あたし毎日それなりに幸せかも、って」
「そうですか」
「あ、千田っちはカノジョとかいるの？」
「ははっ。どう思います？」
　千田さんは、誤魔化すような顔で笑った。

どう見たって女性経験が乏しそうな顔をしているが、千田さんがいい人なのは知っているので、幸せになってほしいと思った。
「あたし今日ね、いいことあったんだぁ」
　目を閉じて思い出すのは、梢の涙。
　でもきっと、梢は直人との未来を拓ける(ひら)だろうから。
「それは羨ましいですね」
「千田ちんはどう？」
「ボク、今が一番最悪ですよ」
　その、ひどく冷たい声色に驚いて目を開けると、ルームミラー越しに千田さんの歪んだ形相が見えた。
　だから意思とは別に身がこわばって外を見たが、いつのまにか車は、知らない路地を走っていた。
「……えっ、ちょっ、ねぇ……」
　いったい何が起こっているのかわからない。
　なのに次の瞬間には、いきなり真っ暗な場所に急停車し、車を降りた千田さんは後部座席のドアを開けた。
　カッと開いた目で。
「どうしてキミは、いつまで経っても気づいてくれないんですか？」
　両肩を掴んで揺らされるが、あまりの形相と手の力に、思考が追いつかない。
　バッグに入れていた携帯は、タカの指定音である着信を鳴らしていた。
　が、とても出られる状況じゃない。

「ボクたちの本当の出会いを教えてあげようか？」
　頬を紅潮させて薄笑いを浮かべる千田さん。
「あのブルセラショップで、『アユ』という名の子の下着を買うのが、ボクの一番の喜びだった」
「……いやっ、やめっ……」
「そんな時、ボクのタクシーに乗ってきた子を見て驚いたよ。店での写真には目に細工やラクガキが施されていたが、身に着けていたアクセサリーで、すぐにキミがあの『アユ』だと気づいたんだ」
　佐藤ちゃんに売り飛ばしていた下着。
　そしてあの頃ハマっていた、１点物のアクセサリー。
　遊び半分で繰り返していた行為が、今になってこんなことになるだなんて。
「佐藤という女に金を渡したら、すぐにキミの携帯の番号を教えてくれた」
「……そん、な……」
　佐藤ちゃんにとって、あたしたちなんてただの商品でしかなく、利用していたつもりがまんまと金ヅルにされていたということだ。
　笑うことすらできなくなる。
「……ボクはずっとキミを見てきたんだよ……？」
　「なのに」と千田さんは唇を噛みしめた。
「なのに、毎日キミを心配して何通もメッセージを送っていたのに、どうしてっ」
「……やだっ……」

「何度も愛していると告げてあげたのに、どうしてカレシなんかっ！」

　嘘だと思いたかった。

　あの、正体のわからないストーカーが千田さんだったなんて、思いたくもなかったのに。

「裏切り者め！」

　せまい後部座席で揉み合いになりながらも、体が震えて抵抗すらままならない。

　タカの着信音が響く中で、恐怖からか涙があふれた。

　春樹さえ怖いと思わなかったあたしが、狂ったようなこの男を前に、「やめて」と繰り返すことが精一杯だ。

「どうしてボクの想いが届かないんだよ!?　こんなに愛してるのに、なんでわかってくれないんだ！」

　千田さんは叫び散らす。

「キミを犯す夢ばかり見た！　いつも振り向いてほしかったのに！」

「……やっ、助けっ……」

「許さないぞ！　他の男に渡すくらいなら、お前なんか死んでしまえばいいんだ！」

　街灯のひとつもないこの場所がどこかなんてわからず、助けを求める声さえ闇に消える。

　けど、それでも、この男にだけは殺されたくない。

「触らないでよ！」

　必死で蹴り飛ばした瞬間、あたしのヒールの先端が腹部を捕らえた。

千田さんは「うっ」とうめき声をあげて足を引き、あたしは渾身の力でさらにその体を突き飛ばす。
「このっ！　クソッ！」
　必死で走った。
　うしろを振り返ることさえできず、とにかく少しでも千田さんから遠くに逃げたかった。
　靴が脱げて、転んでも、足を止めることにさえ恐怖した。
　とにかく走り続けていると、工場地帯の入り口が見えた。
　もう呼吸さえできなくなり、あたしは積みあげられたコンテナの裏に身を潜めた。
　息を殺し、震える手で携帯を取り出す。
「リサ!?」
　ワンコールも鳴らずに聞こえた声に、どれほど安堵しただろう。
「タカ！　助けっ、怖いよっ……」
「おい！」
「……殺されっ、早くっ……」
　言葉にすると、堰を切ったように涙があふれ、千田さんの形相を思い出すだけでも身がすくむ。
　これ以上、声を立てれば居場所がバレるのではないかという恐怖もあり、あたしはパニックに陥った。
　電話口の向こうでガサガサと音が鳴り、
「リサちゃん、今どこだ？」
と、道明さんが冷静に、でも焦りの滲む声で尋ねてくる。
「場所がわからないなら、そこから見えるものでもなんで

もいいから」
　言われて初めてちゃんと顔をあげた。
　月明かりだけが照らす場所で、千田さんに見つからないようにしながらも、目を凝らす。
「すぐに行くから、落ち着くんだ」
　あたしは震える息を吐いた。
「たぶん、湾岸地区から近い場所だと思う。M貿易(ぼうえき)の倉庫か何かで、コンテナがいっぱいあって」
「わかった。電話は切るなよ」
　道明さんが初めてあたしに向けて命令口調を放ったことにも気づかず、言われた通りに携帯を通話状態のままにし、握りしめた。
　1秒が何十時間にも感じさせられる。


　そこからは断片的にしか覚えていない。
　あれからどれくらいかのあと、タカと道明さんはあたしを見つけ出してくれ、安堵と恐怖の中でふたりに縋るように泣き喚いた。
　すぐに車に乗せられたが、体の震えは一向に収まらず、フラッシュバックしたように頭には千田さんの顔ばかりが浮かぶ。
　かかえられてタカの部屋に戻った瞬間、あたしは風呂場に走った。
「おい、リサ！」
「やだっ！　あたし汚いのっ！」

体は砂埃に汚れ、裸足だった足の裏や擦りむいた膝からは血が滲んでいて、さらには抵抗した時のものなのか、服は破れてしまっている。
　けれど、それよりずっと、あたしの繰り返してきた過去の過ちは、醜いものだ。
　突発的にシャワーの冷水を頭から浴び、剃刀を手にして振りまわすと、それはタカの左腕を切り裂いた。
　一直線にあふれる鮮血にタカは顔を歪めながらも、落ち着けるようにと抱きしめられて、あたしはまた声をあげて泣いた。
　剃刀がその場に転がり、タカの血は冷水と混ざりながら、排水溝へと流れる。
「……ごめっ、あたしっ……」
「心配すんなよ。こんなん痛くねぇから」
　崩れ落ちて、タカの胸に縋って涙した。
　道明さんはシャワーを止め、あたしたちにバスタオルをかけてくれる。
　道明さんは何も言わずにきびすを返した。
　それを見送ったタカは、あたしの濡れた服を脱がして着替えさせてくれ、自分も同じように着替えだけを済ませる。

　手を引かれてリビングに戻ると、道明さんがふたり分の熱すぎるコーヒーを淹れてくれていた。
　座らされてからやっと、自分の状況をのみ込めたのだと思う。

「リサ、話せるか?」
　頷いてから震える手で携帯を取り出し、メッセージ画面を表示させてふたりに見せた。
　同じ番号から何通も入ってくる異常な内容のメッセージに、ふたりはひどく驚いた顔を見合わせる。
「おい、これってまさか……」
　道明さんは声を震わせる。
　いつもふざけたことしか言わないこの人が、初めて見せた戸惑う様子。
「リサ。こいつに襲われたのか?」
　タカはあたしを揺すりながら、
「なんで言わなかったんだよ!?」
と、声を荒らげた。
「ふざけんなよ!　こんなやつ、殺したって足りねぇよ!」
　実害なんてないから、放っとけばいいものだと思っていたのに。
　タカの握りしめた拳はひどく震えている。
　その腕からはまだ血が滴っていた。
「相手は誰だ!?」
　その気迫に押され、
「……いつものタクシーの、運転手の……」
と、あたしが言った瞬間、飛び出そうとしたタカを、道明さんが制した。
　振り払われた手に当たったコーヒーのカップは、パリンと音を立てて床で割れる。

「タカ、落ち着けよ！　あの時のことと混同するんじゃねぇ！」
「うるせぇ！　あんたと俺はちげぇんだよ！」
「だからって、今リサちゃんのそばにお前がいてやらないでどうするんだ！」

　タカはあたしを一瞥し、唇を噛みしめる。
「俺が行ってやるから、あとは任せてここで待ってろ」

　それでも、タカは道明さんを振りきって、部屋を出た。
　取り残されたあたしは膝をかかえながら、また思い出したように涙があふれる顔を覆う。
「あのバカがっ」

　道明さんはそう言いながらも、悔しそうな色を滲ませていた。
　タバコをくわえ、ため息交じりに息を吐く、道明さん。
「リサちゃんももう泣くなって。さすがに俺も、タカの女の唇奪ってまで慰めてやることはできねぇんだから」

　道明さんが指で挟んだままのタバコの煙は、部屋を漂いながら消える。
　沈黙の中で、道明さんは言葉を手繰り寄せた。
「アイが殺された理由、聞いてねぇんだろ？」

　あたしが頷くと、
「ストーカー殺人だよ」
　と、呟いた。
　驚いて顔をあげると、道明さんは悲しそうな瞳を下げる。
「キャバの客にしつこいやつがいたんだよ。なのに俺は当

時、忙しさにかまけてアイの話なんか聞いてやらなかった」
「……」
「そしたら結局、仕事帰りに襲われて、そのまま殺されちまったよ」

　道明さんは、自嘲気味に言った。

　あたしだって殺されていたかもしれないのだと思うと、タカがあれほどまでに取り乱した意味がようやくわかった。

「挙げ句、検死の結果、警察になんて言われたと思う？」

　顔を覆った道明さん。

「アイ、死姦された痕跡があるって」

　その表情は、とてもじゃないけど見られなかった。

　想像するだけで身がすくむ。

　道明さんの気持ちを汲み取ろうとするだけでも胸が痛んだ。

「何もしてやれなかった。タカは今も本心では、そんな俺を許してないんだろうけどな。だって俺がアイを殺したも同然なんだから」

　そう言った道明さんの顔は、悲しく歪んでいる。

「でも、タカも苦しそうだったよ」

　いつかの居酒屋で、タカは道明さんに対し、恨んでいる反面で忘れてほしくないと、矛盾した気持ちをかかえていることをあたしに吐露してくれた。

　そして道明さんが、そんな自分に対して気をつかっている、とも。

複雑な想いが入り交じる。
「ねぇ、犯人はどうなったの？」
「翌日にはすぐに警察が捕まえたよ」
　「でも」と道明さんは言う。
「でも結局、起訴されても、裁判の間も、犯人は……吉岡は、罪を悔いることなんてなかったけどな。いくら有罪が確定になったって、アイの無念は晴らせなかった」
「じゃあ、今もその男は刑務所の中ってこと？」
　あたしの問いに、だけども道明さんは首を振る。
「服役中に心不全で死んじまった。だから死後の世界ってやつが存在するなら、吉岡は今、アイと同じ場所にいるってことだ」
　悲しくて、痛い。
　道明さんはそんな色を滲ませた顔を歪め、また記憶の糸を辿る。
「あの頃のタカには『姉ちゃん』だけが救いで、唯一、絶対的な存在だったから」
「……」
「アイが死んだ時、あいつは絶望の中でただ呆然としたっきりで、感情全部が削ぎ落とされたような顔してた。泣き喚くこともなく、まして言葉さえ失ったようにしゃべれなくなって、心臓だけが動いてる人形みてぇにさぁ」
「……」
「だからその時から、俺はタカのために生きよう、って」
　息を吐きながら言う道明さんは、涙を堪えるように宙を

見つめた。
　それが、道明さんが今もタカのそばにいる理由。
　ふたりがかかえているものの重さなんて計り知れなくて、心が裂けてしまいそうだ。
「タカ、無茶しなきゃいいけどな」
　見つめた窓の外には、奇しくも満天の星が広がっていた。
「『もうこれ以上、何も失いたくない』って、前に言ってたっけなぁ。あいつは自分のまわりの大事なものを守るためには、なんだってするようなやつだから」
　膝をかかえると、またあの恐怖がよみがえる。
　これはあたしの、自業自得の結果なのに。
　今になってやっと、梢の苦しみを本当の意味で理解した気がした。
　シロは椅子の下で丸まり、時計の秒針が進む音だけが部屋に響く。
「って、泣くなっつってんのに」
　道明さんは涙を零すあたしを見て、また頭をかかえた。
　だから唇を噛みしめたのに、肩が震え、体が熱を失っていることに気づく。
　ねぇ、早く帰ってきてよ、タカ。

第 4 章

# 痛

＊＊

いつも俺は汚れた手で
お前を抱きしめてたよな

ほんとはずっと怖かったんだ

罪を重ねなきゃ
大事なものを守れない自分が

他の何を壊したっていいから
失いたくないって思ってる自分が

でももう引き返せなかった

どうしてもっと早くお前との
未来を夢見られなかったんだろう

なぁ、許してくれよ


＊＊

## 贖罪の傷痕

あの日、午前3時を過ぎて帰ってきたタカの手は、赤黒い返り血の色に染まっていた。

それから少しして、道明さんは入れちがうように険しい顔で部屋を出ていってしまった。

そしてその翌日に見たふたりの車は、新しいものに変わっていた。

だからもしかしたらタカは千田さんを殺したのかもしれないし、道明さんは事後処理としてその遺体を車ごと海に沈めたのかもしれない。

なんて、想像でしかないのに、考えれば考えるだけ思考は悪い方へと向かってしまう。

けれどいつもあたしは臆病だから、真実なんて聞けなかった。

「もう、お前を苦しめるやつなんていないから」

タカの言葉はたったそれだけ。

タカは気をつかってか、あたしにセックスなんて求めることはなく、ずっと抱きしめてくれていた。

その腕に今も残されているのは、あたしがつけてしまった傷。

「別に一生消えなくてもいいよ。お前につけられたもんなら、痛みでもなんでも、全部受け入れてやるから」

たとえ愚かな行為だったとしても、そこに口づけを添え

たあたしを、タカは笑ってくれた。
　そして道明さんは、
「飯食えよ」
　と、言いながら、毎日のようにあたしに何か土産を持ってきてくれた。
　甘やかされているだけだとわかっていながらも、あたしはこの部屋の中で、ふたりから与えられる愛や優しさに縋っていたかったのかもしれない。
　脳はいつのまにか考えることを放棄していて、ただ日々だけが過ぎていた。
　そんな中で、アイさんの写真も見せてもらった。
　古びたアルバムに映る、中学生くらいのタカと肩を組んで屈託なく笑うアイさんは、驚くほど綺麗で、ロングの金髪が似合う人。
　天真爛漫な笑顔が眩しい。
「姉ちゃんは愚痴も弱音も吐かないタイプで、みんなから好かれてた。口うるさいけど優しくて、短気だけど涙脆くてさ」
「なんか意外」
「まぁ、ただの元ヤン女だけどな」
　タカも道明さんも、アイさんの横で、本当に楽しそうに笑っていた。
　同じ輪の中にいるのに、あたしなんかとは正反対だ。
「タカが金髪スエットだったとか、笑っちゃう」
「この頃さぁ、いっつも真夜中に叩き起こされて、『ドライ

ブ行くぞー』っていきなり連れ出されるばっかだったから、俺こんななの」
「でも楽しそうじゃん」
「そうだな。バカ騒ぎしてばっかだったけど、楽しかったよ」
　過去を慈しむような目をしたタカは、宙を見つめる。
「もうほんとにいないんだもんな」
　きっと、本当にお姉さんが大好きだったのだろう。
　タカが失ったものの大きさは、あたしなんかじゃ到底計り知れない。
　タカはあたしの肩に頭を預けるようにして、
「姉ちゃんが殺されたのは、元を正せば俺のせいなのに」
　と、言って目を瞑ったきり、眠りに落ちてしまった。
　昔の面影なんかちっともない、疲弊した顔。
　のしかかる重みの分だけ、タカの苦しみを感じ取った気がした。

　あたしはあれから携帯を新しくし、番号も変えた。
　結局、整理した電話帳に残しておいたのは必要最低限だけで、ショップ等を除けばそれは、30件にも満たない数。
　そしてその携帯に春樹からの着信が表示されたのは、8月に入ったある日のことだった。
　別にあたしたちはあれからだって何か関係が変わったわけではないので、今も頻繁に連絡を取り合うようなことはないのだけれど。
「ババア、昨日ニューヨークに帰ったぜ」

「それで？」
「『もうあなたたちは勝手に生きなさい』ってさ。金を振り込むのも姉貴が高校卒業するまでで、あとはいっさい干渉しないからって伝言」

　親子の関係は３月まで、ねぇ。

　自分から断ちきったとはいえ、向こうもずいぶんと薄情なものだ。
「姉貴、どうすんの？」
「何が？」
「卒業後のことだよ」
「わかんないし、考えてない」

　ベランダに出て景色を見つめていると、もうどれくらいまともに外に出ていないかも思い出せない。

　タカや道明さんがいなければコンビニにさえ行かないあたしに、強烈な真夏の太陽は眩しすぎるものだった。
「あんたもあたしも、もうあの家には帰れないよね」

　あたしの言葉に、春樹は少しの沈黙のあと、
「今って雷帝さんところで暮らしてんだろ？」

　と、聞いてきた。
「だから？」
「だから卒業しても、どうせ姉貴は住むとこ困らねぇだろ、って話」

　タカとはこんな状態になってもなお、将来の話なんかすることはない。

　タカはあたしがどうするつもりなのか聞いてこないし、

どうしてほしいとも言われないから。
「あたし今、先のことなんか考えてる余裕ないし」
　耳障りな蝉の声。
　アパートの下を、笑顔の親子が手を繋いで歩いていく。
「なぁ、俺ら二度も捨てられるってことだぜ」
「……」
「家族ってさ、なんなんだろうな」
　その呟きが、物悲しかった。
　春樹は今も心のどこかで、血の繋がりにぬくもりを求めているのかもしれない。
「俺さ、女からガキができたって言われたんだ」
「……え？」
「けど、堕ろさせた。年がどうとかじゃなく、俺みたいな家族を知らない人間が、真っ当な父親になんかなれねぇからさ」
　くわえたタバコのメンソールが、鼻腔の奥につんとした冷たさを残す。
　春樹を責めることができなくて、ただ言葉も出ないまま、沈黙が重い。
　だってもしもあたしがタカの子を身ごもったとしても、産むという選択肢を選ぶ自信はないから。
「俺、これで本当に人殺しになっちまったよ……」
　たしかに、避妊しなかった春樹は悪い。
　けれどそんな道しか選択できなかった春樹の気持ちを想えば、あたしの胸は痛みに蝕まれた。

空の青さにやるせなくなる。

この世の中には、喜びと悲しみが同じ数だけ存在しているというけれど、でももうずっと息苦しいままだ。
いつまで経っても痛みには鈍感になれなくて、まるで手当てすることを忘れた傷ばかり重ねているよう。
ただ過ぎゆく毎日の中で、今日も卓上の電子カレンダーの日付が変わるのを見届け、あたしはタカの隣で眠りに落ちた。
それからどれくらい経った頃だったろうか、
「おーい！　起きろよ！」
と、あたしたちは、道明さんによって揺すり起こされた。
眠い目を擦りながら時刻を確認すると、明け方も近い時間だ。
「んだよ、うるせぇなぁ」
タカは不機嫌さをあらわにするが、道明さんはそんなの無視とばかりにニカッと笑った。
「はいこれ、リサちゃんに」
寝起きで手渡されたものは、ジュエリーメーカーの刻印の入った紙袋。
なんなのかわからず、それと道明さんの顔を見比べていると、
「今日、誕生日だろ？」
と、言われた。
あたし本人が忘れていたのに、まさかこの人が覚えてい

たなんて。
　なのに横で、タカは「あっ」と声を出す。
「ヤッベぇ、悪い」
　その、心底バツの悪そうな様子に、笑ってしまった。
　すると道明さんはなぜか得意げな様子になり、タカにもうひとつ同じ紙袋を手渡した。
「何これ？」
「こっちはタカの分」
　ふたりでそれぞれに封を切り、中に入れられた箱を開けて、また驚いた。
　メンズとレディースの、そろいのネックレス。
　シンプルな指輪にチェーンがかけられていて、ペアリングを首からかけるようになっているもの。
「それ、俺の知り合いに特注したやつだから、世界にひとつしかないデザインなんだ」
　タカとペアのものを、道明さんに貰ったということ。
「けど、こんなのほんとに貰っていいの？」
「いいんだよ。誕生日ってのは人生の記念日なんだから。どっかのバカは忘れてたみてぇだけど」
　道明さんはタカを小突きながら笑っていた。
「じゃあ、俺そろそろ行かねぇと」
「え？　もう？」
「ちょっと今忙しくて、これからまた遠出しなきゃならねぇから。とりあえず今日中に、と思ってここ寄っただけだし。寝てるとこ悪かったな」

道明さんはそのまままきびすを返そうとするので、「待って」とあたしはそれを制した。
「ありがと。うれしかった」
「そりゃあ、何よりだ」
　ドアが閉まる。
　いまだに横でバツの悪そうな表情を浮かべたままのタカは、困った様子でタバコをくわえた。
「悪い、マジで」
　タカがあたしとの時間を取るために、どれだけ仕事の調整をしているのかくらいは知っているので、忘れていたとしても責めようとは思わない。
　第一、あたし自身、誕生日なんてものに固執してはいないから。
「別にあたしは、普通に今日が過ぎればそれでよかったんだし、気にしないでよ」
「いや、道明くんがこれ用意してた以上、そういうわけにはいかねぇだろ」
　不貞腐れながら言ったタカは、あたしの手にあったネックレスを取りあげた。
　そして首に触れる、金属の冷たさ。
　タカも同じように、受け取ったそれを自分の首に装着する。
　まさか、この人とのそろいのものを身につける日がくるなんて思わなかった。
「うわっ。すっげぇハズい」

笑ってしまった。
珍しく耳を赤くしたタカはあたしから顔を背け、
「出かけるぞ」
と、言う。
「いいから、さっさと準備しろよ」
こんな時間に？
と、思ったけれど、でもタカはすぐに寝室をあとにしてしまい、あたしは頬を膨らませた。
別に余韻に浸りたかったわけでも、愛の言葉がほしかったわけでもないけれど、それにしても素っ気ないものだ。
真新しい首元の鎖はまだ少し違和感があって、あたしに馴染んでくれてはいない。
ため息をつきながら、タカの背を追って同じように寝室を出た。

どこに行くのかもわからない車内は、これといった会話もない。
まだ夜が明けきっていない世界は静まり返っていて、まるで静止画のよう。
タカは車を走らせ、あたしはその横で、首にある金属をいじっていた。
それから1時間ほどドライブのような状態が続き、車は徐々に山道を登っていく。
きたことのない場所だ。
だから少し不安を覚えたものの、曲がりくねった上り坂

の中腹あたりまで差しかかったところで、タカは車を脇に停車させた。
「え？　降りるの？」
　と、聞いたのに、まともな答えはない。
　仕方なく小走りにそのうしろに続くと、【展望台へ】という矢印つきの看板が目に入った。
　きょろきょろしていると、今度は転びそうになってしまい、見かねたタカが手を引いてくれる。
　そのまま歩いていると、視界が開けてまた驚いた。
　展望台と名づけられたそこからの景色は、海と、湾岸地区の工場地帯が見おろせ、不思議な世界が広がっている。
「……何これ、すごい……！」
　ほの暗い海から吹く風は潮が混じり、輸送用のタンカーが光を放つ。
　明かりは赤や黄の色で点滅し、幾数もの工場の煙突からは、宵闇に向け、白煙が立ち昇っていた。
　初めて見る景色を言葉も持てないまま眺めていると、次第に空が白み始めた。
　夜明けの訪れだった。
「俺、お前に何もやれねぇからさ」
　タカは明るくなっていく世界を見つめながら、目を細める。
「形があるものなんかでお前を縛りたくないっつーか」
「……」
「いや、ほんとは俺だけに縋ってればいいのに、って思う

けど、約束ひとつしてやれないやつが言うなよ、って感じだし」

　少し支離滅裂に話す言葉を聞きながら、風に冷やされた首元の鎖の存在感が増していく。

　けれどその分だけ、繋いだままの手のあたたかさをより感じさせられた。

「なんか悔しいな」

　タカは小さく笑ってあたしを見た。

「道明くんに、してやられたっつーか。まさかお前の誕生日にそろいのもの渡されるとは」

　吐く息が、空に滲む。

　景色はまるであたしたちだけのもののようで、刹那で移りゆく世界を目に焼きつけた。

「あたしは、タカが今この瞬間、隣に立っててくれてるだけでいいの」

「ごめんな、リサ」

　何に対しての謝罪なのかはわからない。

　それでも、謝られた分だけ、幸せが滲んでいきそうで怖かった。

「あたしはずっとタカのそばにいてあげるよ」

「……」

「たとえ何があったって、先の保証なんかなかったとしても、それだけは変わらない」

　そっと背中から抱きしめられた。

　伝わるぬくもりと、朝焼けに彩られた夜明けの世界。

愛しさと悲しさが交錯しながらも、タカのくれた朝日というプレゼントは、人々の希望を照らしているようだった。

完全に日が昇りきったのを見届け、あたしたちは近くのラブホテルに入った。
とにかく眠気はピークに達していて、とてもこんな状態では帰れないだろうから。
窓のひとつもない世界。
タカによってベッドに沈められ、口づけを交わし合いながら、服を脱がされる。
一糸纏わぬ姿になった時、残されたのは、道明さんがくれたネックレスだけ。
「怖くない?」
頷いた。
まっすぐに見あげたタカは、そんなあたしを見て小さく笑う。
タカの腕の中だけがあたしの居場所であり、こんなにも安堵させられるのだから。
「ねぇ、ほしいものがあるの」
「ん?」
「タカの愛、全部ちょうだい」
あたしはいつからこれほどまでに、欲張りになってしまったのだろう。
タカはふっと口元をゆるめ、
「これ以上、搾り取られたら、俺すっからかんになるぜ?」

と、言ってまた、唇が塞がれた。
　互いの首にある指輪が、あたしの胸の上で寄り添うように重なり合う。
「リサ、誕生日おめでとう」
　傷の残った腕に抱かれながら、この人のために生きたいと、強く思った。
　まぶたの裏には先ほどの朝焼けに染まる景色があって、それがタカの切なげな顔にリンクする。
　タカはあたしに、愛し、愛される幸せを与えてくれた人。

　8月も中旬に差しかかった今日は、登校日だ。
　課題の提出や受験生としての自覚の再確認の他に、全員強制で模試まで受けさせられた。
　久しぶりの制服と、机に向かうという行為には、やっぱり違和感を覚えるけれど。
　でも、外に出るためにはいいきっかけになったと思う。
　そして長い1日を終えて疲弊し、帰ろうとしていた矢先、
「なぁ、なんか食いに行こうよ!」
　と、提案してきたのは直人だった。
　こうやってみんなが集まったことすら久々だったので、あたしと乃愛と梢はふたつ返事で了承した。
　そしてやってきたファミレスの一角。
「ねぇ、直人は進路どうすんの?」
　乃愛がジュースのストローをくわえて聞く。
「俺は推薦で大学決まってるからな」

「うっそ！　マジで!?」
「すごいっしょ」
　なのに、すかさず梢が、横から「ただのスポーツバカよ」と口を挟む。
　ふたりはなんだかんだ言いながらも、あの練習試合の日から付き合い始め、徐々に距離を縮めているらしい。
「将来は実業団に入ってバスケ続けたいけど、給料安いらしいし、普通にスポーツジムのインストラクターになるのもありかなぁ、って」
　直人はいつも、先の先ばかり見ている。
　目先の目標さえないあたしは、それをすごいことだと思った。
　首元の鎖が揺れる。
　乃愛はネイリストになりたいから専門学校を目指すらしいし、梢は家業である書店を手伝うらしい。
　何も決まっていないのは、あたしだけ。
　形にならないため息をつきながら、無意味に受けただけの模試の疲労に襲われる。
「ねぇ、リサ。大丈夫？」
　顔を覗き込まれてはっとした。
「ごめん。なんか夏バテなんだよね」
　千田さんのことは、いまだに誰にも話していない。
　ふたりはそれぞれの理由でもう悪い遊びからは手を引いたのだし、直人なんかには聞かせられる内容ではないから。
　だからあたしは、乾いた笑いを浮かべた。

「全然平気っていうか、久しぶりに嫌いな勉強して、疲れが出ちゃっただけ」
「けど、顔色悪いよ？」
　だからって、言えるわけがないじゃない。
「生理なんだっつーの」
　と、返してから、
「あたし用事あるし、そろそろ帰るね」
　と、逃げるようにひとり、ファミレスをあとにした。


　とぼとぼ歩きながら、久々にきても相変わらず汚い街だと思った。だから嫌になるけれど、でもタクシーに乗ることにはいまだに抵抗がある。
　ふいに軽い眩暈を覚え、こめかみを押さえて足を止めた時だった。
「……姉貴？」
　どうして春樹に会ってしまうのだろう。
　先日の電話以来だが、無視することもできず、ため息をついた。
　すると春樹はあたしの横にきて、タバコをくわえる。
　人の波が通り過ぎる中で、
「なぁ、姉貴」
　と、春樹は消え入りそうな声を出した。
「俺、学校行きてぇよ」
「……え？」
「あれからいろいろ考えたんだけどさ。今さらだけど、ちゃ

んと勉強して、そしたら少しは何かが変わるんじゃねぇか、って」
　春樹が吐き出す煙が、空の色に滲む。
　過去は向き合うだけではダメで、ちゃんと自分の中で消化して初めて乗り越えられるというけれど。
　春樹の葛藤が、痛いほどに伝わってくる。
「あと、借りてた金は、いつになるかわかんねぇけど、絶対返すから」
「いいよ、あんなもん。別にもともとあたしが稼いだお金でもないんだし」
　まさか、春樹の口からそんな言葉を聞く日がくるだなんて思わなかったけれど。
「それに、本気で学校に行きたいなら、あんたには必要でしょ」
　雪解けのように和解したわけではないけれど、でももう昔のようには憎めない。
　血の繋がりとは不思議なものだ。
　生きるということは、前に進むということなのか。
「あたしたちは5年前とはちがうし、もう、ただ捨てられただけの子供じゃないんだから」
　何かや誰かのせいにしたって、それでは解決しないと学んだから。
　あたしも、春樹も。
　さえぎるもののない太陽の輝きが眩しすぎた。
　だからだろうか、気づけばあたしは、吐露するように言

葉にしていた。
「あたし、何もないの。夢も、目標も、やりたいことですらわかんない」
「……」
「だから、あんたがちょっと羨ましいよ」
　人の目に怯える春樹も、小さな頃はたくましい弟だった。
　今はどこかその頃の面影が見える気がして、あたしだけが成長しきれないでいるままだ。
「それってやっぱ、姉貴の将来とかを奪った俺のせいでもあるもんな」
「関係ないよ、そんなことは。あたしは結局、昔から、誰かに手を引いてもらわないと何もできないの」
　笑ったのに春樹が沈黙するから、むなしくなる。
　この5年、会話さえ捨ててしまったあたしたちだから、今さら、ろくに互いを励まし合えない。
　次第に街は、西日の色に染まっていく。
「俺らってさぁ、一生こうやって過去に囚われるのかなぁ」
　呟かれた言葉は喧騒（けんそう）に消えるが、あたしの心に取り残される。
　足掻くほどに波にさらわれ、溺れてしまうかのように。
　あたしたちは何も悪いことなんてしていないのに、なのに、どうして……。
「どうして木下は死んじまったんだろう」
　顔を覆ってしまった春樹を、あたしは直視できなかった。
　ただただ悲しくてたまらなかったのだ。

タカの部屋に帰り、トイレにこもって込みあげてきた胃の内容物をすべて吐き出した。
　　春樹の言葉が頭の中をぐるぐるとまわりながら、胸焼けを堪えることに必死だった。
　　とにかく怖かった。
　　先の見えない未来も、自分だけがここに取り残されるような感覚も、何もかも。
　　うずくまって壁に頭を預けた時、胸元の冷えた鎖がまた揺れた。
　　拾った頃より少しだけ大きくなったシロの灰色の瞳に、あたしはどんな風に映っているのだろう。
　　ふにゃあ、とか細い鳴き声が響く。
　　力なく笑った時、ポケットに入れていた携帯からメッセージの受信音が鳴った。
【ごめん。とうぶん帰れない】
　　ひとりっきりじゃ泣くこともできない。
「タカ……」
　　蓄積されるばかりの痛みに蝕まれ、あたしは苦しさの中で顔を覆った。
　　どうしてタカは、あたしに何も強制してくれないのだろう。
　　感情さえ捨て、タカの人形になれれば楽なのに。

## 復讐、慟哭(どうこく)

　夏休みも残り2週間あまりとなった、ある深夜3時を過ぎた頃。
　ベッドで眠りについていたあたしは、リビングからの話し声によって目を覚ました。
　まだ曖昧な思考のままにそれに耳を傾けると、どうやらタカと道明さんが口論をしているらしい。
「タカ！　もうやめろって言ってんだろ！」
「うるせぇよ！　あんたには関係ねぇだろうが！」
「けど、復讐したって過去が変わるわけじゃねぇんだ！　第一、それを知ったリサちゃんがどう思うか考えろよ！」
　いつか聞いた、『復讐』という言葉。
　小刻みに震える手でシーツを握りながらも、耳を塞ぐことができない。
「俺は姉ちゃんが死んでから、このためだけに生きてきたんだ！　あんただってそれわかってんだろ!?」
「……」
「ほんとにあと少しなんだよ！」
　声を荒げたタカに対し、ドンッ、と何かを叩いた道明さんは、
「それでアイが本当に喜ぶとでも思ってんのかよ！」
　と、叫ぶ。
「じゃあ、どうすりゃいいんだよ!?」

タカは、誰に、何をするというのだろう。
　復讐のために生きてきたと言った意味は？
「……頼むよ、道明くん」
　タカは急に絞るような声に変わる。
「これが終わったら、俺、ちゃんと足洗うから……」
　仕事を辞めるってこと？
　けれど、喜ぶべきなのかもわからない。
　ドア越しにまで重苦しい空気が伝わってくる。
　沈黙を破ったのは道明さんだった。
「わかったよ。もう何も言わねぇから」
「……うん」
「じゃあ、俺帰るけど、無理すんなよ？」
「あぁ、わかってる」
　部屋を出ていく足音と、ドアの閉まる音が聞こえる。
　それからしばらくして、寝室のドアが開いた。
　あたしは目を瞑ったままで息を殺し、必死で寝たふりを貫く。
　タカはこちらへと歩み寄ってきて、ベッドサイドに腰をおろし、あたしの頭を軽くなでて、そこに口づけを添えた。
「ごめんな、リサ」
　誕生日のあの日と同じ台詞。
「もう少ししたら全部終わるから、そしたらふたりでまた海にでも行こう」
　語りかけるような言葉。
　それでも反応せずにいると、タカの携帯が鳴った。

「うん、了解。じゃあ、引き続き頼むよ。俺もすぐ行くから」
　電話を切ると、タカの香りやぬくもりが、ふわりと離れていった。
　行かないで、なんて言えるはずもなく、ただ遠くなっていく足音を聞いていた。
　夏の夜なのに、手足の先から熱を失っていく。

　結局、そのまま眠れなくなり、朝の5時を迎えた頃、タバコを切らしてしまったので、仕方がなく近所のコンビニに向かった。
　するとそこには、見慣れたギャル車が止まっていた。
「結香さん？」
「あー！　リサじゃーん！」
　そのテンションの高さには若干ついていけないが。
「そういえば、タカさんちってこのへんだっけ」
「はい、すぐそこです」
「あたしも後輩がこのへんに住んでてさ。今日はせっかくの休みだったのにいろいろと愚痴られちゃって、気づけばこんな時間だよ」
　結香さんは、「ははっ」と笑う。
　笑ってから、どちらからともなく店の裏に座り込み、結香さんは今しがた買ったばかりなのだろう、ジュースを手渡してくれる。
　で、あたしたちは、無意味に乾杯した。
「……あの、道明さんとはどうですか？」

おずおずと聞いたあたしに、ぶはっと噴き出しながらも、結香さんは、
「笑っちゃうくらいに普通っていうか、もう半分は諦めてるけどね」
　と、言う。
「まぁ、みんなに優しい久保さんは罪な男っていうか、かんちがいしてるあたしも十分バカなんだけど」
　タカから聞かされた話の限りでは、顔とかじゃなく、やっぱり結香さんはアイさんに似ている部分がある気がする。
　それがいいことなのかどうなのかわからなくて、あたしは励ましの言葉ひとつ言えないのだけれど。
「あたしね、本気でキャバ辞めようって思ったことがあって。で、悩みすぎてパニクってた時、久保さんが話聞いてくれたの」
　結香さんは思い出すような遠い目をし、明るくなっていく空を見あげた。
「『俺はお前のこと好きだし、自分のこと価値がねぇとか思うなよ』って。『尻尾巻いて逃げ癖がつくくらいなら、もうちょっと気張ってみろよ』ってさ」
「……」
「『キャバは汚い仕事なんかじゃないし、誰に何を言われようと、お前に会いにきてくれる客がいる以上、泣く理由なんかねぇだろ』って、言われたの」
　道明さんらしい言葉。
　結香さんは、ふうっと息を吐く。

「あの時に言われた『好き』は、恋愛感情って意味じゃないのね。なのに、たったひと言で救われたあの瞬間から、あたしにとって久保さんは、特別な人になっちゃったの。ね？　罪な男でしょ」

　そう言って、結香さんは精一杯で笑顔を見せた。
　人は過去を積み重ねて生きるからこそ、よくも悪くもそれに縛られるのかもしれない。
「って、あたしよりリサの話聞かせてよ！」
「いや、あたしは別に、これといって何も」
　その時、結香さんは何かを思い出したように、「あっ！」と声をあげた。
「そういえばこの前、うちの店にタカさんきたよ」
「……え？」
「んーっと、ナントカって女の人を知らないかって、写真見せられて」

　『復讐』という単語が脳裏をよぎる。
　聞きたくないと思いながら、でも意思とは別に、勝手に口が動いてしまう。
「それ、どんな人ですか？」
　前のめりに聞いたあたしに驚きながらも、結香さんは教えてくれた。
「あたしその時あんまり卓にいなかったからよく聞いてないんだけど。ずいぶん古い写真だったけど、『飲み屋街で見たことないか』って。結構綺麗な人でね、『世界で一番、恋しい女なんだ』とか、タカさん笑いながら言ってたけど」

タカは、その人を見つけ出して復讐するつもりなのだろうか。
『世界で一番、恋しい女』なのに？
「なんだろうね？　元カノとか？」
　結香さんは茶化すように笑う。
　が、あたしは引きつる口元をあげることだけで精一杯だ。
　聞けば聞くほどますますわからなくて、けれどこれ以上は何も得られそうにない。
「なーんて、どうせ堀内組に関連した仕事なんだろうし、リサが気にすることじゃないって。タカさん、『お前らブスと一緒に長々と飲みたくねぇ』って、延長しないでさっさと帰っちゃったからね」
「……」
「口悪い人だけど、誰にでも優しいどっかのバカよりはいいよ。だってそれ、リサが家で待ってるからってことでしょ？」
　「このこのぉ」と小突かれた。
　大切にされているというのは、痛いほどにわかる。
　けど、でも、だからこそ、肝心なことだけ隠されるというのは辛いものだ。


　それから３日が過ぎた夕方だった。
　帰宅したあたしを、タカと道明さんが待ち構えていた。
　先日の会話を盗み聞いてしまった手前、どきりとしたが、ふたりはいつも通りだった。

「リサちゃん、おかえり」
「遅いよ、お前。みんなで飯行こうと思って待ってたんだからさぁ」
　だからあたしも素知らぬ顔で笑ってみせた。
「ちょっと。先に連絡くらいしといてくれなきゃ、食材買っちゃったじゃん。てか、あんたら久しぶりすぎでしょ」
「うわー。こいつ文句多すぎ」
「うっさいなぁ」
　言い合うあたしとタカを見て、道明さんは腹をかかえる。
　大丈夫。いつもと何も変わらない。
　心の中で呟きながら、あたしは、こんな関係を壊したくなくて、聞きたいことのすべてに蓋をした。
「肉食おうぜ、肉！」
「やだよ。居酒屋でいいじゃん」
「タカ、それはっかじゃねぇかよ！」
　もしかしたらこのふたりもまた、わざと何かを隠して明るく振る舞っているのかもしれないけれど。
　ぎゃあぎゃあと騒ぐタカと道明さんを横目に、シロにエサだけやり、多数決で決まった居酒屋に行くために、部屋を出た。
　珍しく、残暑とは思えないほど肌寒い夜。
　夏ももう終わりなのかもしれない。


　いつも通りの居酒屋で、いつも通りにあたしたちは、食べたり、飲んだり、騒いだり。

結局、3時間ほどを過ごし、それからゲームセンターで酔っ払いついでに遊んでいるうちに、気づけば日付も変わるような頃となっていた。
　今日も運転係は道明さんだ。
「つーかさぁ、俺もうお前らと多数決で飯決めたくねぇんだけど」
「道明くん、負け惜しみかよ」
「うるせぇなぁ。ふたりして居酒屋、居酒屋ってバカのひとつ覚えみてぇにそればっか言いやがって」
「ははっ。そんなに肉食いたかったんだ？」
　タカは後部座席から身を乗り出して笑う。
　あたしもその横でタバコを吹かしながら、「バカだぁ」と便乗した。
　久しぶりに3人そろい、くだらないことを言い合いながら笑っている時間が、何より楽しいと感じていた。
　けれど、それから5分と経たないうちに、タカの携帯が鳴る。
「うん。うん。……え？　見つかった？」
　瞬間に、その声のトーンが張り詰めたものに変わったのがわかった。
　道明さんもまた、それに気づいたようで、ルームミラー越しにタカを一瞥する。
「わかった」とだけ言って電話を切ったタカは、
「ごめん。これからスクラップ置き場に向かってくんない？」

と、言う。
冷たい瞳に、表情はない。
タカが探していた、『世界で一番、恋しい女』が見つかったということだろうか。
先ほどまでの楽しかった空気は消え去り、ふたりが言葉を発しないから、あたしも何も言えなかった。
冗談さえも飛ばせないほどの、何かがあるということなのか。


車はスクラップ置き場の入り口に止まり、「待ってろ」とだけ言い残したタカは、険しい顔のままに降りた。
開いた窓から冷たすぎる夜風と共に入ってくるのは、砂埃のようなにおい。
少し向こうには、1台のワンボックスカーがあり、数人の男たちの声も聞こえた。
まるで、タカと出会ったあの日のようで、あたしはすっかり酒が抜けた。
「まったく、嫌な日だな。今日はアイが死んだ日と同じくらいに寒いんだから」
道明さんの呟きが消える。
あたしは喉の奥から声を絞った。
「ねぇ、タカは何をやってるの!?」
「……」
「教えてよ！　道明さん！」
必死なあたしを一瞥し、道明さんはため息を吐く。

「タカは今から、実の母親を殺すんだよ」
　……実の母親を、殺す？
　言われている意味はわからなかったが、でも『殺す』という単語だけは理解できた。
　気づけばあたしは、ドアに手をかけていた。
「あ、おい！　リサちゃん！」
　車から飛び出したあたしを、慌てた道明さんが追いかけてくる。
　スクラップ置き場の奥で、タカは男たちに金を渡していた。
「ご苦労だったな。お前らはもう帰っていいよ」
　車に戻っていく男たち。
　最奥の場所には、ナイフを手にするタカと、そしてうしろ手に縛られた女性が。
「助けてっ！　お願いだからっ！　なんでもするからっ！」
　悲痛な声が響く。
　しかしタカは表情を変えないまま、ゆっくりと女性との間合いを詰めていく。
　本気で殺すつもりなのか。
「タカ！」
　考えるより先に、あたしは叫んでいた。
　タカは声に驚いて振り返るが、しかし女性もまた、ひどく驚いた顔をした。
「……『タカ』って、まさか……」
　女性は声を震わせる。

「タカ!? あなた本当にあのタカなの!?」
　急に泣き出した女性を見て、ためらうようにタカの動きが止まった。
　アイさんと似た顔のその人は、懺悔するようにこうべを垂れる。
「ごめんなさい！　仕方がなかったの！　嫌いであんたたちを捨てたわけじゃないの！」
「……」
「心配はしてた！　本当よ!?　でも今さら、母親面して戻れないでしょ!?　ねぇ、タカ！　許してよ！」
「……」
「謝るから！　アイにも謝るから！　アイは今、どうしてるの!?」
　泣き縋るように言った女性……自分の母親の言葉に、たまらず唇を噛みしめたタカ。
　……この人が、タカの母親？
　しかも、アイさんが亡くなったことすら知らなかったなんて。
　あたしが驚きで目を見開いていると、
「……なんでだよっ……！」
　タカは悔しそうに声を絞る。
「姉ちゃんは死んだよ！　あんたのせいだよ！　全部、あんたが俺らを捨てたせいでっ！」
　そう言ったタカは、血走った目でナイフを振りあげた。
「許してほしいなら、あんたも恐怖の中で殺されて死ね

よ！」
「タカ！」
　道明さんの制止を振り切り、あたしはタカの背中に抱きつく。
「やめてよっ！　お願いっ！」
「離せ！」
「人殺しなんて絶対にダメだよっ！　ねぇ、タカ！」
　あたしは必死だった。
　少しの揉み合いのあと、タカのナイフを持つ手を、道明さんの手が掴む。
「タカ。もういいだろ。終わりにしよう」
「あんたは黙ってろ」
　吐き捨てたタカに、しかし道明さんは声を荒らげる。
「終わりにしろって言ってんだよ！　こんなのアイのためでもなんでもねぇよ！　復讐なんかしたって、むなしいだけだよ！」
「……」
「なぁ、気持ちはわかるよ？　でも、憎しみの連鎖で過去は断ちきれねぇんだよ！　本当はお前だってそんなことわかってんだろ⁉」
　道明さんは、タカの手からナイフを奪い取った。
「リサちゃんの目の前で母親殺したらもう、今までみたいにふたりで笑えねぇぞ」
「……」
「お前が今、本当に大切にしなきゃいけないことは何か、

もう一度ちゃんと考えろ」
 タカは膝から崩れ、肩を揺らす。
 焦点の合わない目は、誰を見ることもない。
「……だったら俺は、どうすりゃいいんだよっ……」
 顔を覆ってしまったタカは、まるで泣いているみたいだった。
 あたしはその肩に、そっと手をかける。
「ねぇ、帰ろうよ」
 あたしの手も、タカの肩も震えている。
「お願いだから帰ろう？」
 道明さんもタカの肩に手をまわし、支えるようにして立たせた。
 タカの母親は泣きながら何かを言っているようだったが、あたしたちは一度もそちらを見ることなく、車に戻る。
 スクラップ置き場から遠ざかる車内で、タカは虚ろな目をしたまま。
 理由なんか知らないけれど、タカは実の母親を殺そうとしたのだ。
 まるで何かの糸が切れてしまったような夜だった。

 部屋に帰っても、タカは泣き出してしまいそうな瞳を揺らし、ただ黙ってあたしの肩にもたれかかっていた。
 道明さんがホットミルクを作ってくれる。
 いらないと首を振ったタカだが、無理やりそれを飲まされると、しばらくして、ベッドで気を失うようにして眠っ

てしまった。
　子供をあやすように添い寝してあげていたあたしは、その様子を見届けてから、リビングに戻った。
　道明さんは、いつもの席でタバコをくわえている。
「タカ、寝た？」
「……うん」
「まぁ、眠剤(みんざい)入りを飲ませた俺が聞くなって感じだけど」
　それって犯罪じゃん。
　なんて、今は突っ込みを入れる気力すらない。
　疲弊した息を吐き、あたしもいつもの席に腰をおろしてから、タバコをくわえた。
「聞きたいか？」
　道明さんは問うてきた。
　嫌だと言えないあたしは、きっと肯定してるってことだ。
　こちらを一瞥し、立ちあがった道明さんは、チェストの引き出しを開け、何かをあたしに手渡した。
「これが昔のあいつらだ」
　いつか、タカが隠すように眺めていた写真。
　アイさんの小学校入学時だろうか、真新しい真っ赤なランドセルを背負った少女と、母親と呼ぶには若すぎる綺麗な女性が、校門の前で手を繋いでいる。
　反対の腕に抱かれているのは、まだ幼い男の子……タカだろう。
「残酷で、皮肉な昔話だよ」

母親と、3歳差の姉弟。

　アイさんを身ごもったのは、彼女が16歳だった時。

　父親とはタカが生まれてすぐに離婚して疎遠になったらしく、今もその詳細はわからないらしいが。

　それでもまだ若かった母親は、水商売をして生計を立てながら、幼いふたりを育てていた。

「けど、アイが中3になった頃だっけなぁ」

　母親は、我が子らを置いて突然の蒸発。

　当時から彼女に付き合っていた男がいたことは子供たちも気づいていたらしいが、ようは、その彼と逃げたということだ。

　中学3年生のアイさんと、小学6年生のタカ。

　いくら支え合おうとも、ふたりでなんて生きていけるはずもない。

　何より母親に捨てられた気持ちは、きっとあたしなんかよりずっと大きいだろう、汲み取ることさえ及ばない。

「俺もそのへんのことは詳しく知らねぇけど、結局、最後はタカだけが施設に入れられたってさ」

『たらいまわしにされる気持ちはわかる』と、前にタカが言っていたけれど。アイさんは親戚の家に、そしてタカは施設に預けられたらしい。

　夜中に不在の母親を待ちながら、身を寄せ合って生きてきた姉弟は、離れ離れにさせられた。

　それから1年。

「アイは中学卒業と同時に水商売の世界に入った。母親と

同じ世界に身を置いて、どんな想いだったかは知らねぇけどなぁ」

　もしかしたらアイさんもまた、金を稼がなければと思う一方で、母親を探す糸口にしたい気持ちもあったのかもしれない。

　まぁ、今となってはそれすら想像でしかないけれど。

　でもタカが水商売を嫌う理由としては十分だ。

「で、客だった地元の議員に口利きしてもらって、あいつ無理やりタカを施設から取り戻して。それからまたこの部屋で暮らし始めたんだとよ」

　母親は、わずかだか姉弟に金を残して逃亡したらしい。

　それはせめてもの償いの気持ちだったのか、どうなのか。

　アイさんはその金の存在を親戚連中にひた隠しにし、こっそりとこの部屋の家賃に充てていたのだとか。

　それはいつか、もう一度、家族として戻るためだろう。

「この部屋には、最初から３人分の食器があったろう？あれは、母親とアイとタカのものだ」

　タカが捨てるに捨てられなかった食器。

　最初からこの部屋は、思い出だけで形作られていたのかもしれない。

「タカがアイに縋ってたのは、自分を救い出してくれたからだ」

　道明さんは、少し寂しそうに言った。

「当時のアイは、まだ幼い弟を養うために、それこそ体使ってまで金稼いでたからな。本当は高校生の年なのに、飲め

ない酒飲んで、男に媚び売って、笑顔作って」
「……」
「タカはそれを知ってるのかどうなのか、だから余計にアイは絶対的であり、姉以上の存在だったんだ」

　固い絆で結ばれた血の繋がりの中には、他人なんかじゃ入れないスペースだってある。

　アイさんにとっても、弟を育てることだけが生き甲斐であり、支えだったのかもしれない。
「で、まぁ、俺はそんな頃にアイに出会ったわけなんだけど」
　小さく笑った道明さんは、
「俺もバカだからなぁ。どうしても放っておけなくてさ」
と、過去を懐かしむように目を細めた。
　笑っているのに、どこか無理をしているように見えたという、アイさんの第一印象。
　道明さんは、18歳だと偽っていたアイさんを仕事がてら何度か指名しているうちに、マクラで客を引いているというウワサを耳にした。
　が、別に夜の世界においては、さほど珍しいことでもない。
　けど、でも、アイさんの純粋な瞳の奥に悲しみが見えた気がした道明さんは、思わず言ってしまったらしい。
「『そういうことすんな』ってさ。そしたらあいつ、溜め込んでたもんを吐き出すように泣き出して」
　それが、アイさんの死ぬまでに唯一見せた涙だったらしい。

年を誤魔化して、慣れない世界や酒、そして男たちとの関係を繰り返しながらも、壊れる寸前だったにちがいない、アイさんの心。
「結局はほだされたのかもなぁ」と、道明さんは言う。
「『俺がいてやるから』って。『金がねぇなら助けてやるから、だからもう、お前ひとりで何もかもを背負おうとすんなよ』ってさ」
　告白と呼ぶには苦しすぎる、その言葉。
　アイさんは17歳、道明さんは23歳の時だったそうだ。
「そういや、なんの因果か、ちょうど今のお前らと同じくらいの年だもんなぁ」
　道明さんは笑う。
　それでもアイさんは金銭面で道明さんに頼ることはなく、店を替えてからはマクラを辞め、その代わりに昼間の仕事もやり始めた。
『どんなに苦しくても、体を売るような日々に戻りたくはないから』と言ったアイさんは、寝る時間を削って働きながらも、毎日、笑っていたそうだ。
　アイさんは愚痴も弱音も吐かない人だったと、タカが言っていたけれど。
「あいつはすげぇ女だったよ。なんで俺みてぇなヤクザなんかと付き合ってたのか不思議なくらいにな」
　それはきっと、アイさんが道明さんの存在に救われていたからだと、あたしは思う。
　でも、道明さんもまた、アイさんの存在に救われていた

のかもしれない。
　アイさんと道明さん、そしてタカの３人で過ごす日々。
　それは今のあたしたちのような関係だったと、道明さんは感慨にふけるように言った。
「これ誰にも言ってないんだけどな？　あの頃の俺は、いつかアイにウエディングドレス着せてやるのが夢で」
「……結婚、ってこと？」
「まぁ、そんなとこだな」
　少し照れたように、道明さんは、
「アイがもし、タカが成人するまでは、って言うなら、俺はそれまで本気で待つつもりだったし、とにかく家族ってもんを与えてやりたかった」
　と、言った。
「優しいんだね」
「いや、俺自身がそういう存在を求めてただけなのかもしれねぇけど」
　けれどアイさんは、死んでしまった。
　付き合って３年が過ぎた、梅雨になるより少し前の深夜、警察からの一報を受けたのはタカだったそうだ。
　夜の公園で、たったひとりで死んだアイさん。
　犯人は、ストーカー殺人の罪で、懲役20年を言い渡された。
「でも、俺よりずっとタカの心の傷の方がデカかったのかもしれない」
　最愛の姉を失ったタカの心は壊れた。

車道に飛び出して自殺を図ったタカは、一命を取り留めて病院に搬送されたが、意識を取り戻しても、食事はおろか、しゃべりもしない。

　だから道明さんは、アイさんが死んだ悲しみを押し殺し、タカのそばに居続けたそうだ。

「それから半年くらいして、初めてタカが口を開いたんだ。ずっと世界を遮断していたあいつが、やっと言葉を発したのにさ」

　道明さんは、息を吐く。

「『俺、復讐しなきゃ』って。思い出してもその時のタカは、何かに取り憑かれているような目をしてたな」

　誰かを恨むことでのみ、生きる理由を見い出したタカ。

「あの時のタカも17だった」

　当時、中学を卒業して働こうとしていたタカを高校に入学させたのは、アイさんだった。

　タカはしぶしぶだが、それでも自分のために身を粉にしてくれる姉のため、問題だけは起こさないようにと努めていた。

　が、その意味さえも、もうなくなったから。

　タカは高校を辞め、アイさんを殺した犯人である吉岡のことを、徹底的に調べあげた。

「あいつがエンペラーを立ちあげたのもその頃だし、理由はどうあれ生きようとするタカを、俺は止められなかった」

　そして知った、吉岡の妹の存在。

　最愛の姉を奪われたタカは、自分と同じように、犯人の

身内を徹底的に苦しめてやろうとした。
　だが、その矢先に、吉岡の妹は、世間からの目に耐えきれず、自殺した。
　それがタカに追い打ちをかける。
「結果として、吉岡は、ムショ暮らしの心労や妹の自殺のショックが重なって、心不全なんかでコロッと死んじまったよ」
　一番、復讐してやりたかった人間が、罪を償うことも、ましてやアイさんに対して罪悪感を持つこともなく、手の届かない場所で死んだ。
　結局、タカの想いは成就することはなかったということ。
　タカはそれからまた半狂乱のようになり、真っ暗闇の中で見つけ出した、次の生きる理由。
「『母親が蒸発しなきゃ、姉ちゃんはあんなところで働かずに済んだし、殺されもしなかったはずだ』って、こじつけみたいに言い出して」
「……」
「『姉ちゃんがひとり恐怖に震えながら死んだなら、母親も俺が同じ目に遭わせてやる』って」
　薄笑いを浮かべるタカを止めようとした道明さんだったが、そんな言葉はいつも届かず、アイさんが死んで6年が過ぎた今日。
「何が一番皮肉かってそりゃあ、今日がタカの誕生日ってことだ」
「えっ」

「まぁ、あいつは自分が生まれてきたことを喜んでねぇから、祝われたくなんかねぇ、って感じなんだけど」

　それでも道明さんは無理やり時間を作り、強引にあたしまで引っ張り出してタカを食事に誘ったらしい。

　道明さんは、短くなったタバコの煙を吐き出した。
「タカはさぁ、人のこと恨んでるけど、本当は自分自身の存在が一番許せねぇんだよ」
「……」
「最愛の姉ちゃんが苦労する羽目になったのは全部自分がいたからだって思い込んでるし、結局は自分を養うためにやってたキャバって仕事のせいでアイは死んだんだ、って」

　『姉ちゃんが殺されたのは、元を正せば俺のせいだ』と、タカが言っていた言葉を思い出した。

　だからって、タカが自分の存在を否定してしまったら、アイさんが頑張ってきたことさえ否定することになるじゃないか。
「少し前からあいつ、母親がこっちに戻ってきてるって情報は掴んでたらしいんだけど。でも、まさか今日見つかるなんて、そりゃねぇだろ、って感じだよな」

　言葉が出ない。

　これで本当に、タカの生きる理由はなくなってしまったということだ。
「ねぇ、タカは死んだりしないよね？」

　問うたあたしに、道明さんは視線を戻し、
「あいつのそばにいてやって」

と、ひと言だけ、とても悲しそうな顔で言った。
「支えてやってくれ、なんて言わねぇけどさ、今のあいつにとっては、リサちゃんの存在だけが拠り所だろうから」
　きっとタカは、酒でもギャンブルでもクスリでもなく、そばにいてくれる人の存在に依存しているのだろう。
　なのにあたしなんかに、いったい何ができるというのか。

　結局、あたしたちは、朝日が昇りきるまでリビングで取り留めもない話をしていたが、そのあと、道明さんは電話で呼び出され、出ていった。
　あたしは再びベッドに潜り込む。
　それから何時間が経ったのか、物音がしてまぶたを開けたのだが。
「もうすぐ夕方なんだけど、やっと起きてくれました？」
　なぜかあたしはタカに抱きつくような格好になっていて、上体だけを起こしているタカは、困ったようにタバコの煙をくゆらせていた。
「つーか、お前さぁ。前から思ってたけど、なんで寝てる時いっつも、眉間にシワ寄せてるわけ？」
　タカは昨日の出来事が嘘のように、笑っている。
　そこにはいつものような覇気は見られないけど、でも、あの冷たい瞳なんかじゃない。
「タカ、大丈夫？」
「あぁ、ヤクザに毒入りミルク飲まされたこと、心配してくれてるわけ？」

どうやら気づいていたらしい。
　だから別にあたしが悪いわけでもないのに、曖昧にしか笑えずにいると、
「道明くんは、姉ちゃんが死んだあの日から、睡眠薬がねぇと眠れねぇんだとよ」
　と、タカは言う。
「あの人はさぁ、なんだかんだ他人の心配ばっかして、結局は自分が一番重いもの背負っちまってるって気づいてない、大バカなわけ」
　言葉のわりに、悲しそうな瞳。
　タカと道明さんは、いつも同じような顔ばかりしている気がする。
「リサ、全部聞いたんだろ？」
　おずおずと頷きながらも、「ごめん」とあたしは言った。
「どうしてお前が謝んの？」
　タカはあたしを、引き寄せるように抱きしめる。
「なぁ、俺のことどう思った？」
「……」
「気持ち悪いだろ？　だって俺、こんな方法でしか復讐の形を知らないんだから」
　かぶりを振るあたし。
　タカは息を吐く。
「いつか母親を見つけ出したら、殺してやろうって思ってた。姉ちゃんの受けた痛みを味わわせてやりたくて、護身用だって言いながら持ってたナイフは、本当は……」

本当は、いつどこで出会うかもわからない母親を、刺してやるためのもの。
　みなまで言わずとも、タカの想いは伝わってくる。
「なのにさ、いざ見つけ出してスクラップ置き場に向かったのに、俺の足は、ずっと震えてたんだ」
「……」
「記憶の中のあの人はもっと綺麗だったはずなのに、そりゃあ、10年以上も経てばそれなりにおばさんになるんだけど。でもやっぱ俺や姉ちゃんに似た顔しててさ」
「……」
「だから、もしもあの時、お前がいなくても、俺は母親を殺せなかったと思う」
　そう言ってタカは顔を覆った。
　血よりも濃いものなんかないというけれど、母親に復讐を果たそうとした結果、タカの心にだって同じくらいの傷が残ったということだ。
「でもさ、起きた瞬間、死のうって思うより先に、俺に抱きついて眠ってるお前に気づいて、ちょっと笑った」
　辛いのか、悲しいのか、苦しいのか、むなしいのか、とにかくそんな感情すべてがこの静かすぎる部屋を包む。
　今、タカの中には何が残されてるのだろう。
「昨日、誕生日だったんでしょ？　お祝いしようよ」
「え？」
「生まれた日だからどうこうじゃなくて、今年も生きてたぞー、って意味で」

あたしのすっとんきょうな提案に、タカは一瞬、驚いたあとで、ふっと笑う。
「それ、もちろん道明くんは抜きだろ？」
「当然でしょー」
「じゃあ、たまにはふたりでどっか行くか」
「行きたい！　行きたい！」
　じゃれ合うように抱きついたあたしは、タカのぬくもりを噛みしめた。
　もう、この人のそばにいられるだけでいい。
「なぁ、それより前に、腹減らねぇの？」
「あっ！　あたしシロにご飯あげてない！」
　ぱっと体を離すと、タカは少し困った顔でまた笑う。
　大丈夫。たとえ何があったって、あたしたちはお互いさえいれば、壊れたりしないから。
　ドアを開けると、待ち構えていたとばかりに甘えた鳴き声で、シロがすり寄ってきた。
　あたしも、タカも、シロも、捨てられた子供だけど、それでも生きているんだよ。

## 大切なもの

 翌日、ふたりでタカの誕生日を祝い直した。
 夏の終わりの海に行き、照り返す日射しを浴びて、笑い合った。
 街ではバカみたいに買い物をして、映画も観たし、水族館にも行った。
 それから夜になって合流した道明さんは、「なんで俺を呼ばねぇんだよ」と不貞腐れていたけれど。
 とにかく何もかもを忘れたくてはしゃぎまわった1日は、本当に楽しかったというひと言に尽きる。
 家に帰ったのは、日付も変わろうとしていた頃。
「なぁ、道明くん。ちょっと話があるんだけど」
 タカはソファに座って神妙な顔をした。
 道明さんはタバコをくわえようとしていた手を止め、「ん?」と首を傾ける。
「俺さ、もう仕事辞めようと思うんだ。これ以上、続ける理由もねぇし、そろそろ潮時だって、今日、改めて思ったから」
 タカは膝の上に乗せたシロをなでながら、迷いのないおだやかな口調だった。
 隣で聞いていたあたしは驚きで目を丸くし、ふたりを交互に見る。
「本気なんだな?」

「あぁ、本気だよ」
　本当に足を洗うのだと思うと、あたしの中に、期待にも似た感情が広がった。
　笑うタカを見た道明さんは、一瞬、考えるように視線を宙へと投げたあとで、
「わかったよ。俺に任せろ」
　と、歯を見せて頷く。
「まぁ、とうぶんは例の件があるからゴタつくだろうけど、それが終わったら、俺から冬柴さんにうまく言っといてやるから」
「うん」
　その後の道明さんの話では、年末くらいにはすべてのカタがつくらしい。そうすればタカは、普通の道に戻れるということだ。
「しっかし、お前が真っ当に働きながら生きる姿なんか、ちょっと想像できねぇけどな」
「俺もだよ」
「おいおい、それ大丈夫かよ」
　ふたりはまるで、昔からの決めごとだったように、スムーズに話をまとめていた。
　にわかには信じられないあたしをよそに、タカと道明さんはまだ飲み足りないのか、ビールなんかで乾杯している。
　話がうまくいきすぎるというのは、それはそれで少し怖い気もするけれど。
　でも道明さんがいることだし、きっと大丈夫だろう。

「そういや堀内組は、内村さんがパクられて大変なんじゃねぇの？」
「あぁ、ちょっとな。あの取り引きが成立するまでは、みんなピリピリしてっから」
「けど、すげぇよな。あの量の拳銃を密輸するなんて、俺には考えられねぇもん」
「まぁ、これが成功すりゃあ、うちの組は一躍天下だろうけどよ」
　ゲラゲラと笑いながら話すふたりは、あたしに気づき、あっ、という顔をした。
　そして内緒話を聞かれた子供のように、顔を見合わせる。
　まったく、こういうことをあたしに聞かせないでほしいものだけど。

　シャワーを浴びて戻ると、そこにはもう道明さんの姿はなく、タカはひとりでビール片手に深夜番組に興じていた。
　そしてあたしに気づくと、まだ湿った髪に触れて笑う。
「さっきの話、俺マジだから」
　仕事を辞めるとか言っていたことか。
「急にどうしたの？」
「いや、結構前から思ってたんだよ、ほんとは。お前が高校卒業して、そのあともずっと一緒にいるにはどうしたらいいだろう、って」
「……」
「復讐とかそういうのじゃなく、ちゃんと生きるべきなん

だって、道明くんからも散々言われてたしさ」
　抱きしめられて、唇が触れる。
　それは小さな不安さえ消し飛ぶような、ひどく優しいものだった。
「あたしが卒業できなかったらどうすんのよ」
「えっ、マジで？」
　驚くタカを見て、笑ってしまう。
　先のことなんて相変わらず考えてさえいないけど、でもタカのために頑張るというのも悪くないのかもしれない、なんて。
「まぁ、卒業できなかったら、その時はその時だ」
　楽観的に言って、タカは肩をすくめてみせた。

　新学期が始まり、テストに模試に授業にと、慌ただしい日々に突入してから、3週間は経過しただろうか。
　夏休みを過ぎると、みんな、一気に素行も見た目も落ち着き払った印象だ。
　さすがはこんな学校でも、曲がりなりにも受験生というわけか。
　だからなのか、いまだに明るい髪のまま、派手な格好をしているあたしは浮いていて、前よりずっと居心地が悪くてたまらなかったが、それでも卒業のためにと、毎日学校には行っていた。
　それからさらに1週間が過ぎ、9月も終わりに差しかかろうとしていた頃のこと。

「ねぇ、なんで最近、乃愛休んでんの？」
　乃愛はもう数日、学校を欠席したままだ。
　初めは『乳がデカイから肩こりだ』とか、『拾い食いして食中毒でしょ』なんて言って笑っていたけれど。
　でも、乃愛は専門学校を目指しているし、この大事な時期にこんなに休むなんて、ちょっと考えられなかった。
　担任にも聞いたが、結局は、『親御さんから風邪だという連絡をもらったからなぁ』なんて、曖昧な返答ばかり。
「病気とか？」
「なら普通、学校にそれ言うでしょ」
「じゃあ、行方不明？」
「だったら今頃、警察がきて騒いでるわよ」
「不倫相手の奥さんに刺されてたりして」
「それじゃあ、事件じゃん」
　あたしと梢は腕を組んで考えたが、当然だけど理由なんて想像できない。
　だからどちらからともなく、とりあえず家に行ってみよう、という話になった。

　その日の放課後、あたしと梢は、乃愛の家にやってきた。
　直前に連絡を入れたものの、返信はなく、本当にどうしているのかが気になってしまう。
　チャイムを押すと、玄関のドアを開けたのは、乃愛のお母さんだった。
「あぁ、乃愛の友達だよね？」

おずおずと頷くあたしと梢に、お母さんは、
「入ってよ。あの子から聞いたんでしょ？」
　と、言う。
　……『聞いた』って、何を？
　そう思ったものの、中へと招かれた。
　お母さんはそのまま乃愛の部屋のドアをノックする。
「ねぇ、友達きたよ」
　少しして、顔を覗かせた乃愛は、どこからどう見てもやつれていた。
　そしてあたしたちを見て気まずそうにした。
「じゃあ、あたしこれから仕事だから、ゆっくりしてってよね」
　お母さんもまた、それだけ言って、仕事の準備のためなのか、自室に戻ってしまった。
　パジャマ姿の乃愛は、ひとつ大きな息を吐き、
「ごめんね」
　と、呟いて、あたしたちに室内に入るようにと促す。
　あたしと梢はその違和感に顔を見合わせるが、とりあえずラグマットへと腰をおろした。
　とてつもなく嫌な予感に支配される。
　そんな中で、一番に口を開いたのは梢だった。
「マジ、何があったわけ？」
「……子供、できてるって」
　乃愛の言葉に目を見開いた。
「ちょっ、どういうこと!?」

「だからね、先生との子供、できてるってこと」
　……不倫相手との、子供ができてる？
　頭の中で繰り返してみたって、ちっともその意味が理解できない。
　なのに乃愛は、
「あたし産むから」
　と、抑揚なく言葉にした。
　鈍器で頭を殴られたような衝撃に、嘘だと笑うことすら忘れてしまう。
　しかしベッドサイドへと腰をおろした乃愛は、愛しそうに腹をなでた。
「今、2ヵ月なんだって。来年の今頃にはもうママなんだよ、あたし」
「……何、言って……」
　柔らかい笑みを浮かべる乃愛は、本当にあたしたちの知っている人なのか。
　別人のような乃愛を前に、今、現実に起こってることが信じがたく、思考が及ばない。
「ちょっと待ってよ！　意味わかんない！」
「そうだよ！　わかるように説明して！」
　まくし立てるように言ったあたしと梢に、乃愛はため息にも似た息を吐く。
「今後のことはもう決めてるし、ふたりには全部終わってから言うつもりだったんだけど」
　妊娠が発覚したのは、今月中旬。

数日間は悩みに悩み抜いたが、やはり宿った命のことを思い、産むという決断を下したらしい。
　そして不倫相手である『先生』とは、別れたのだとか。
「もともとあっちにも家庭があるし、それを壊すつもりなんてなかった」
「……」
「先生に言ったらきっと責任を取るって言うんだろうけど、まだ小さな子を捨てるような人になってほしくなかったから。奥さんや子供と別れてまであたしを選ぶだなんて、それってまちがってるでしょ？」
　だから、何も言わずにさよならを告げたのだと、乃愛は言った。
　つまりはそれは、ひとりで育てていくということか。
　ずっと父親がいない中で寂しい想いをしていた乃愛が、自分と同じ道を辿る子を産むつもりだなんて、どうかしている。
「お母さんとも話して納得してもらえたし、あたしはあたしなりのやり方で、この子を育てていきたいの」
　乃愛は、来週中には学校に転科の手続きに行くつもりらしい。
　うちの学校は普通科や商業科の他に、通信科というものがあり、転科する場合は今ある単位を持ち越せるので、一から勉強し直さなくても、ちゃんと毎回決まった提出物さえ出せば、あたしたちより少しあとだが卒業は可能だ。
　それは知っているけれど、でも、どうして？

「今のまま普通科にはいられないけど、今さら、辞めるのはもったいないでしょ？　それに時間が自由になる分、資格を取る勉強をする時間だってできるし」
「けどあんた、ネイルの学校に行きたいって言ってたじゃない！」
「ネイルって、専門学校に行かなくても、スクールを受講したりして資格を取る人もいるの。だからあたし、パソコンの資格取って事務職しながら、子供の手が離れたらそっちの勉強すればいいと思ってるし」

　こんな１週間足らずで、乃愛は人生を決めていた。
　なんだか裏切られたような気分だった。
「なんでそんな大事なこと、うちらに相談すらなしに決めちゃうのよ！」
　梢の怒りはもっともだ。
　それでも乃愛は、顔色ひとつ変えなかった。
「言ったら反対してたでしょ？　あたしの人生なんだし、誰かが決めるようなことじゃないから」
「でもっ！」
「ごめんね、梢」
　さえぎるように乃愛は言う。
「あたしもう迷ってないんだ」
　胸を張って自分の人生を歩もうとしている乃愛を、どうやって非難できるだろう。
　けれど梢は悔しさからか唇を噛みしめ、その瞳に涙を溜める。

「相手が何も知らないまま、乃愛だけが子供のこと背負うなんておかしいよ！」
　それでも乃愛は、
「先生に迷惑だけはかけたくないの」
　と、言った。
「それに、堕ろすって選択肢だってあったのに、それを選ばなかったのはあたしだから」
「今からでも遅くないよ！　堕ろしたら、また前みたいに戻れるでしょ⁉」
「わかってないよ、梢。元通りに戻ることなんてひとつもないし、命を消して普通に振る舞うなんて、あたしにはできない」
　梢の言っていることもわかるけど、でも乃愛の言っていることだって痛いほどわかる。
　顔をうつむかせたままのあたしから同意を得ようとした梢に、肩を揺すられた。
「リサも何か言いなよ！」
「……あたし、は……」
　何を言えばいいだろう。
　あたしなんかに、いったい何が言えるだろう。
　それでも、こんなにも強い目で話す乃愛を見たのなんて初めてだから。
「あたしは、乃愛が決めたことなら応援したい」
　並大抵の想いではないはずだ。
　きっとこれからだって想像できないくらい大変なんだろ

うけど、でも、乃愛の決めたことを否定できるはずもない。
「ありがとね、リサ」
　乃愛は少し安堵したように笑った。
　けれど拳を作った梢は、部屋を飛び出すように出ていってしまう。
「梢！」
　どうしようかと迷ったが、
「こっちは任せて。あとで連絡するし、乃愛は赤ちゃん大事にしてよ！」
　と、言い残して、あたしは梢の背を追った。

　マンションを出て、息も切れ切れに走ると、近くの自動販売機に寄りかかるようにしてうずくまり、泣いている梢の姿を発見した。
「どうして乃愛はあんなこと言うのよ！　うちらやっと18になったのに！　これから先、まだまだ恋愛とかいっぱいして、いろんなことがあるのに！」
「でも、乃愛はそれを捨ててでも、宿った命を選んだんだよ」
　たしかにあたしたちの道の上には、未来への可能性がたくさんあるのだろう。
　それでも、決断を下すことに年齢なんて関係ないと、あたしは思う。
「子供を育てるだなんて、自分以外の人生を背負うってことじゃん！」
「じゃあ、梢は、もしも直人との子供ができてたら、簡単

に堕ろすだなんて決めるの？」
　問うと、梢は言葉を詰まらせる。
「あんたがあんたなりの考えで乃愛のこと心配してんのはわかるよ。でもね、本人が決めたんなら、応援してあげるのも『友達』なんじゃない？」
　あたしだってこれでいいのかはわからない。
　けど、否定することで一番傷つくのは、乃愛じゃないか。
　少し前のあたしなら、自分には関係のないことだからと心のどこかで思っていただろう。
　でも、今はちがう。
「うちら、何もできないなんてことないよ。してあげられることはたくさんあるじゃない。梢だってほんとはわかってるでしょ？」
「……」
「ほらぁ、あんたが泣いててどうすんのよ！」
　そう言って無理やり腕を取って立たせると、梢は消え入りそうな声で、
「ごめん」
　と、言う。
　あたしは笑った。
「言う相手がちがうでしょ」
「……うん。そうだね」
　梢は涙でぐちゃぐちゃな顔で、力なく口元をゆるめた。
　前より少しだけ肌寒くなった風になでられる。
　あたし自身、不安は数えきれないくらいにあるけれど、

でも必死で大丈夫なのだと言い聞かせていたかったのかもしれない。
　吐き出した息は少しばかり震えていた。

　梢と別れ、乃愛と電話をし終えたあとで、気づけばふらりと街までやってきていた。
　今日も喧騒にまみれた中で、行き交う人々は、足早に通りすぎる。
　少し前まではここが溜まり場みたいだったあたしたちなはずなのに、今はもう、それぞれの道を決め、歩き出そうとしているなんて。
　パンツを売って、出会い系で男たちと知り合って、媚びればなんでも奢ってもらえて、無敵なんだと思っていた、あの頃。
　でも今はもう、それすら遠い昔のことのよう。
「……乃愛がママ、か」
　呟いた台詞はむなしく消える。
　もしもそれがあたしだったなら、どうしていただろう。
　タカの子だからといって、産むという決断を下す自信がなかった。
　春樹だって父親になるという選択肢を選ばなかったし、やっぱりあたしたち姉弟には、そんな資格は今もないから。
　なんて、もうそろそろ帰らなければならない時間だ。
　こんな場所にいたってちっとも意味はなく、余計に憂鬱さばかりが増していく。

だから息を吐き、顔をあげた瞬間、見てしまったもの。
 向こうの通りに見えたタカは、中年のおじさんの胸ぐらを掴み、一方的に何かを怒鳴っていた。
 あたりを通る人々は関わらないようにとそれを見ることもなく避け、誰も異を唱えようとはしない。
 こんな街ではよくある光景。だけどそれがタカの仕事。
 実際、目の当たりにしてしまえば、本当に辞めることができるのだろうかとひどく不安になってしまう。
 あたしの前では決して見せない顔。
 その、恐ろしいほどに歪んだ剣幕は、前と何も変わっていないから。
 仕事だということは、十分すぎるくらいにわかっている。
 けど、でも、今は怖くてたまらない。
 だから見ていられず、その場から逃げるようにきびすを返した。
 とはいえ、もう走る気力もなく、壁を伝うようによろよろと歩いていた時、
「リサちゃん？」
 と、呼び止められた声に振り向いた。
 そこにいたのは、なんの偶然なのか、道明さん。
「何やってんだ？　って、顔色悪いけど、大丈夫か？」
「あぁ、うん。平気だけど。ちょっと風邪引いちゃったかなぁ、なんて」
 必死で作る笑い顔が引きつっていく。
 さすがに先ほどとは別の通りなので、タカの姿を見ない

で済むことだけは幸いだけど。
「風邪ならなおさら、ここにはこない方がいい」
「……え?」
「つか、とうぶんは街にいると危険だから」
　道明さんはいつもとはちがう険しい顔で、声を潜める。
「この前の取り引きの話、わかってるだろ?」
　拳銃の密輸のことか。
「組の連中もピリピリしてるし、警察も何かしら嗅ぎまわってる様子だからな」
「……」
「こんな場所だし、何があるとも限らねぇ。ないとは思うけど、こっちのトラブルに巻き込まれる可能性だってあるんだから」
　それほどまでにヤバい事案なのだということは、想像に難くない。
　ぞっとする。
「ねぇ、それほんとに大丈夫なの?」
　不安で思わず聞いてしまったあたしに、道明さんは、笑顔を作る。
「大丈夫だよ。タカはいっさい、この件には関わってねぇから」
　そういうことを言っているんじゃないのに。
　なのに道明さんは、ため息交じりにタバコをくわえ、
「まぁ、そういうことだし、早く帰れよな」
　と、言う。

「どのみちここで変な野郎にナンパされても困るだろ？」
「……うん」
「タカにもさっさと帰れって俺から連絡入れといてやっからさ。お前ら、家でセックスでもして遊んでろよ」
　なんだそれ。
　けれど最後はいつもの道明さんらしくて、少し安心したのかもしれない。
　先ほど見たことは忘れようと努め、送ると言われた言葉を断り、街をあとにする。
　シロが待つあの部屋に帰れば、すべてが別世界のことだと自分自身に言い聞かせられる気がしていた。
　だってあたしなんかの頭じゃまだ、何もかもを現実のこととして受け入れられないから。

## 季節移ろい

　週が明けたら、本当に、乃愛は普通科を去り、通信科へと転科した。
「ねぇ、乃愛が援交見つかって退学になったって話、マジ?」
「えー?　あたしは男から恨まれまくって、この街にいられなくなったって聞いたけど?」
　嘲笑の交じるクラスメイトの言葉。
　こんな時期だからこそ、いろいろなウワサや憶測が飛び交っていたが、真実なんてあたしたちだけが知っていればいことだからと、あたしはうんざりしながらも黙っていた。だが、それにキレたのは梢だった。
「うるさいんだよ!」
　声を荒らげ、梢は目前の女の胸ぐらを掴む。
　その迫力に、女は顔を引きつらせた。
「あんたら、陰口しか言えないわけ!?　乃愛のこと悪く言ってんじゃねぇよ!　カレシすらいないからってひがんでんのかよ!」
「なっ」
「あの子はねぇ、バカみたいなあんたらより、よっぽど大人なんだよ!　自分で決めたこと貫くために頑張ってんだから、文句があるならあたしに言え!」
　梢はあのあと、乃愛ともう一度ちゃんと話をし、最後はあたしと同じように応援すると言って納得した。

だからこそ、まるで自分のことのように、ここまで怒っているのだ。
「梢、もういいから」
「でもっ！」
「今の時期にあんたまで問題起こしてちゃマズいでしょ」
　あたしの言葉に、梢はしぶしぶだがその手を離す。
　クラス中は騒然とし、余計にあたしたちへの視線が冷たくなった気がしたが、
「こんな連中とトラブってるなんて、それこそ時間の無駄じゃない」
　と、クラスメイトを一瞥して吐き捨て、あたしは梢の腕を引いた。
　たしかに真面目に勉強しているみんなは立派だと思うけど、でもあたしたちだって懸命なんだ。
　ギャルだからとか派手だからとか、そんな境界線で分けられたくないし、同じように必死で自分の生きる道を模索しているのだから。
　別棟の校舎まできたところで、息を吐いた。
「ねぇ、梢。うちらが変に騒いだら、余計に乃愛が悪く言われるんだよ？」
「じゃあ、リサはあのまま黙って聞いてればよかったって言うの!?」
　そうではないけれど。
　互いに顔をうつむかせ、ぐっと唇を噛みしめた時、
「おっ、発見！」

と、背後からの声が。
　振り返ると、こちらを指さして笑っている、直人の姿。
　直人はあたしたちの方まで歩を進め、
「C組ですげぇ騒いでると思ったら、やーっぱ問題児のお前らか」
　と、言った。
「うるさいわねぇ」
　途端に梢はバツが悪そうな顔に変わる。
　どうやら梢は、あれ以来、直人には弱いところがあるらしい。
「ったく、乃愛いなくなったし、こういうことになるんじゃないのかとは思ってたけど、まさかマジで喧嘩するなんて、バカだよなぁ」
　この男は、イエスマンとでもいえばいいか、とにかく物事をオールオッケーだと捉える節がある。
　なので乃愛のことだって大賛成だと言っていた。
　まぁ、こういう時に緊張感の欠片すらない直人がいてくれて助かったわけだが。
「そうそう。ちょっと説教してやってよ」
　あたしも横から便乗したしように言ってやると、梢は不貞腐れたように顔をそらす。
「ほんと、梢には俺みたいな温厚なやつじゃなきゃダメだもんなぁ」
「うっさいって言ってんでしょ！」
　相変わらずなふたり。

けれど、任せていればいいだろうと思い、あたしはひとり背を向けた。
「ちょっ、リサどこ行くの⁉」
「あたしバカップルと一緒にいたくないし、早退するぅ」
　手をひらひらとさせて笑うが、
「リサ！」
　と、梢はあたしを呼び止めた。
「あんたこそ、ほんとに大丈夫なの？」
「何が？」
「今まで聞かない方がいいって思ってたけどさ。この前、街で一緒にいた人、誰？」
　『この前』というと、たぶん、道明さんのことだろう。
　たしかにあたしはタカのことも含め、梢には何も言っていなかったからこそ、余計に心配されているのだろうけど。
「別にただの友達だよ」
「それ、信じていいの？」
「もちろんでしょ」
「なら疑わないけど。てか、あたしが言うなって感じだけど、もうあんま危ない人とは関わらない方がいいよ」
　梢の心配にも、あたしは話半分に「はいはい」とだけ返し、背を向けた。
　言いたいことはわかってる。
　でもあたしはもう、タカや道明さんがいなければ自分自身が成立しないところまできているのだ。
　ごめんね、梢。

学校を早退したところで、何がしたいわけでもない。
　電車に乗ったきり、降りる地元の駅を通り越して、そのまま揺られた。
　30分ほどが過ぎた頃、ふと思い立って下車してみると、前に一度だけきたことのある景色が広がっていた。
　そうだ、ここはあの場所だ。
　何かに背中を押されたように、あたしは記憶だけに頼って歩く。
　人通りも少ない田舎で、駅から伸びる一本道を進み続けていると、灰色の景色が見えてきた。
　速くなった鼓動を落ちつかせるように、石階段を１段ずつ登っていく。
　そのうち景色は開け、整然と並んでいる墓石が目に映る。
　木下くんが眠っている場所。
　タバコくらいしか持っておらず、改めて手ぶらでくるべきではなかったと思ったけれど、どうしようもない。
　木下くんの名前の彫られた墓石の前にしゃがみ、あたしは手を合わせた。
「元気だった？」
　なんて聞くのはおかしいのかもしれないけれど。
　でもそれ以上の言葉は思いつかず、やりきれなくて顔をうつむかせてしまう。
　この５年間が走馬灯のようによみがえってきた。
「ごめんね、木下くん」
　ごめんね、ごめんね。

それがあたしが言える精一杯。
　たとえ誰も悪くなかったとしても、木下くんを救えなかったすべての人間は、同罪なのだ。
　だからまた、「ごめん」と呟く。
「ねぇ、木下くん。今、春樹のこと恨んでる？」
　聞いたって、当然だけど答えはない。
　墓標を指でなぞりながら、肩が震える。
「ごめんね。でも……」
　でも、もしも今もあの子を恨んでいるとしても、もう許してあげてほしい。
　代わりに姉であるあたしを憎めばいいから。
　自分の道を見つけた春樹はもう、過去に囚われるべきではないのだ。
　乃愛の中に慈しむべき命が宿り、この５年がどれほど無意味だったのかと思い知らされた。
　だからお願いだよ、木下くん。
「何か言ってよ！」
　けれど、静かな帳の中で、むなしさだけに包まれていく。
　あたしは、いったい何をやっているのだろう。
　自分の人生を決めかね、こんな場所まできた挙げ句、懺悔するように死んだ人間に許しを請うているだなんて。
　本当に、どうかしているのかもしれない。
　次第に空は薄暗くなっていき、湿った重たい雲に覆われていく。
　息を吐き、立ちあがった。

膝についた砂埃を払うと、ポケットに何かの感触が。中を探ると出てきたのは、数日前に梢からもらった飴だった。
だからそれだけを墓に置き、
「ばいばい」
と、あたしは、きびすを返した。
吐く息はわずかに震え、どうやったって消えない過去に責め立てられている気分になる。
ぽつり、ぽつり、と雨粒が地面を濡らし始めていた。
もうすっかり季節は秋なのかもしれない。
石階段を下った先にある、ほったて小屋のような、廃線したバス停の軒下に入った。
通り雨なのか、一気に雨足が強くなり、つま先を濡らすそれに少し身じろぐ。
その場にうずくまり、膝をかかえると、押し寄せてくる睡魔に負けて目を瞑った。

そうだ。あれはまだ、あたしが6歳だった頃。
春樹と近所の友達数人で集まって、何をして遊ぼうかと話していた時のこと。
『かくれんぼしようよ！』
誰かの提案に賛成し、じゃんけんをした結果、鬼は春樹になった。
当時、誰よりも体が小さかったあたしは、かくれんぼにだけは絶対の自信があり、いつも一番最後まで見つからなかった。

その日も同じ。
　だだっ広い公園で、あたしは物置小屋に身を潜め、わくわくしながら待っていた。
　ひとり、またひとりと、みんなが捕まる声が聞こえる。
　けれど、突然降り出した雨。
　急に怖くなったが、ここから出れば負けてしまう。
　大粒の涙を零しながらも、妙な意地だけで動こうとしなかった時、突如として、その扉が開いた。
『おねえちゃん、みーつけた！』
　春樹だった。


　ブオン、というけたたましいバイクのエンジン音に驚いて目を覚ました時、あたりはすっかり真っ暗闇に包まれていた。
　雨は辛うじてやんでいるものの、街灯のひとつもない場所だ。
　目の前にいる人の影は、こちらへと歩み寄る。
「見つけた」
　どうしてだろう。
　どうしてあたしはいつも、春樹に見つけられてしまうのだろう。
「すげぇ探したんだぞ、てめぇ」
「……」
「ったく、ガキじゃねぇんだから、どんだけ苦労したと思ってんだよ」

春樹は肩をすくめ、くわえていたタバコを投げ捨てた。
「あのさぁ、雷帝さんが俺に電話してきて、お前と連絡が取れねぇとか言い出して」
 あっ、と、慌てて携帯を取り出したら、充電が切れていた。
「最近、街じゃ組関係のトラブルが多いから、もしもなんかあったりしたら、って」
「……」
「俺も一応、気になったけど、姉貴が普段どこでどうしてるのかなんて知らねぇし。だから考えられるとこなんて、ここしかねぇじゃん」
 春樹はあたしを立たせようと手を伸ばすが、腕を掴まれそうになり、びくりと肩があがった。
 無意識とはいえ、今もあの時の痛みは体が覚えているということか。
 そんなあたしを見て、一瞬、驚くと、春樹は「悪かったよ」と呟いた。
 あたしと同じように、春樹はその場にしゃがみ込む。
「なぁ。姉貴はどうして木下に会いにきたんだ?」
「別に理由なんてないけど、気づいたらここに足が向いてたの」
「よくくんの?」
「二度目だよ。5年ぶり。春樹は?」
「俺は、毎月の月命日にはきてっから」
「えっ」
「あいつはさ、誰になんて言われようと、俺の『友達』だっ

たから」
　地面にある石ころを指でいじりながら、春樹は言う。
「木下が死ななきゃ俺の人生は狂わなかったのに、とか、初めは思ってたし、ぶっちゃけ恨んでた。けどさ、今はあいつのせいにするのはまちがってんのかも、って」
「……」
「俺、自分で自分の殻に閉じこもってただけだって、今さらだけど気づいたからさ」
　それは、５年かけて出した、春樹なりの答えなのかもしれない。
　木下くんは、こんなあたしたち姉弟を、許してくれるだろうか。
「あ、そういや俺、エンペラーも辞めたんだ」
「え？」
「ケジメだよ、ケジメ。雷帝さんに相談したら、『心配すんな』って言って、すぐに話まとめてくれたから、何事もなく抜けられたんだけど。姉貴のおかげかもな」
　春樹は笑いながら言った。
　まさか、タカがそこまでしてくれていただなんて。
「なぁ、もう帰らねぇ？」
　たしかに雨もやんだので、いつまでもここにいる理由はない。
　だから息を吐いて立ちあがると、春樹は「送ってやるよ」と言った。
「乗れよ」

けれどあたしは、首を振る。
「大丈夫だよ。歩いて帰れるから」
「バカか。こんなとこで制服着てひとりで歩いてたら、拉致られてマワされたりするかもしんねぇぞ」
 途端に千田さんとのことを思い出してしまい、青ざめるあたしに春樹は、
「ったく、ほんとにしょうがねぇやつだなぁ」
 と、ため息交じりにバイクを押し始めた。
「ほら、駅まで歩くんなら付き合ってやっから」
「えっ」
「別に姉貴がどうなろうと関係ねぇけど、しょうがねぇだろ、雷帝さんから頼まれたんだから」
 素直ではない弟だ。
 だから少しばかり笑ってしまい、バイクを押しながら歩く春樹のうしろを続いた。
 そうか、春樹とタカは、どことなく似ているんだ。
 今さら、そんなことに気づき、知らない間にたくましくなっていた背中を見た。
 まるで木下くんが導いてくれたみたい。
 今まで散々、憎み続けていたはずの弟と、まさかこんな風にして並んで歩く日がくるなんて、思いもしなかったけれど。
「おい、ジュースくらい奢れよな」
「んなもん、自分で買えばいいでしょ」
「あぁ？ こっちはなぁ、てめぇのせいでバイト休む羽目

になったんだぞ」
「あーっそ」
「うわっ。昔は泣き虫なチビでかわいかったくせに、今じゃ姉貴もただの性格ブスだな」
「あんたに言われたくないわよ」
　ぎゃあぎゃあと言い争うあたしたちは、なんなのか。
　あれから５年を経て、何もかもが変わってしまった中で、やっと築けたものもあるのかもしれない。
　ふたり、顔を見合わせ、イーッとした。
　それからまた、ひとしきり騒いだあとで、春樹は静かに息を吐く。
「なぁ、あの頃のこと思い出さねぇ？」
「……」
「俺らはいっつもこうやって、ふたり一緒に、並んで帰ってたんだよな」
「……そうだね」
　もう戻ることはない、懐かしくも愛しかった日々。
　春樹が足を止めた視線の先には、駅が見えていた。
「このへんならもう大丈夫だろ。あとで雷帝さんに電話しとけよ」
「あ、うん」
　あたしの返事を聞いた春樹は、バイクのエンジンをかけ、それへとまたがった。
「俺たぶん、姉貴がどこに隠れてようと、ぶっちゃけ雷帝さんより早く見つけ出せる自信だけはあるぜ」

春樹が笑い、あたしは「ありがと」と返す。
「まぁ、その性格直さなきゃ、てめぇはいつかフラれるだろうけどよ」
「余計なお世話よ」
　ふたりで笑いながら、もしかしたらあたしたちは、いつかの『姉弟』に戻れる日がくるのではないかと思った。
　夜の闇の中で、春樹にはフルカスタムされたバイクがよく似合っている。
「たしか、あと15分以内には電車１本くるはずだから、まちがえずにちゃんと乗れよ？」
「あたしそこまでバカじゃないっての」
　２、３回エンジンを吹かした春樹は、
「じゃあな、姉貴」
と、言って、そのまま走り去っていく。
　あたしはその背が見えなくなるまで、目で追っていた。
　それから駅構内に入って時刻表を確認すると、偶然にも５分後に到着予定の、地元まで戻れる電車がある。
　コンビニで充電器を買って、タカに電話をかけた。
　予想通りというか、やっぱり怒られて、心配されてしまったけれど、でも今日という日を後悔なんてしない。
　まだ雨のにおいが残る寂しげなプラットホームで思い出すのは、春樹と過ごした幼い頃のことばかりだった。

　地元の駅で電車を降り、改札を抜けて東口を出ると、タカが待っていてくれた。

その姿を見つけ、走って飛びついたあたしに、タカは困ったように笑う。
「おいおい、人が見てるだろ」
「うん。でもうれしかったから」
「俺はお前といると気が気じゃねぇけど」
　顔をあげるあたしと、肩をすくめてみせるタカ。
「ありがとね」
「何が？」
「いろんなことだよ。タカがいてくれてよかったな、って」
「それ、気づくの遅すぎ」
　タカは笑ってから、あたしに車に乗るようにと促した。
　助手席に乗り込むと、いつもとなんら変わりないにおいに、ひどく安心させられる。
「なんか知らねぇけど、プチ旅行なら連絡くらい入れとけよな」
「怒ってる？」
「っていうよりは、なんかあったのかと思ったから」
「ごめん」
「いいけどさ。頼むからあんま俺の知らないとこ行くなよ」
　笑ってしまった。
　これからタカが仕事を辞めて、あたしも高校を卒業して、それでもこのままずっと一緒にいられたなら、きっとあたしたちは幸せなカップルになれることだろう。
　今もタカの携帯は、頻繁に着信を告げている。
　この車だって道明さんが用意した盗品だということは

薄々わかってはいるけれど、でも本当にもう少しなのだ。
「ねぇ、タカ」
「ん？」
「年が明けたら、温泉に行こう」
「そうだな」
「雪が降ってる中で、露天風呂に浸かって、ビール飲んで」
「もちろん混浴だろ？」
　タカは、夢を膨らませるあたしを笑う。
　それは、あたしたちが初めて交わした、未来の約束。
「あ、そうだ。春になったらどこ行きたいかも考えとけよ」
「え？」
「卒業祝い、してほしくねぇの？」
　タカの言葉に胸が躍った。
「じゃあ、海外！」
「ふざけんな」
　一蹴されて、また笑う。
　胸元では、そろいのリングが揺れていた。

　帰宅してすぐ、今日はピザをデリバリーしようという話になった。
　すると、それを見計らったように、道明さんまでやってきた。
　結局、いつもみたいにみんなで騒ぎ、夜も更けた頃、飲みすぎたタカは、知らない間にソファで眠っていた。
「あーあ、こんなとこで寝やがって」

道明さんは、タカを小突きながら笑う。
　まぁ、どうせとうぶん起きないだろうからと諦め、あたしたちはふたりで乾杯をし直した。
「道明さんさぁ、仕事忙しいとか言ってなかったっけ？」
「いや、俺は面倒事からうまく逃げてるだけだから」
　まったく、いいご身分だこと。
　組のことなんてあたしは全然知らないけれど、でもいつものん気な道明さんを見ていると、ヤクザって案外暇なのかな、なんて思ってしまう。
　だから少し気になったのかもしれない。
「ねぇ、どうしてヤクザなんかになったの？」
「『ヤクザなんか』って」
　道明さんは、困ったように頬を掻きながら言った。
「気づいたらヤクザだった、ってだけだよ。それに、極道ってもんが、俺には一番、馴染んでるんだ」
　きっと何があっても、道明さんは堅気に戻る気はないのだろう。
　その裏の顔なんて知らないけれど、でもこんなにも情に厚い人だからこそ、少しばかり悲しくなる。
「まぁ、心配しなくても、タカはまだ引き返せるさ」
　いつも道明さんは、そんな風に言いながら、あたしたちを見守ってくれている。
　それはアイさんへの償いなのか。
　ビールを飲みながら、道明さんは、眠るタカをまた笑う。
「タカってさぁ、普段はあんなんだけど、寝てる時だけは

かわいいよなぁ」
「あぁ、それわかる」
「俺なんかもう、半分は父親目線だから」
　冗談半分に言った道明さんは、ふと何かを思い出したようにこちらを振り返り、
「そういやリサちゃん、知ってるか？」
　と、告げ口をするいたずらっ子のような顔をした。
「タカの本名だよ。知らないだろ」
「……え？」
「こいつ、絶対、誰にも言いたがらねぇけどさ」
　そこで言葉を切り、道明さんはさらに声を潜めた。
「タカの名前は、『生』って書くんだよ。生きるって書いて、タカって読むの」
　生きると書いて、タカ。
「アイは『愛』って書くし、なんかすげぇと思わねぇか？」
　初めて知った、その事実。
　どうしてだろう、胸の奥が熱くなる。
「まぁ、タカもリサちゃんも、しっかり生きろってことだよな」
　道明さんは、缶ビール片手に、優しく言ってくれた。

最終章
# 生

\*\*

『一ノ瀬 生』
それが俺の名前

不似合いすぎて笑っちまうよな

でもこれからはお前と生きるのも
悪くねぇかもって
あの時はたしかにそう思ってたんだ

だってあんなことになるだなんて
想像すらできなかったから

愛してた
その気持ちに偽りはねぇよ
だからこれでよかったんだ

なぁ、ごめんな

\*\*

## 狂った歯車

　気づけば10月も中旬を迎えていた。
　乃愛がクラスにいないことも日常になりつつあったが、あたしたちは何も変わったりしていない。
　先日は、エコー写真を見せてもらった。
　乃愛のおなかの中の赤ちゃんは、まだすごくちっちゃくて、これがそのうち人間の形に育つだなんて、不思議なものだと思った。
　梢は毎日のように直人と一緒だし、あたしもたまに、結香さんと遊んだりしている。
　相変わらず学校では、受験勉強や就職活動をとうるさく言われるけれど、でも卒業さえしてしまえば、フリーターでだって生きていけるのだから。
　日々に対して不満はなかった。
　だからこそ、ずっとこのままでいられたならと思ってしまう。

　それはひどく月が綺麗な夜だった。
　あたしとタカはすっかり冷え込んだベランダに出て、ビール片手に空を見あげた。
「すごーい！　満月だぁ！」
　最近は天気の悪い日が続いていたので、こんなにもはっきりと大きな月が映る夜空は、久しぶりだった。

目を丸くしたあたしと、それを笑うタカ。
「なんかこういうの見てると、平和だなぁ、って思わない？」
　問うと、タカは少し笑顔を曇らせて、
「平和なのは、きっと俺らだけだよ」
　と、言った。
「今日、この空の下のどこかで、堀内組が、海外の組織と取り引きしてんだからさ」
　例の拳銃の密輸の取り引きは、今日だったのか。
　自分には関係のないこととはいえ、想像すると、少しだけ怖くなる。
「きっと問題なく無事に終わるだろうけど」
　タカは肩をすくめて見せる。
　もしも無事に終わったなら、堀内組はこのあたりどころか、日本中にその名を轟かせることにだってなるのかもしれない。
　そうなった時、この街はどうなるのか。
「心配だな、道明くんのこと」
「そうだね」
　けれどあたしたちは、ここで憂慮することしかできない。
　月の輝きが恐ろしく綺麗な分だけ、何も起こらないでと願ってしまう。
　タカはこちらを一瞥し、あたしの顔色に気づいたのか、
「部屋入ろうぜ」と言った。
　震えていたのは寒さだけのせいではないけれど、頷いて室内へときびすを返す。

吐き出した息もまた、少しばかり震えていた。
タカはまるであたしの体をあたためるように抱きしめてくれる。
「もう寝よう。考えたって意味ねぇんだから」
「……うん」
ふたりでベッドに入った。
秋が深まったというよりは、冬が近づいたといった方が正しいのかもしれない。
本当に恐ろしくなるほど静かな夜で、あたしは無意識のうちにタカに抱きついていた。
「風呂上がりに外に出て、風邪でも引いたらどうすんだよ」
鼻先が触れそうな距離で笑うタカの顔は、いつも通り。
その腕には今も、あたしが残してしまった、一直線に引かれた傷がある。
「なんだよ。まだこれのこと気にしてた？」
「だって……」
思わず口ごもってしまうが、タカはなんでもないことのように言った。
「俺がいいって言ってんだから、いいんだよ。別に減るもんじゃねぇし、そっくりさんが現れたって腕見れば見分けつくだろ？」
なんだそれ。
思わず笑ってしまうと、タカは安心したように優しい顔になる。
触れた唇。

今、世界にはあたしたちだけだという錯覚に襲われて、それは不思議と心地がいい。
　もう、無駄なことひとつ考える隙間がないくらいに、タカで満たし、埋め尽くしてほしかった。
「愛してるの、タカのこと」
　何を今さら、と思われるかもしれない。
　けれど、それを言葉にしたのは初めてで、言ったあたしの方が逆に照れくさくなってしまう。
　タカは一瞬、驚いた顔をして、でもまたすぐに笑った。
「こういうのがうれしいって思えるってことは、俺今、すげぇ幸せなんだろうな」
　そうだね、タカ。
　胸元で重なる、そろいのリング。
　それはぴったりとくっついて、たしかに寄り添い合っていた。
　あたしたちは、もしかしたら、小さな不安を掻き消してしまいたかっただけなのかもしれない。
　それでも互いを求めながら、より深く交わっていたかった。
「年が明けたら、今までできなかったこといっぱいしよう」
　密着した、少し汗ばんだ肌と肌。
　そして溶け合う心がふたつ。
「お前がいてくれたから、俺、大事なものに気づけたんだと思うから」
「……」

「もう、普通のことを普通にしていたいんだ。人が当たり前のように毎日を過ごすように、俺もこれからはお前とそうやって生きていけたら、って」
　耳に触れる言葉。
　それを噛みしめながらあたしは、タカの腕の中でぬくもりを感じた。
「そんなこと言って、どうかしたの？」
「いや、なんかわかんねぇけど言っときたくて。まぁ、たまにはね」
　出会った頃からは想像もつかないと思うと、やっぱりちょっとだけ笑ってしまった。
「つーか、ほら、道明くんもいい加減、ジジイだし、俺もそろそろ落ち着いてやらなきゃ、また口うるさく言われちまうだろ？」
「それヒドイって」
　くだらないことを言い合いながら、すっかりあたたまった体は、ふたり分の重みと共にベッドに沈む。

　その日の夜は、眠りに落ちる寸前まで、他愛もない話で笑い合った。
　けれど深夜１時を過ぎた頃、タカの携帯が鳴り響いた。
　眠い目を擦りながら体を起こしたタカは、手探りにそれの通話ボタンをタップする。
「なんだよ？　俺寝てんだっつの」
　漏れ聞こえてくる声で、相手が道明さんだということは

わかった。
　けれど、次の瞬間。
「え？」
　タカはひどく驚いた声をあげ、あたしを一瞥してから、内容がバレないようにしているのか、背を向ける。
「どういうこと？」
　何かあったのだということは、すぐにわかった。
　何度か相槌を繰り返しながらも、タカは険しい表情を滲ませている。
「ちょっと待てって。とりあえず俺そっち行くから」
　通話を終えたタカは、小さく舌打ちを交じらせる。
　まさか、拳銃の密輸に関する何かではないかと想像すると、一気に血の気が引いていく。
　いや、そんなはずはないだろうけど。
「ねぇ、どこ行くの？」
　問うたあたしの声は震えていた。
　タカは弾かれたようにこちらを振り向き、まるで作ったような顔で口元だけをあげようとする。
「いや、なんでもないだろうけど。一応、ちょっと……」
　ちょっと、なんなのかはわからない。
　それでもタカはベッドから抜け出て、急ぎ身支度を整えた。
「タカ！」
　こんなことなら今まで何度もあったはずなのに、なのにどうして今日に限って、これほどまでに不安になってしま

うのか。
　あたしの呼びかけに玄関先で足を止めたタカは、
「なんでもねぇし、すぐ帰るから」
　と、言う。
「お前は寝てろよ。大丈夫だから」
「……わかった。じゃあ、待ってる」
　言葉だけの納得だ。
　タカはすぐに部屋を出てしまい、あたしは重いため息を吐き出した。
　さすがにもう、眠気は吹き飛んでしまったが、ベッドに戻る気にもなれず、シロのいるソファに座ってタバコをくわえた。
　タカは大丈夫だと言っていた。
　あたしが焦ったって仕方がないし、とにかく落ち着く以外にない。

　煙を吸い込み吐き出すことを繰り返しながら、時刻はもうすぐ午前２時を迎えようとしていた。
　あれからまだ１時間も経っていないのかと思いながら、意味もなく携帯を手に取った瞬間。
【春樹】
　けたたましい電子音と共にディスプレイに表示された名前に、びくりと肩があがった。
　とにかく驚いて、けれどタカや道明さんではなかったことに、あからさまに落胆している自分がいる。

それにしてもこんな時間に、非常識な弟だこと。
「何よ、うるさいわねぇ！」
　イラ立ち紛れに通話ボタンをタップしたが、電話口の向こうの様子に少し違和感を覚えた。
　この感覚は、なんだろう。
「……姉貴っ……」
　押し殺すような、それでいて絞り出したような声。
　一瞬で何かがあったのだと悟った。
「ヤバいんだよ、俺！　なぁ、頼むから助けてくれ！」
「ちょっ、春樹⁉」
　焦って問いかけたが、代わりに早口で告げられたのは、ここからほど近い場所にあるパチンコ屋の名前。
　そこの裏口付近にいるからと言われ、すぐに電話が切れてしまう。
　考えるより先にもう一度リダイヤルをタップしたが、春樹は電源を切ってしまったのか、アナウンスが流れるだけ。
　あの春樹が、しかもあたしに助けを求めるだなんて、ありえなかった。
　だからこそ、とてつもない何かが起こっているにちがいない。
　きっといつもなら真っ先にタカに電話をかけているのだろうけど、でもさすがに今はそんな状況ではなかったから。
　あたしは上着を手に、急いで部屋を出た。

　とにかく走った。

平日のこんな時間だ、普段は人通りどころか車だって少ないはずなのに。
　なのに今日は、やたらとすれちがう巡回のパトカーと、ぞろ目ナンバーの堀内組の車。
　この街で今、いったい何が起こっているのだろう。
　嫌な予感に支配されながらも、職質されたら最後だと思い、逆に人の多い大通りに出てから、指定されたパチンコ屋まで向かった。
　春樹の携帯は何度かかけているが、通じない。
　まわり道をしたせいか、15分以上かかりながらも、ネオンの消えたパチンコ屋の駐車場に到着した。
　たしか裏手にいるとか言っていたけれど。
「春樹ー!?」
　大声で叫んだと同時に、誰かに口を塞がれ、茂みに押し込められた。
　暗がりの中で瞬間に恐怖が体中を駆けめぐり、悲鳴をあげようとしたが、
「姉貴！　俺だ！」
　と、言った春樹は、あたりを警戒しながら、「静かに」と繰り返す。
　散々走って息があがっているあたしよりずっと、春樹はひたいに汗を滲ませながら、荒い呼吸を繰り返していた。
　口を塞ぐ春樹の手を振り払う。
「いったい、なんなのよ！」
　にらみつけると、誰もいないことを確認した春樹は、息

をついてその場に崩れ落ちた。
　そして、
「じつは、大変なことになっちまって」
　と、青い顔で唇を噛みしめる。
　まさか人を殺したとかじゃないだろうけど、その蒼白な様子はただ事ではない。
「……これ、見ろよ」
　春樹がバッグからごそごそと取り出したのは、ハンディカメラだった。
　再生ボタンが押されると、小さな画面に何かの映像が流れ始めた。
　だいぶ手ブレしていて、わかりづらいそれを覗き込むように観ていると、背景は暗いながらも湾岸地区のどこかで、そこに映るのは大人数の男たちのようだった。
「……えっ、嘘でしょ……？」
　映像はズームになり、それがなんであるかが次第に明確になっていく。
「……これ、まさかっ……」
　今日、堀内組が行っていた、拳銃の密輸の取り引きの様子を撮影したものだった。
　『マズイぞ、逃げた方がいい』という、少年のような声と共に、ぷつりとそこで録画は終了していた。
　あたしはおそるおそる、春樹に顔を向ける。
「俺のツレの甲斐くんが、『弟の運動会のために、親父がカメラ新調したから持ち出してきた』ってみんなに自慢して

て、盛りあがったやつらが、『じゃあ、撮影会しようぜ』って言い出して」
「……」
「俺は面倒だったし、どっちみちバイトあったからそのまま別れたんだけど」
　春樹はそこまで言い、唇を震わせた。
「ちょっと前に、『ヤバいもんが撮れた』って言って、『怖いから持っててくれ』って頼まれて」
　春樹のツレの甲斐くんという子も、エンペラーの一員だったことは知っている。
　だからもしかしたら、先ほどタカが呼び出されたのだろうか。
　だとすると、笑い話なんかでは済まないことになる。
　春樹はさらに顔を青くした。
「……なのに、1時間くらい前から急に、甲斐くんと連絡が取れなくなってっ……」
「え？」
「高橋とか、奥井とか、タッちゃんとか、みんななんだよ！」
　肩を掴まれて揺すられた。
　こんなにも怯えるこの子を、あたしは知らない。
「待って、春樹」
　とりあえず落ち着くようにと制してから、
「あんたこの映像がなんなのか、わかってる？」
　と、聞くあたし。
「これ、堀内組が海外の組織と手を組んで拳銃密輸した、

証拠なんだよ？」
　春樹も画質の荒いそれでは、さすがにそこまではわからなかったのだろう。
　あたしの言葉に、驚きのあまり、目を見開いて絶句した。
「……そん、な……」
　じゃあ、警察に、なんて簡単な話ではない。
　もしかしたらもう他の子に何かが及んでいる可能性だってあるし、だとするなら、春樹の命も危なくなる。
　タカには言えない。
　タカがどう動いているかわからない以上、容易く相談なんかしたら、どこで人に知られるかもわからないから。
「これ、捨てよう！　カメラ壊したら映像は消えるし、そしたら」
　思いついたように早口に言った春樹に、
「そんなことで終わる問題じゃないでしょ！」
　と、あたしは一喝する。
　相手はヤクザだし、何より内容が内容だ。
　とにかく春樹をここじゃないどこか安全な場所に連れていかなきゃならないし、それからじゃなきゃ考えるものも考えられない。
　幸いなことに、ここから車で数分も走れば、ラブホテル街が広がっている。
「まずはホテルに入ろう」
「それってどういうことだよ！　俺、まさか殺されるんじゃ」
「落ち着いてよ。いつまでもここにはいられないし、念の

ためだから」
　嘘でもそんな風に言ってやると、春樹は少し迷うような顔をしたが、頷いた。
　それを確認してからあたしは、携帯を取り出してタクシーを呼んだ。
　こういった場合は、歩くよりそういうものでの移動の方が人目につかないから。
　こんな時間にこんな場所に呼びつけ、運転手は若い男女であるあたしたちを不審そうな目で見ていたが、気にしてはいられなかった。
「急いでホテル街の方へ」と言い、春樹は車外からは見えにくいように、できるだけ頭を下げさせた。

　それから数分走り、到着したひとつのラブホテルの前で運転手に金を押しつけ、あたしは春樹の腕を引く。
　どこの部屋でもいいからと逃げ込むように入り、ドアを閉めると、やっと少し安堵できた。
　だからって、問題が解決したわけではないのだけれど。
「とりあえず、今、街に出るのは危険だし、せめて朝になるまではここにいよう」
　息をついたあたしに春樹は、
「どうして何もしてない俺が身を隠さなきゃならないんだよ！」
　と、声を荒らげるが、そんなことを言っていられる状況じゃない。

「仕方がないじゃない！　もしものこと考えなさいよ！堂々としてればいいってことじゃないんだから！」
「けどっ！」
　けども何もない。
　無言でにらみ返すと、春樹は急に視線を落とす。
「……俺、また姉貴のこと巻き込んじまったんだな」
「それはいいから、あんたはシャワーでも浴びて頭冷やしてきなさいよ」
　ため息交じりに頷いた春樹が風呂場へ行こうとした瞬間、あたしの携帯が着信のメロディーを響かせた。
　タカからだ。
　出るべきかどうかと思案したが、でも下手に心配させるのもはばかられる。
　あたしは少し緊張しながらも、通話ボタンをタップした。
「リサ。ちょっといいか？」
「うん。どうしたの？」
　なるべく平静で聞いたのに、
「頼みがあるんだ。別にたいしたことでもないんだけど」
　と、タカは珍しく言いにくそうに、まわりくどい言葉。
「何？」
「春樹に用があるんだけど、あいつ携帯通じねぇし、どこにいるかわかんねぇかなぁ、と思って」
　ぎくりとした。
　タカもあたしに隠していたいのだろう、口調はいつも通りに聞こえるが、でも探しているということはわかる。

「……春樹が、どうかしたの？」
　どうして人は、言葉に詰まると疑問形で返してしまうのだろう。
　あたしの横にいる春樹を一瞥すると、ひどく不安そうな様子でこちらの会話を聞こうとしているようだった。
　電話口の向こうで、一瞬、沈黙したタカは、
「なぁ、お前今、うちにいるんだよな？」
　と、確認するように問うてくる。
　言うべきか、言わざるべきか、ギリギリで攻防している自分がいる。
　そんなあたしにタカは、
「まさかとは思うけど、春樹と一緒だったりしねぇよな？」
　と、さらに問うてきた。
　勘ぐられているのか、それとも電話ひとつで伝わってしまったのか。
　何も言えなくて、けれどそれは肯定にしかなりえなかった。
「リサ。答えろ」
「……」
「春樹は今、お前と一緒にいるんだな？」
　横にいる春樹はあたしの腕を掴むと、また少し顔を青くする。
　タカには沈黙しか返せないままで。
「じゃあ、ひとつだけ聞くけど、春樹が持ってるカメラの中身、……見たのか？」

もうそこまで知ってしまっているんだね。
「見たんだな？」
　もう一度、強く問われた。
　あたしは覚悟を決め、ぐっと唇を噛みしめる。
「春樹をどうするつもりなの？」
　今度は電話口の向こうが、一瞬、沈黙し、
「とりあえず、お前ら今どこだ？」
　と、答えではない問いが返ってきた。
　言いたくないと首を振ると、タカは舌打ち交じりにため息を吐いた。
「なぁ、リサ。俺はできるならお前を巻き込みたくねぇし、春樹のことだって穏便に済ませてやるつもりなんだ」
「……」
「ただ、冬柴さんを筆頭に、組の連中が血眼になって探してる」
　じゃあ、甲斐くんたちはどうなったの？
　なんてことは、怖くなって聞けなかった。
「誰にも言うつもりねぇから、頼むからそこがどこだか教えてくれ」
「……そんな、こと……」
「俺がどうにかするから、信じろよ」
　本当に、春樹を守ることができるのだろうか。
　震える息を吐き、あたしは言葉を手繰り寄せた。
「K町の『オリエント』ってラブホの、413号室」
　本当にこの選択が正しかったのかなんて、わからない。

けれど最初から、あたしたちだけでかかえきれる問題ではないから。
「……今の、雷帝さんだろ？」
　春樹は不安そうな顔で、通話を終了させたあたしをうかがう。
「電話、なんだって？」
「とりあえず今からここにくるって。なんとかするって言ってた」
　さすがに、組の連中が血眼になってあんたのこと探してるよ、とは、言えるはずもない。
　けれど春樹だってそこまでバカじゃないから、先ほどのあたしたちの会話で何かを察したのだろう。
「なぁ、俺どうなるんだ？」
　春樹の声は震えていた。
　でもここであたしが余計なことを言えば、逆に春樹の不安を煽るだけだ。
　「心配しなくても大丈夫だから」と返すだけで、あたしはタバコをくわえるようにして会話を止めた。
　春樹だけじゃなく、一歩まちがえばあたしだってどうなるか、だ。
「ねぇ、春樹」
　でも死ぬことは怖くないから。
「もしもの話だけど、なんかヤバくなった場合は、迷わずあたしを置いて逃げなさい」
「……何、言って……」

「カメラも捨てて、逃げるのよ。ふたりよりひとりの方がいいし、あんただけならなんとかなるから」

これ以上、春樹が傷つくことに比べたら、あたしが身代わりになる方がマシだ。

第一、春樹は未来を望んでいる。

ならば小さな頃から助けられてばかりだった『姉』のあたしにだって、こんな時くらいできることはあるのだから。

大丈夫。もう覚悟は決まってるよ。

コンコン、とノックの音が聞こえ、緊張が走った。

春樹を部屋の奥に隠しておそるおそるドアを開けると、そこにいたのはタカだけだった。

「気づかれてねぇから大丈夫だよ」

早口に言ってタカは室内へと入り、そこに見つけた春樹と対峙した。

あたしはタカと目を合わせることもできず、春樹を庇うようにその間に立つ。

「春樹に何かするつもりなら、あたしが許さない」

「姉貴！」

けれど、タカは、

「カメラはどこだ？」

と、冷たい目で問うてくる。

春樹は足元に投げていたバッグを一瞥し、視線に気づいたタカはそれを拾いあげた。

動画を5秒ほど再生させて中身を確認したタカに、あた

しは懇願した。
「ねぇ、もういいでしょ？」
　なのに、タカは唇を噛みしめ、
「春樹のこと連れていかねぇと」
　と、押し殺したような声で言う。
　瞬間、考えるより先にあたしの体は動いていた。
「逃げて、春樹！」
　タカを制しようとしたが、逆に揉み合いになり、振り払われた腕に当たって、あたしは衝撃と共に吹き飛んだ。
　そして運悪くローテーブルに肩口を強打し、痛みでしゃべることもままならなくなる。
　けれど、そんな場合じゃない。
「リサ！」
「姉貴！」
　ふたりは焦ったように駆け寄ってくるが、
「春樹！　早くっ！」
　と、あたしは再び声を絞った。
　タカは自分がしてしまったことをまだ理解できていないような様子で呆然とするが、春樹はあたしを見てからタカを見て、顔を覆うようにしてうつむいた。
　そしてその場にうずくまる。
「もういいよ。姉貴が俺を庇う必要なんてねぇ」
「春樹！？」
「もともとは、俺が今まで築いてきた人間関係が原因なんだから」

春樹がエンペラーに入らず、真っ当に生きていれば、こんな動画を手にすることだってなかっただろう。
　けど、でも、もうこれ以上、誰かを恨むべきじゃない。
　だってあんたはまだやり直せるんだから。
「……頼むから早く逃げてっ……！」
　必死で体を揺するけれど、春樹は動こうとはしてくれなかった。
　代わりにタカが、膝から崩れる。
「どうしてこんなことになるんだよ！」
　悲痛な声。
　涙があふれたが、あたしはそれが零れ落ちないようにと唇を噛みしめた。
　それから沈黙はどれくらいあっただろう。タカは覚悟を決めたような目で顔をあげた。
「俺がどうにかするから、春樹は逃げろ」
　そしてタカは、自らの財布から抜き取った数万円を春樹に押しつける。
「少しの間、この街から離れてればいい」
「……雷帝、さん……？」
「俺はリサが庇った弟を連れていくことはできねぇし、それにお前らのこと守ってやりてぇもん」
　タカは息を吐いた。
「俺の姉ちゃんでも、同じ状況ならきっと今のリサと同じことしてただろうし、そしたら道明くんはどうするだろう、って考えたらさ」

「……」
「だから心配すんなよ」
　春樹はそれを聞き、ゆっくりと顔をあげた。
「本当に、大丈夫なんすか？」
「あぁ」
「姉貴のことは？」
「リサがこの件に絡んでるなんて誰も知らねぇし、もしもなんかあったとしても、俺が手出しなんかさせねぇから」
　春樹は強く頷き、立ちあがった。
　あたしを見てから少し迷うような顔をしたが、でも意を決したように背を向ける。
　部屋から去る足音が消え、零れた涙が頬を伝った。
　タカはそんなあたしをそっと抱きしめ、「ごめんな」と繰り返した。
「お前にケガさせるつもりじゃなかったのに」
　あれはタカが悪いわけじゃないし、痛みだけならそのうち消える。
　疼く肩口を押さえ、「大丈夫だよ」と、あたしは言った。
「これくらい平気だから」
　少し前なら、あたしが春樹を庇うだなんて、考えられなかった。
　けれど今は、あの子が無事にこの街を出て、生きていてくれることだけを祈っている。
　タカは携帯を取り出した。
「冬柴さん、俺です。いえ、春樹の情報はまだ掴めてませ

んけど、カメラは見つけました。これからいったん、そっちに戻ります」
　電話を切り、あたしに向き直ったタカは、
「リサ。念のために、とうぶんは家に近づくなよ」
　と、言う。
　自宅に戻れば、あたしが春樹の姉であると誰かにバレる可能性があるから危険だ、ということか。
　悲しいけれど、それは仕方のないことだ。
　頷くあたしを確認したタカは、再び携帯を手にした。
「道明くん。ちょっと話があるから、今すぐ会えねぇ？　ちがう。そうじゃなくて、電話じゃ無理だから。あぁ、そっち行くわ」
　手短にそれだけを伝え、タカはあたしを立ちあがらせる。
「行くぞ、リサ」
　考える暇もなくホテルを出て、タカの車に乗せられた。
　車は猛スピードで夜の闇の中を抜けていく。
　運転するタカの目はただまっすぐに正面を見据え、まるでそれは死ぬことの覚悟のようにも見えた。

　街から少し外れた場所にあるマンションの駐車場内に入り、車を停めるタカ。
　そこには待ちくたびれたような様子の道明さんが、タバコの煙をくゆらせながら立っていた。
　道明さんは、あたしが一緒にいることに気づき、驚いたように目を丸くする。

「おいおい、どうしてリサちゃんまで？」
　けれど、タカは、
「時間がねぇから手短に話す」
　と、言って、あたりをうかがい、声を潜めた。
「俺らが探してる宮原春樹は、リサの弟だ」
「え？」
「春樹は俺が逃がした。けど、万が一のことを考えると、リサが危険なんだ」
「タカ！　ちょっと待てよ！」
　道明さんは混乱しているようにそれを制したが、
「俺はこれから回収したカメラ持って、いったん、冬柴さんのとこに行かなきゃならねぇから」
　と、タカは言う。
「頼むよ、道明くん。あんたの立場だってわかってるけど、助けてほしい」
　真剣な眼差しで言うタカの言葉を聞き、道明さんはあたしを一瞥して、息を吐いた。
「状況はなんとなくわかったけど、お前それがバレたらどうなるかわかってんのか？」
「けど、リサまで巻き込まれるよりはマシだろ」
　道明さんは舌打ちを交じらせながらも、
「ったく、言い出したら聞かねぇんだから」
　と、わざとらしく肩をすくめてみせた。
　タカはそれを聞き、少し安堵したように表情をゆるめる。
「いっつもごめんな、道明くん」

「やめろよ、気持ち悪い」
　ふたりは拳を突き合わせて笑った。
「まぁ、こっちは俺がどうにかしてやるから、お前は行ってこいよ」
　タカは頷き、きびすを返す。
　走り去る車をふたりで見つめていると、なんとも言えない不安に駆られてしまう。
　そんなあたしに気づいたらしい道明さんは、
「リサちゃん、寒いだろ？　こっち、こっち」
と、あたしをマンションのエントランスへと促した。
　エレベーターに乗って案内されたのは、道明さんの部屋。
　ここにくるのは初めてだ。
　中は整然としていて、たいして家に帰っていないような様子が見て取れる。
「とうぶんはここにいたらいいから」
　それはつまり、タカの部屋でさえも危険ということなのだろうか。
　とんでもないことになっているのだと、今さら思った。
「あんま女の子が喜ぶようなもんねぇけど、好きにくつろいでくれよな」
　身振り手振りで言う道明さんは、なんとなく気をつかってくれているようにも見える。
　けれど愛想笑いさえ返す気力がない。
　すると道明さんはまた困ったようにため息をつき、タバコをくわえた。

「つーか、もうめんどくせぇから言うけどさ。まさかリサちゃんの弟があの春樹だったなんてなぁ」
「……春樹のこと、知ってるの？」
「いや、俺は何度か顔合わせた程度だから、知ってるってほどでもねぇんだけど」
「そうなんだ……」
「んでも、タカも無茶するよなぁ。気持ちはわかるけど、冬柴さんの怖さは半端じゃねぇのに」

　冷たすぎる無機質な部屋に馴染んでいる道明さんの目は、ひどく寂しそうなもの。
「タカ、帰ってくるよね？」
「そんなことは俺にだって断言できねぇよ。だってあいつが最優先に望んでるのは、リサちゃんが無事でいることなんだから」

　ストレートに言うのは、道明さんらしい。
　けれど、せめてこんな時くらいは、気休めの言葉がほしかった。
　顔をうつむかせてしまったあたしをまっすぐに見る、道明さん。
「あのな、わかってるだろうし、言うけどさ」
　よくも悪くも、道明さんは言葉なんて選ばない。
「俺は組の人間だから、それが命令なら、タカのことだって殺さなきゃならねぇ」
「……」
「けど、そうならねぇようにはするつもりだから」

安心しろ、なんてことは言ってくれない。
　それでも道明さんは険しい顔なんてしていなかったから、今は十分だ。
　あたしは手の震えを止めようと、鳴りもしない携帯を握りしめた。
　神様でも仏様でもいいからと、こんな時ばかりは祈ってしまう。
　夜はまだ明けない。

　あれから何時間経ったのか、気づけば空はいくぶん白み始めていた。
　今日は平日だから、当然、学校があるけれど、でもタカがどうなるかもわからないのに、卒業するために行く意味はない。
　シロのことだって気がかりだし、考えるだけ思考は嫌な方に向かってしまう。
　と、そんな空気を打ち破ったのは、道明さんの携帯の着信音だった。
「タカからだ」
　そう言った道明さんは、通話ボタンをタップする。
「やーっぱお前は生きてると思っ……、え？」
　笑い交じりだったはずの声は、瞬間に、凍りついたような顔と共に鋭くなった。
　「あぁ」と道明さんは２、３相槌を打ったあとで、
「わかった。リサちゃんには俺から話すから、そっちで合

流しよう」
　と、言って、通話を終了させた。
　あたしに向き直った道明さんの目が怖い。
　何を言われるのかと身構えてしまう。
「リサちゃん、出よう」
「……どこに行くの？」
「病院だ」
「タカに何かあったってこと⁉」
　まくし立てたあたしに、道明さんは、
「落ち着いて聞けよ？」
　と、ひと呼吸置き、言った。
「宮原春樹、死んだかもって」

## 消えないで

　街は少しずつ、朝の色に染まり始めていた。
　呆然としたままだったあたしは、半ば無理やりに、道明さんによって車に乗せられた。
　そして連れられた場所は、隣町にある中央病院。
　駐車場には見慣れた車が止まっていて、降りてきたタカはこちらに駆け寄ってきた。
　タカが傷ひとつなく無事だったことさえ、今は喜んでなんていられない。
　ふたりはひそひそと何かを話したあとで、
「しっかりしろよ、リサ!」
　と、あたしの肩を揺らすが、そこから自分自身を形成しているものが壊れてしまいそうになる。
　白い巨塔を見あげ、身震いした。
「早く行くぞ!」
　けれど、腕を引かれても、足は動かない。
　嫌だと首を振るが、それでもタカと道明さんによって、病院内へと連れ込まれた。
　静かすぎる廊下を足早に歩き、その先に見えたのは、【手術中】と灯された、ひとつの扉。
　どういうことなのかわからずにいると、ふたりはそこまでで足を止める。
「ヤベぇな」

タカの言葉のあと、背後から聞こえてきた足音に振り向いた。
　男がふたり、あたしの方に向かってくる。
「すみません。警察の者です」
　それを聞き、タカと道明さんは、「俺らは向こうに行ってるから」と、逃げるようにきびすを返した。
　警察の人たちは、そんなふたりを一瞬、怪訝そうな目で見るが、
「あなた、被害者のご家族ですか？」
　と、あたしに聞いてくる。
　……『被害者』というのは、春樹のこと？
　おそるおそる頷くあたしに、
「轢き逃げのようなんですけどね」
　と、50代くらいのしゃがれた声の男が言った。
「巡回中の警察官が発見しまして。救急車を呼んだ時には、一時、心肺停止状態になっていましたが、今はなんとか持ち堪えたようです」
「まぁ、うちの鑑識が現場検証してるので、何か手がかりは見つかると思いますが」
　この人たちは、いったい何を言っているのだろう。
　そんな事務的に話されたって、思考が及ぶはずもない。
　けれど、胸ポケットから出された写真を見せられ、ぞっとした。
　春樹のバイクはぐしゃぐしゃになっていて、アスファルトに大量にこびりついた血のりが、事故の壮絶さを物語っ

ている。
「轢き逃げって何よ!?　犯人は!?」
　と、声を荒らげたあとで、はっとした。
　まさか、堀内組の人間が、春樹の口を封じるために？
　だって警察の人から連絡がくるより先に、タカがこのことを知っていただなんて、おかしな話だ。
　あたしはふらふらと足を引いた。
「おっと、大丈夫ですか？」
　タカは春樹を逃がしたと見せかけて、あたしを騙した？
　そんなはずはないと思いながらも、勘ぐってしまう。
　いや、それよりも、犯人を捕まえてと願えば、堀内組の拳銃取り引きにまで話が及ぶことになる。
　そしたらどうなるの？
　頭の中に浮かんでは消える、疑惑と恐怖。
　男たちはあたしの様子に顔を見合わせ、ため息を交じらせてから、
「何かあったらご連絡します」
　と、その場を去った。
　立っていることさえできなくなり、膝から崩れると、タカと道明さんが見計らったようにこちらに向かってきた。
「リサ」
　腕を取られそうになったが、無意識にそれを拒絶してしまう。
　あたしが手を払うと、タカは驚いた顔で、
「俺のこと疑ってんのかよ」

と、眉根を寄せる。
　タカはぐっと唇を噛みしめた。
「冬柴さんと事務所で話してた時に、連絡が入ったんだ。春樹のこと見つけて轢き殺しといたから、もう全部カタがついた、って。止められなかったんだ。俺があいつに逃げろって言ったばっかりに、こんな……」
「でもまだ生きてんだろうが！」
　口を挟んだのは道明さんだった。
「死んだみてぇな言い方してんじゃねぇよ」
　そうだ、春樹はまだ生きている。
　小さな希望を得たように顔をあげたあたしに、だけども道明さんは、
「帰るぞ」
　と、ひどく冷たい言葉を投げた。
　帰るって、どうして？
　ここにいないで、どこに行けと言うの？
「リサちゃん。わかんねぇのかよ。もしもここに組の人間がきたらってこと考えろ」
「だからって春樹の無事な姿も見ないで帰れるわけないよ！」
「安否なら医者や警察が連絡してくれる」
　そこまで言い、道明さんは息を吐いた。
「冷たい言い方だってわかってるけど、俺にはリサちゃんの方が心配なんだ」
「じゃあ、春樹がどうなってもいいっていうの!?」

「そういうこと言ってんじゃねぇだろ！」
「やめろよ」と、さすがにタカに制される。
「今は言い争ってる時じゃねぇ」
　道明さんは、舌打ち交じりにそれ以上の言葉をのみ込んだ。
　ひんやりと静まり返った病院の廊下に、３人分のため息が溶ける。
　最悪の事態を想定すればするほど、体が震え、冷静なことひとつ考えられない。
「リサ。なんか飲み物買ってきてやるから」
　タカは気をつかったように言うが、あたしはそれにさえ首を振った。
　ただ、沈黙だけが続いていた時、突然に手術室のランプが消え、ドアが開く。
　中から出てきた医師は疲弊した顔で、そこにいたあたしたちに気づき、声をかけてきた。
「ご家族の方にだけお話ししたいことがありますので、こちらにいらしていただけますか？」
　緊張が走った。
　タカと道明さんは顔を見合わせるが、あたしだけが医師のあとに続く。
　案内されたのは、診察室のような部屋だった。
「ねぇ、春樹は⁉」
　椅子に座るよう促されたが、それどころじゃない。
　声を荒らげたあたしに向け、正面に座る医師はため息を

ひとつ吐くと、
「簡潔に申しあげると、危ない状態であることに変わりありません」
と、言う。
　求めていた答えではない。
　どうして医者のくせに、なんとかしてくれないの？
　続いてCTか何かの画像を見せられる。
「こちらを見ていただければわかる通り、脳の損傷が激しく、助かる可能性は極めて低いものと思われます」
「……そん、な……」
「現時点では、これ以上の手術は彼の体力が持たないでしょうから。一応、それ相応の覚悟は決めておいてください」
　……『覚悟』って、何？
　あたしは卒倒してしまいそうだった。
　いや、倒れられたらどんなに楽だったことか。
「この状態を脱したとしても、植物状態になるか、もしも意識が戻ったとしても、後遺症が残ることは確実でしょう」
　頭の中がぐわんぐわんと揺れている。
　さらに見せられたカルテのようなものには、走り書きのような文字がびっしりと埋め尽くしていて、とても読むことは叶わなかった。
　一度は助かるんだと希望を見たのに、その直後にまた絶望に襲われる。
　血の気を失い、青ざめたままのあたしを見て、医師は少し言いにくそうに尋ねてきた。

「あの、あなたまだ未成年ですよね？」
「え？」
「今後のことなどを含めても、いろいろとご承諾いただかなければならない書類もありますし、できたら親御さんかご親族か、お話のできる方にいらしていただかないと」
　あたしは春樹の血の繋がった姉だというのに、それだけじゃダメってことだ。
　成人していないというだけで、あたしにはなんの権利もないってこと？
「ふざけないでよ！　早く春樹のこと助けてよ！」
「ですから、何度も申しあげています通り……」
「あんた医者でしょ⁉　こんなとこでペラペラしゃべってる暇があるなら、やれることあるはずじゃん！」
　「どうしてよ」と、あたしは繰り返す。
　それはただ、どうにもならないイラ立ちをぶつけてしまいたかっただけなのかもしれないけれど。
　医師はまた、ため息を交じらせた。
「我々だって神ではないんです」
　じゃあもう、縋るものさえないじゃない。
　未来を夢見て、やっと一歩を踏み出そうとしていた春樹が、なんでこんなことにならなきゃいけないのか。
　あたしが身代わりになってあげるはずだったのに、なのに、どうして……。
「……お願いだから、春樹のこと死なせないでよっ……」
　親に見捨てられたあたしたち。

それなのに、あんな人たちに頼らなければ、春樹を助けることさえできないという現実。
　書類ひとつに記入することが、なんだというのだろう。
　紙切れ１枚で春樹の生死が決まるかもしれないだなんて、おかしいよ。
「とにかく、我々も最大限の力は尽くしますから」
　そう言って、医師は部屋をあとにした。
　なんの慰めにもならないような言葉をかけられたって、喜べるはずもないというのに。

　部屋を出て、ふらふらと歩いていると、自動販売機の横のベンチに、タカがいた。
　タカは持っていた缶コーヒーを差し出してくれるが、あたしはあふれた涙が止まらなかった。
　助けてあげたいと思えば思うほど、何もできない自分の無力さに、ひどく惨めにさせられる。
「……春樹がっ、春樹がっ……」
　嗚咽交じりで、言葉になんてならなかった。
　タカはあたしを隣に座らせ、ホットの缶コーヒーを手に握らせてくれる。
　そのあたたかさにまた泣けた。
「春樹なら今、集中治療室で闘(たたか)ってるだろ？」
　でも、死ぬかもしれないんだって。
　と、言おうとしたが、さすがにそれを口にすることはできなかった。

頷くだけのあたしにタカは、
「ごめんな、リサ」
　と、言う。
　どうして謝るのだろう。
　悪いのは、あたしたちじゃない。
「道明くん、呼び出されて組に戻ったよ」
「……」
「なんか事後処理とか、これからのこととかで、バタバタしてるらしいから」
　堀内組の、道明さん。
　今ほどそれを歯痒く思うことはない。
　タカはこちらを一瞥し、まるであたしの思考を読んだように、
「なぁ、道明くんのこと、憎いと思う？」
　と、聞いてきた。
　道明さんのことは大好きだ。
　けど、でも、堀内組のせいでこんなことになったのだと思うと、今、道明さんに対して、どんな感情を抱けばいいかがわからない。
　恨めば春樹が助かるわけでもないのに。
「俺がこんなこと言えた立場でもねぇけど、道明くんもそれなりに、今回のことには責任感じてるみたいだし」
「……」
「だから、『組の人間としてリサちゃんに恨まれるんなら、それは仕方がない』って」

何も言わないままのあたしに、それでもタカは、
「けど俺、道明くんのこと庇うわけでもねぇけど、責めるなんてこともできなくて」
　と、苦悩を滲ませた顔をした。
「わかってるよ」
　タカが言いたいことは、ちゃんとわかってる。
　決して道明さんだけが悪いわけではない。
　それにあの人はあの人なりに、あたしのことを想ってくれている。
　それでも今は、顔を合わせていられる自信がなかった。
　タカはそんなあたしを一瞥し、息を吐いて、
「春樹のとこ行ってやろうぜ」
　と、立ちあがる。
　手に持った缶コーヒーはすっかり冷えてしまい、まるであたしそのもののよう。
　窓の外は朝の色に染まりきり、下を行き交う人々の数は増えた。
　けれど、それはどこか別世界のことのようで、何が現実なのかと思ってしまう。
　木下くんは見ているだろうか。
　だとしたら、どうか春樹の命を奪ってしまわないで。
　できることなら助けてあげてと、あたしは祈るように空を見あげた。

　ガラス越しの春樹は集中治療室で機械に繋がれ、眠って

いた。
　顔中、包帯だらけで、これが本当にあの、憎たらしいことばかり言うあたしの弟なのだろうか、と。
　見つめていたって何も変わらないのに、それでもやっぱり涙があふれる。
　どうしてこんなに近くなのに、触れることさえ許されないのだろう。
「……春樹っ……」
　タカは、唇を噛みしめるあたしの肩を抱く。
　タカもあたしの横で、悔しそうに顔を歪めていた。
　生きていてと願う一方で、こんな姿を見せられては、もう楽にしてあげるべきなんじゃ、とも思ってしまう。
　辛そうな春樹なんて見てられないよ。
「……あたしが代わりに死ねばいいんだっ……！」
　そしたらこの子は助かるじゃない。
　血が必要なら全部あげるし、臓器だってなんだって、必要なら、すべてあたしから移植すればいい。
　なのにタカは、「リサ」とあたしを制す。
「冗談でもそんな風に言うなって言ったろ」
　本気で言ってるのに。
　それでもタカがあまりにも悲しそうだったから、それ以上の言葉が出なくなる。
　ガラス１枚を隔てた距離で、何もできないだけの自分。
　泣きじゃくりながらその場にうずくまると、タカは立たせようと腕を持ちあげてくれる。

けれど、それを振り払い、「春樹」と名前を呼び続けた。
 5年を経て、ようやく向き合えるようになったというのに、こんなのあんまりだ。
 いったい何をすれば、春樹を助けてあげられるだろう。

 たとえば今が何時なのか、もっと言えば朝なのか夜なのかさえ、正常ではない思考では理解できないほどだった。
 あれからどれくらいが経ったのかもわからない。
 食事なんて喉を通らないし、もしも春樹が目を覚ましたらと思うと、眠ることさえできなかった。
 タカや看護師さんは、しきりにあたしを心配し、「せめて外の空気を吸ってほしい」なんて言う。
 けれど、あたしは、この場を離れることができなかった。
 もしかしたら春樹が、小さく指を動かすかもしれない。
 そんな希望に縋りながらガラスに張りつき、眠ったままの弟をただ見つめていた。
「……春樹……」
 もう何度、その名を呼んだだろう。
 峠は越え、辛うじて危険な状態からは脱したと医師は言うが、でも春樹は起きてくれない。
 だから、容体が急変する可能性はあるものの、3ヶ月以上このままなら、植物状態ということになるらしい。
 漫画のような奇跡なんて訪れてはくれない。
 涙はいつのまにか枯れてしまい、それどころか意識さえも朦朧としていた。

きっと日数に換算すれば、2日程度だったと思うが、最後には、タカによって力ずくで病院から連れ出された。
「お前がそんなんだと、春樹が目を覚ましたって、逆に心配させることになるだろ？」
　あたしの状態は、普通じゃないらしい。
　見せられた鏡に映った自分の顔は血色を失っていて、まるでミイラのようだった。
　無理やり食事を取らされたが、それさえすべて吐いてしまった。
　本当は、春樹のためにも、真っ先に両親に連絡するのが当然なのだと思う。
　けど、でも、言えなかった。
　あの子が死の淵に立っているだなんて現実は、たとえあれから何日が過ぎようとも、受け入れられなかったから。
　何より、あたしたちは見捨てられたのだ。
　今さら、助けてと電話したところで、拒否される可能性だってある。
　そうなれば、春樹の命はどうなってしまうのか。
「リサ。ちょっと話したいことがあるんだけど」
　タカは言うが、呆然と過ごすあたしには、そんなものさえ耳を通り抜ける。
　うんともすんとも言わないあたしを見て、タカは何かを伝えることを諦めたのか、ため息をつくだけ。
　道明さんの名前が話題にのぼることはない。
　だから、堀内組があれからどうなったのか、それどころ

かテレビのニュースひとつ、あたしは知らなかった。
　そういえば、あたしが病院に居続けることは危険だと、道明さんは言っていたっけ。
　けれど、タカは何も言わないから、あたしはそれに甘えていたのだ。
　ただ、何もかもを拒否していたあたしに、
「昔の俺みたいだから」
　と、言って、タカはずっとそばにいてくれた。

　春樹を轢き逃げした犯人が逮捕されたのだと警察から連絡をもらったのは、その日の夜のことだった。
　ハタチの建設作業員で、盗んだ車を運転中に事故を起こし、怖くなって逃げたと供述しているらしいけれど。
　その男が勤める会社というのは、堀内組の関係先で、男は借金があったというから、きっと罪を被らされただけで、真犯人ではないはずだ。
　けど、でも、どうだっていい。
　犯人が誰であろうと、春樹が目を覚まさない事実に変わりはないのだから。
　そして『単なる轢き逃げ事故』は解決したと判断され、警察からは、現場に残されていた遺留品なども返却された。
　春樹の財布にも、タバコにも、携帯にも、血のりがべったりとこびりついている。
「あの、それで別件について、少しお話をお伺いしたいのですが」

この前とはちがう、警察の人。
　少年課だと名乗られた。
「春樹くんが普段からツルんでいる連中のこと、あなたご存じですか？」
　甲斐くんたちのことだろうか。
「実はそのうちの数人が、先日から行方不明になっているということで、捜索願いが出されているんです」
「……」
「まぁ、もともと、悪さばかりしているやつらなので、大袈裟なことではないとは思うんですが、一応、何かご存じないだろうかと思いましてね」
　あたしは警察の人に、本当のことを話すべきなのか。
　でもそれをしたら、タカや道明さんにまで何かが及ぶのではと思うと、結局は堂々めぐりだ。
　本当なら、春樹のことを一番に考えなければならないはずなのに。
「いや、たまたま同時期に起こった話ということで、関係ないんですが、お聞きしたかっただけですので」
　甲斐くんたちは、今も見つかっていないということだ。
　だとするなら、春樹と同じように、もうすでに堀内組の手にかけられているのかもしれない。
　呼吸さえままならないあたしに、男は、
「お姉さんは、エンペラーという少年チームをご存知ですか？」
　と、聞いてきた。

どきりとする。
「少し前からの調べによると、春樹くんや、行方不明中の少年たちがそこに所属していたという話なんですが。何かチーム内でのトラブルがあったのではと、我々、少年課は探っているところです」
「……」
「しかし、検挙してやろうにも、いまだに実態が掴めない集団でして、こちらも手を焼いているわけなんですが。お姉さんは何かご存知じゃありませんか？」
　問われたが、怖くなって、震えるようにかぶりを振った。
「やつら、ウワサではヤクザとの繋がりもあるというし、最近のガキはチンピラと変わりないから困ったもんですよ、まったく」
　そこまで言い、あたしの顔を見た男は、「あっ」と慌てて口をつぐんだ。
「すみません。弟さんがこんな時に、少し余計なことを言いすぎてしまったようで」
「……いえ」
「では、何かお気づきの点がありましたら、お姉さんもご協力ください」
　そう言って男はきびすを返した。
　警察の人に真実を伝えなかったということは、あたしは堀内組と同罪なのだろうか。
　タカや道明さんは、教えてくれるかは別としても、きっと何か知っているはずだ。

けれど、やっぱり聞くことは怖い。

タカは今、呼び出されてどこかに行っている。

その隙に、あたしは自宅には近づくなと言われた言葉を無視し、家に戻った。

真夜中だし、当然だけど人の気配はなく、そこはひっそりと静まり返っている。

無心で向かったのは、春樹の部屋。

この5年、一度として足を踏み入れたことなんてなかった場所だ。

鼻につくタバコの染みついたにおいと、雑然と散らかった雑誌や衣類は、普通の男の部屋といった感じ。

そこでふと、目に留まったのは、本棚に不自然に置かれているアルバムの存在だった。

まさかあいつが、こんなものを後生大事に持っているタイプだなんて思わなかった。

中身を見ようとそれを開き、また驚く。

「……何、これ……」

家族写真は捨てられているか、両親が写っているものは切り取られていたり、ペンで黒く塗り潰されているものもある。

けれど、あたしとふたりだけで写った写真は、綺麗に残されたままだった。

こんな未来になるなんて予想すらしていなかった幼い姉弟は、そこで仲よく手を繋ぎ、笑顔いっぱいに笑っていた。

涙が滲みながらも、次のページを開いた瞬間、挟まって

いたものがバサバサと落ちた。
　茶封筒がふたつ。
　【姉貴に返す分】、【学費の分】と書かれていて、中には貯蓄を始めたばかりなのか、それぞれに３万円ずつが入れられていた。
　そして家族旅行で行った花畑で写した、ふたり並んでの写真。
「……春樹のバカっ……」
　お金なんかいらないって言ったのに。
　そこには、春樹がどれほどあたしの存在を大切に想っていてくれたか、そして生きていたいかが表れている。
「……春樹っ……」
　そうだよね。いつだってあたしたちは、肩を寄せ合って幼い頃を過ごしていたんだ。
　何かあるたびに親に叱咤されながらも、大丈夫だからと必死で互いを励まし合っていた。
　なのに５年前、春樹を信じてあげられなかった、あたし。
　周囲からの好奇の目や、ウワサ話に耐え兼ね、あの子を疎ましく思っていた。
　でも、春樹はあの頃でさえも、こんな写真を捨てずに持っていてくれたのだ。
　大切な弟。
　いや、そんな陳腐な表現では足りないくらい、春樹のことが愛しかった。
　枯れたと思っていた涙がまたあふれ、ボタボタとアルバ

ムに落ちる。
　さらにクローゼットを探ると、中からは、昔の思い出の品が詰まった段ボール箱が出てきた。
　そこには子供の字で、【たからばこ】と書かれている。
「あっ、これ……」
　ふたりで家出した時に頼りにした、電車の路線図。
　一緒に観に行った戦隊ヒーローの映画の半券や、夏祭りで買った、今ではガラクタのようなオモチャまで。
　どうして捨てなかったのだろう。
　あの子は5年間、この部屋で過ごしながら、どんな思いで昔のものに囲まれていたのか。
　ごめんね、春樹。
　もっと早く、あたしは大切なことに気づくべきだったのに……。

## 命の代償に

　その日、あたしは幼いふたりで写る写真を胸にかかえ、春樹のにおいの残るベッドで、意識を失うように眠りに落ちた。
　それからどれくらいが経ったのか、耳元で鳴るけたたましい電子音によって目が覚めた。
　ディスプレイには、【タカ】という文字が。
「出ねぇかと思ったじゃん」
　遅れて通話ボタンをタップすると、タカは笑っていた。
　時刻は深夜２時を過ぎた頃だ。
「なぁ、今どこにいる？」
　問われ、いったん自宅に戻ったことを告げると、
「あんま夜にフラフラすんなっつーの」
　と、呆れられた。
「……ごめん」
「いいけどさ。俺またさっき、冬柴さんに呼ばれて、これから戻らなきゃならなくなったんだけど、それ終わったら帰れるはずだから」
　何をやっているのか、なんてことは聞けなかった。
　けれど、タカがいつも通りだから、きっと大丈夫なのだと思う。
「気をつけてね」
　なんて言葉しか返せずにいると、タカはまた小さく笑っ

てから、
「早くお前の顔見てぇよ」
　と、漏らす。
「いっつも一緒なのにさ、なんか今、すげぇ隣にいてほしくて」
「……」
「別にどうしたってわけでもねぇけど、俺、変だよな」
　互いの存在を恋しく思う。
　たったそれだけのことで、あたしはなぜだか泣きそうになった。
　無意識のうちに、首元のリングに触れてしまう。
「お前に伝えたいこと、いっぱいあるんだ」
　タカは噛みしめるように言った。
「なぁ、そっち戻ったらさ、聞いてくれるか？」
「うん」
　あたしが頷くと、「キャッチ入ったから」と言ったタカは、電話を切った。
　携帯を耳から離し、息を吐く。
　大丈夫、大丈夫、とあたしは、心の中で繰り返す。
　胸元で輝くタカとのおそろいは、熱を失っていた。
　それが少し、不安ではあるけれど。
　悶々としたまま5分ほどが過ぎた時、今度の着信は道明さんからだった。
　どうやらタカに、あたしを迎えに行ってほしいと頼まれたらしい。

まったく、優しい人たちだ。
　平気だからと断ったあたしを無視で、道明さんは「これから行くよ」と言った。
　なので、仕方なくマンションの下に出て待っていると、見慣れた黒塗りの車が横づけした。
　窓を開けた道明さんに促され、あたしは初めてその助手席へと乗り込んだ。
「なんか、ごめんね」
　反射的に謝ると、
「いや、俺も心配だったし。まぁ、生きてんならそれでいいんだけどよ」
　と、道明さんは笑う。
　不思議と気持ちはおだやかになっていた。
　堀内組がどうだとか、ヤクザだから、なんてことの前に、道明さんは道明さんだ。
「つーかさ、話すのすげぇ久しぶりに感じるの、俺だけ？」
「あたしも同じこと思ってた」
　互いに笑った。
　笑ったら、道明さんはタバコを吹かしながら少し沈黙したあとで、
「こんなことになっちまったのは、俺の責任だよな」
　と、漏らす。
「命令だからって、関係ない堅気の人間巻き込んで、どうして俺こんなことやってんだろう、って」
「でもあたし、道明さんのこと恨んでないし、これからだっ

てそれは変わらないよ」
　あたしの言葉に、「そっか」と、道明さんは嚙みしめるように呟く。
　きっと春樹だってもう、誰かを恨むようなことはないはずだから。
「ありがとな、リサちゃん」
　珍しく素直なその言葉に、ちょっと驚いた。
「それとこの前は俺も感情的になりすぎて、悪かったよ」
「ううん。あたしそこごめんね」
　仲直りのようで、やっぱりあたしたちらしくない。
「俺さぁ、こんな時に言うべきじゃないのかもしれねぇけど、ずっと楽しかったよ」
「……え？」
「タカがリサちゃんのためにって考えるようになってから、なんかあいつ、やっと生きることを真面目に考え始めみてぇだし。あと、シロなんていっつも俺にじゃれてくるから」
「……」
「3人で飯食って騒いだりとかさ、そういうの、別にたいしたことじゃねぇんだけど、俺すげぇ楽しかったんだ」
　いったいどうしたというのだろう。
「家族っつーか、仲間っつーか、悪くねぇもんだよな、って」
　そこまで言ってから、ふと道明さんは、思いついたように、あたしを見た。
「そうだ。いろんなことが落ち着いて、ちょっとあったか

くなったら、またみんなでどっか行こうぜ。俺今度、クルーザーかっぱらってきてやっから、沖の方に無人島あるし、そこでバーベキューすんのも悪くねぇな」
「そうだね。楽しみにしとくよ」
「あと、結香も誘ってさ」
　さらりと言われた言葉にまた驚いた。
　対向車が照らす道明さんの横顔は、やっぱり全然、ヤクザになんて見えない。
「つーか、誰にも言うなよ？」
　道明さんは、そう前置きをした上で言う。
「今まで俺、アイのこと理由にして、いろんなことから逃げてたんだ。けどさ、やっぱそれじゃダメだし、そろそろ結香のこと考えてやるのも悪くねぇかも、って」
「⋯⋯」
「ほら、あいつ結構、無理するタイプだし、そういうのあんま見たくねぇからさ。まぁ、結局は俺、好きってことなんだろうけど」
「それってアイさんと似てるから？」
　と、聞くべきではなかったのかもしれない。
　けれど、道明さんは、
「どこがだよ。全然だろ」
　と、あたしの言葉を笑い飛ばす。
　人は誰かの代わりにはならないと、前に道明さんが言っていた言葉を思い出した。
　心があたたかくなっていく。

「タカはどう思うかわかんねぇけど。でもアイのこと忘れるって意味じゃねぇし、人生、うしろばっか見てても前には進めねぇわけじゃん？」
 それが道明さんの出した、迷いのない答え。
「あたし、応援するよ」
 心の底からそう思った。
 人は誰しも、本来、幸せであるべきなのだと、何かの本で読んだことがあるけれど。
 春樹が意識を取り戻して、タカが仕事を辞めて、そしたらきっと、すべてのことがいい方向に行くはずだ。
「なんかそれ聞いて、あたしうれしい」
「いや、俺これでフラれたら笑えるけどな」
 そしてあたしたちはまた笑う。
 本当に久しぶりに、おだやかな気持ちになれた気がした。
 すると道明さんは、急に真面目な顔をして、
「リサちゃんは、結香んちに行ってろよ」
 と、言う。
「つか、もう連絡入れてるから。俺んちよりそっちのが女同士でいいだろ？」
 けれど今は、春樹が心配だ。
 そう思ったあたしの思考を読んだかのように、道明さんは言う。
「あのな、弟のそばにいてやりてぇのはわかるけど、リサちゃんが倒れたらどうすんだよ。飯もろくに食ってねぇってタカから聞いたし、そんな看病、誰が喜ぶんだ？」

「……」
「別に結香も迷惑だなんて思うようなやつじゃねぇし。ひとりでかかえるより、まわりに甘えることだって大事なんだから」

　そうだ、タカにもずっと心配されていた。

　春樹のことを考え、他のものすべてを遮断していたけれど、でも道明さんが言うように、あたしは自分が思うよりずっと、みんなに想われているのだろう。

「……わかった。そうする」

　胸にかかえた、姉弟での写真。

「なんかあたし、やっぱダメだね」
「ダメじゃねぇよ。ついでに言っとくと、迷惑料ならタカから徴収するから、気にすんな」

　この人らしくてまた笑った。

　それからほどなくして、車は結香さんのアパートに到着した。

「ありがとね」

　と、言って、ドアを開けようとした時、道明さんの携帯が鳴った。

　一瞬、険しい顔をした道明さんは、通話ボタンをタップする。

「はい。はい。……え？」

　声のトーンで、何かあったのだろうと思った瞬間、
「タカを、殺す？」
　と、道明さんから放たれた言葉が、ただわけもわからず

頭の中で繰り返される。
　道明さんは、助手席にいるあたしの存在に気づき、はっとして、
「とにかくすぐにそっちに行きますから」
　と、早口に言って、携帯をしまう。
「いや、何かのまちがいのはずだから」
　あたしに空笑いを浮かべてみせた道明さんの言葉の、どこを信用しろというのか。
「タカを殺すって、何？」
　問うた声は震えていた。
　道明さんは、ため息にも似た息を吐くと、こちらに向き直る。
　その目はまっすぐだった。
「状況はわかんねぇけど、もしも、万が一のことになったとしても、タカは俺が死なせねぇよ」
「……そんな、こと……」
「大丈夫」
　道明さんは、力強く言う。
「さっき言ったろ？　あったかくなったら今度みんなでどっか行こう、って。だから心配しなくても、すぐにあいつ連れて戻ってくるから」
「けどっ！」
「何度も言わせんなって。俺は嘘なんかついたことねぇだろ？　だから、大丈夫だよ」
　道明さんの言葉に、「わかった」と、あたしは頷いた。

車を降りるとそこには、外に出て待ち構えていた結香さんの姿があった。
「おう、結香。あとのこと頼んだからな」
　道明さんは片手をあげ、「じゃあな」と車を走らせた。
　それを見送り、顔をうつむかせていると、
「事情はなんとなく聞いてるから」
　と、結香さんは言う。
「安易なことなんて言うべきじゃないんだろうけど、でも久保さんが『大丈夫』って言ったら、だいたいのことは大丈夫なもんだよ」
「そうですね」
　結香さんと道明さんの間にある、信頼関係。
　こんな時ではあるけれど、そんな小さなことに、少し安堵する。
「あたしね、リサには怒られるかもしれないけど、さっき久保さんから電話もらえてうれしかったんだ」
「え？」
「『お前にしか頼れねぇから』って言われて。不謹慎だってわかってても、まだ望みあるのかも、って思っちゃって。バカでしょ、あたし」
　けど道明さんは、結香さんのことが好きだって言ってましたよ。
　なんてことは口にはできないけれど、でもふたりが想い合っている姿に、あたしまで心があたたかくなっていく。
　きっと幸せは、すぐそこまできているはずだ。

「道明さんは嘘なんかつかない人ですよ」
 顔をほころばせた結香さんはかわいい。
 タカは今、どうしているだろうかと、不安にならないわけではない。
 けれど、案じることばかりが最善ではないから。

 結香さんの部屋に入り、ふたりでテーブルにお菓子を広げた。
「女ってご飯食べられない時でも、こういうものは別腹だからね」と言って。
「そういえば、タカさんは?」
 ぎくりとした。
 けれど、殺されるかもしれない、なんてことは言えない。
「ちょっと呼び出されたけど、それ終わったら迎えにくるからって」
「そっか。よかったね」
 結香さんは、まるで自分のことのようにうれしそうだ。
「リサ、愛されてんじゃーん」
「もう、やめてくださいよ」
 小突かれて、笑った。
 笑っていなければ不安に押し潰されてしまいそうになるから。
「ほら、そういう顔してちゃダメだよ」
 結香さんは、笑顔を曇らせがちなあたしを制する。
「不安に思うってことは、相手を信じてないってことにな

るんだから」
　そうか、結香さんは道明さんを信じてるんだ。
「男なんてもともと、身勝手でどうしようもないんだから、女はどーんと構えてればいいのよ」
「そういうもんですかね」
「そういうもんよ」
　どーんと構えてろ、か。
　たしかにそれもそうだなと思う。
「それに、どんなに辛くても、苦しくても、同じ人生を歩むなら、笑ってる方が幸せでしょ？　泣いてる分だけもったいないしね」
　結香さんはそう言って、美味しそうにポテチを頬張った。
　強くて、まっすぐで、誇らしいまでに揺るがない、結香さん。
　それは少し、羨ましくもあるけれど。
「ありがとうございます」
「何言ってんのよ。リサはあたしにとって、大事な後輩であり、友達なんだから。だから、できることならなんでもするよ」
　結香さんの言葉に、あたしは励まされっぱなしだった。
　きっとこれも、道明さんのおかげだろう。
　お兄ちゃんみたいなあの人は、いつもあたしに大切なことを教えてくれる。
　タカを殺すのかもしれない道明さんだけど、でも、一緒に戻ってくると言っていた言葉を信じたかった。

首元のリングを握りしめる。
「それ、大事なんだね」
　道明さんから貰った、タカとのおそろい。
　唯一、あたしたちを繋ぐものだ。
「戻ってきたら、あたしもタカに伝えたいこと、いっぱいあるんです」

　気づけばあたしは、テーブルに突っ伏す形で眠っていた。
　テレビの音に意識を引き戻されるように目を覚ますと、
「起こしちゃった？」と、結香さん。
「あたし、いつのまに……」
「疲れてたんでしょ？　気にしなくていいから、ベッド使って、もうひと眠りしときなよ」
　けれど、そういうわけにもいかないだろう。
　結香さんは、テーブルの上に散らかったお菓子のゴミやコーヒーのカップを片づけていた。
　あたしは伸びをしてからタバコをくわえる。
「続いて、午前5時半の、地方ニュースをお伝えします」
　あぁ、もうそんな時間か。
　だからってまだ、外は真っ暗で、時間の感覚はない。
「今朝未明、M町の倉庫街で発砲事件があり、駆けつけた警察官は、付近で男性が撃たれて死亡しているのを発見し」
　ガシャン、とカップの割れる音。
　結香さんは体を震わせる。
「なお、遺体は所持品などから、暴力団幹部、久保道明さ

んではないかとし、警察は組内部のトラブルとみて捜査を進めると共に」
　嘘だと思いたかった。
　道明さんが殺されただなんて、そんなはずはない。
　そうだ。これは誤報か、とにかく何かのまちがいだ。
「結香さん！」
　ふるふると首を振りながら、結香さんはテレビを消す。
　その目には、涙が溜まっていた。
　反射的に携帯を取り出し、道明さんの番号をリダイヤルするけれど、でも流れてきたのは機械的なアナウンスのみ。
　あたしまで震えが止まらなくなってしまう。
「……どうしてっ……」
　結香さんは、吐き出すように言った。
「戻ってきたら話があるって言ってたのに、どうしてよ！」
　そんなはずはない。
　だって道明さんが嘘をついたことなんてないのだから。
「あたしがたしかめてきます！」
　制止しようとした結香さんを振り払い、あたしはアパートを飛び出した。
　外はまだ薄暗く、人影もない。
　ニュースではたしか、M町の倉庫街だと言っていた。
　そこに行けば、少なくとも、何かがわかるはずだ。
　もしも仮に、誰かが撃たれて殺されていたとしても、それが道明さんであるはずがないと、信じていたかった。
　息を切らして走っていると、ポケットから鳴り響いた、

着信音。

　公衆電話からと表示されたそれを見て、焦って通話ボタンをタップした。
「リサ。俺だ」
　タカだった。
　その声を聞いた途端、張り詰めていたものの糸が切れるように、涙があふれる。
「……さっきニュースで、あたしっ……」
　支離滅裂に言葉を並べようとするが、それをさえぎりタカは言う。
「……道明くん、殺されちゃった……」
　タカまでいったい何を言っているのだろう。
　嘘だ、嘘だ、と首を振りながら、あたしはそんな現実を拒否した。
　しかし、タカは声を詰まらせながら言う。
「さっき俺、冬柴さんに呼び出されて行ってみたら、囲まれて、銃向けられて」
「……」
「部外者のくせに知りすぎてるし、怪しい動きもしてるからって。どのみち俺はもう用済みだって言われたよ」
　春樹を逃がしたこと。
　そしてその『姉』であるあたしとの繋がりさえ、気づかれていたらしい。
「なのに道明くん、俺のこと庇ってさ……」
　電話口の向こうでそれ以上の言葉を堪え、タカもまた、

泣いていた。
　だからそれは、紛れもない事実なのだろうけど。
「リサ」
　タカは息を吐き、
「時間がないし、聞いてくれ」
　と、強い口調であたしに言った。
「俺、追われてるんだ」
「ねぇ、今どこにいるの!?」
　まくし立てると、タカは一瞬、沈黙したあとで、
「すげぇ危険だけど、Ｓ町の廃ビルまでこられるか？」
　と、聞いてきた。が、あたしはその瞬間に、考えるより先に、走り出していた。
　なりふりなんて構っていられなくて、何よりタカのことが心配だった。
　頭の中に浮かんでは消える、道明さんの顔や言葉。
『生きろ』と言ってくれたあの日の笑顔が、今は悲しい。


　廃ビルの２階の一番奥の部屋で、タカはうずくまるようにして身を潜めていた。
　その姿を見つけた時、涙を流しながらあたしは、縋るように抱きついていた。
　服にべったりとこびりついた鮮血。
　それが誰のものであるかは、聞くまでもない。
「タカ！」
　タカはあたしを強く抱きしめる。

その腕は震えていて、胸元にあるそろいのリングが鈍く輝く。
「一緒に逃げよう、リサ」
「……え？」
「お前のことは俺が守ってやるから、だからついてきてほしい」
　けれど、ふと脳裏をよぎったのは、春樹の顔だった。
　それはあたしの答えだったのかもしれない。
　一瞬、躊躇いを見せたあたしに、タカはふっと笑いかけ、
「なんてな」
　と、零れる涙を拭ってくれた。
「大事なものを残したお前を、連れていくことはできねぇよ」
「ちがうの、そうじゃない！」
　声をあげたあたしの言葉をさえぎり、タカは言った。
「聞けよ、リサ。俺はもう十分なんだよ」
「……何、言って……」
「お前と過ごしたこの１年にも満たない時間、すげぇ幸せだったから、それでいいんだ」
　タカは、これまでの日々を懐古するように、泣きそうな顔で笑う。
「だからこれ以上、俺の運命に巻き込みたくねぇし、何よりお前には家族がいて、居場所があって、いろんな可能性がある未来が待ってんだ」
「けど、タカがいなくなるなんて考えられないよ！」

今さら、どうやって、そんな世界をひとりで生きろというのだろう。
　年を越したらふたりで温泉に行って、できなかったことをいっぱいしようと約束したはずじゃない。
　なのに、タカは愛しそうに目を細める。
「『愛した女を不幸にさせんな』って、道明くんから言われたからさ」
　じゃあ、結香さんはどうなるのだろう。
　何より、離れることで幸せになれるなんて、そんなのおかしいよ。
　けれどタカは、ひどくおだやかな声で、
「いつか必ず戻ってきて、お前のこと迎えに行くから」
　と、言った。
「俺、絶対、死なねぇからさ」
　拭われても拭われても、涙があふれる。
「そんなの信じられないよっ！」
「バーカ。俺を殺していいのは道明くんだけだし、あの人以外には命なんて渡さねぇから」
　そして奪うように触れた唇。
　タカは体を離して立ちあがった。
「待ってろなんて言わねぇけど、次に会った時には俺の手で幸せにしてやるから、楽しみにしとけよな」
　それって待ってろってことと同じじゃないか。
　タカは自分の胸にあるリングを握る。
「お前のためにって思ったら、もう怖いもんなんかなんも

ねぇよ」

　嫌だと取った手はほどかれ、向けられた背中。

　力が入らなくなり、うまく立ちあがれずにいると、

「シロのこと、頼んだぞ」

　と、タカは言った。

「やっ」

「じゃあな、リサ」

　それはいつも通りの言葉だった。

　去っていくうしろ姿に必死で手を伸ばしながら、何度その名を呼んだだろう。

「嫌だよ、タカ！」

　けれど届くはずもない。

「……タカ、お願いだからっ……」

　嗚咽が止まらなくて、呼吸さえできなくなる。

　それでももつれる足でタカを追おうとしたが、もうその姿はどこにもなかった。

　次第に朝もやに染まり始めた世界の中で、遠くで鳴り響くサイレンの音と、そして発砲音。

　あたしはタカの無事を祈りながら、その場に膝から崩れ落ちた。

## 生きること

　気づけばあの事件から1ヵ月以上が過ぎて、世間はクリスマスを迎えようとしていた。
　吐き出した息は白く昇る。
　道明さんは死んだ。
　遺体には5発の弾痕があり、ほぼ即死だったらしい。
　堀内組の末端の人間が逮捕されたと報道されたが、そのあとどうなったのかなんてわからない。
　結香さんは遺体を確認することを最後まで拒み続け、葬儀に参列することもなかった。
　『久保さんとさよならなんてしたくないもの』と言って。
　涙を見たのは、あの日限り。
　結香さんはどこまでも気丈な人であり続けたのだ。
　道明さんは今、アイさんと同じ場所で、何を想っているだろう。
　そして今日も意識の戻らない春樹は一般病棟に移され、あたしの願いもむなしく、半年間このままなら、回復の見込みはほぼゼロに近いと言われた。
　けれど、自発呼吸もあり、脳死ではないから、望みが消えたわけではない。
　面会時間を終えた帰り道、あたしはカフェで待ち合わせている人の元へと急いだ。
「結香さん！」

呼びかけに気づいて手を振ってくれた結香さんは、
「恋人もいないのにクリスマス前にこんな場所にきて、場ちがいで嫌になるよ」
と、笑う。
あたしはその向かいへと腰をおろし、コーヒーだけを注文した。
あれほど危ないと言われていた街ももう、事件のことを忘れたように賑わっている。
「リサ。警察の人が言ってたこと、聞いたよね？」
「どの話ですか？」
ジングルベルが流れる店内で、結香さんは声を潜める。
「港であがった遺体がタカさんだった、ってやつ」
そう、それは1週間ほど前のこと。
湾岸地区から近い場所で、身元不明の男性遺体が海から引き揚げられたそうだ。
顔はぐちゃぐちゃにされており、激しく暴行を受けた末に、射殺されたと聞いた。
それは、道明さんが殺された時と同じ種類の拳銃によるもの。
遺体の身体的特徴はタカと酷似していて、遺留品からは免許証も見つかったらしいけれど。
「あれはタカじゃないですよ」
だって、状況的にみて身元はまちがいないからという理由でDNA鑑定はしていないし、おまけに遺体の腕には古傷なんてなかったらしいから。

『そっくりさんが現れたって腕見れば見分けつくだろ？』
と、タカが前に言っていた台詞を思い出す。
「タカは生きてます。道明さん以外に命なんて渡さないって、あたしと約束してくれたんですから」
　あたしの言葉に、結香さんは頷いてくれた。
「あたしも信じてるよ、タカさんが無事なこと」
「……結香、さん……」
「あの人は、久保さんが守ってくれた命を簡単に奪われるようなヘマなんてしないし、リサに会うためにきっと戻ってくるはずだから」
　好きだった人を失った結香さん。
　なのにいつもあたしを気づかい、励ましてくれる。
「大丈夫だよ」
「はい。ありがとうございます」
　街を彩るイルミネーションは、やけに綺麗だと思った。
　本当なら今頃は、と考えると、時々やりきれなくなることもあるけれど。
「シロもうちで元気にしてるし、心配しないで」
　あの事件のあと、タカの部屋は見事に何者かによって荒らされていた。
　そこで小さくなって隠れるように身を震わせていたシロは今、結香さんの部屋で育ててもらっている。
　うちのマンションでは飼ってあげられないからだ。
「それにあたし自身、シロがいてくれて、気持ちの面でもずいぶん楽になってるから」

苦笑いを浮かべた結香さんの顔が見られなかった。
　呼べばまた、タカや道明さんがきてくれるような錯覚さえ起こしてしまう。
　けれどあたしは、泣くべきじゃない。
「結香さん。知りたくないんですか？」
「何を？」
「道明さんが最後のあの日、結香さんに伝えようと思ってた言葉」
　好きだと言っていた、気持ち。
　でも、結香さんは首を振る。
「他の人から聞いたって、なんの意味もないよ」
　もしかしたら結香さんは、気づいていたのかもしれないけれど。
「それよりリサこそ、少しは生活落ち着いた？」
「あー……、どうですかね」
　いまだに学校には行けず、毎日が家と病院の往復だ。
　今日こそ春樹の意識が戻るのではと思いながらも、本当は誰かと会ったりすることが嫌なだけかもしれない。
　とにかくまだ、口で言うよりずっと、負った傷はあたしの中に今も根深く残ったままなのだろう。
「でも、ご両親もこっちに戻ってきてるんでしょ？」

　結香さんと別れて自宅に戻ると、リビングからはシチューのあたたかな香りがしていた。
　こんなこともももう、日常となりつつあるのだから。

「おかえり、リサ」
「ただいま」
　あたしはまだ『未成年』であり、『子供』だった。
　だから結局は、春樹を助けるためには両親に縋る以外になかったのだ。
　もちろん金銭面も含めて、あたしじゃ何もできないから。
「春樹はどうだった？」
「とくに変わりないよ。容体は安定してるって、看護師さんは言ってたけど」
「そう。さっきお父さんから連絡があって、4月から正式にこっちに戻れるようになったって」
「そっか」
　5年間、一度たりとも日本に戻らなかった父が病気だったと知ったのは、最近のことだ。
　てっきり研究室にこもりっぱなしで、愛人のひとりでも作って楽しくニューヨークで暮らしているとばかり思っていたのに。
　なのに実際は、長時間のフライトは体に障るからと、医師から止められていたらしい。
　その事実を知った時には、ひどく驚いた。
　今まで何も知らずに恨み続けていた、あたしたち。
　だからって連絡ひとつ寄越さなかったことに変わりはないが、でももうそれは過去のことだ。
　父は事故後の春樹を目の当たりにし、肩を震わせ涙を流していた。

その姿だけは、今も忘れられないから。
「お父さん、向こうとこっちを行ったりきたりしてて、大丈夫なの？」
　仕事の都合上、それは仕方のないことだけれど。
　きっと無理をしているにちがいない、最近は2週間に一度、日本に戻ってきてくれている。
「言ったってまわりの意見なんか聞かない人でしょ。それにお父さん自身、春樹のことが心配でたまらないって言ってたからね」
　人は変わるものなのかもしれない。
「お母さんこそ、憧れの外国暮らし捨てて、よかったの？」
　嫌味のつもりではなかったのだけれど。
　でも母は一瞬、顔を曇らせ、「ごめんなさいね」と言った。
「今までお母さんたちは、ふたりがどんな想いをかかえていたかにも気づかず、自分たちの理想ばかり押しつけていたんだものね」
　母が見た、春樹のアルバム。
　黒く塗り潰されたそれによって、やっと自らの過ちに気づいたのだと言っていた。
　5年間の溝は、そう簡単には埋まらない。
　けど、でも、変わるきっかけにはなっただろう。
「何を今さら母親ぶってるんだって、春樹に言われたとしても、息子が死ぬことよりはずっといいわ」
「……」
「だって命より重いものはないじゃない」

そうだね。春樹が生きているなら、もうそれだけでいいのかもしれないね。
　こんな時にいつもふと脳裏をよぎるのは、タカの顔。
　一緒に逃げなかったあたしは今、幸せであると言えるのだろうか。
　窓の外へと視線を移したあたしに、母は、
「リサはどうするの？」
　と、聞いてきた。
「今日もお友達が心配してきてくれたのよ？」
「……」
「担任の先生からも何度か電話があったし、もうこのまま本当に、学校には行かないつもり？」
　責めるような口調ではなくとも、不安視されているのはわかる。
「こんな風に言いたくはないけど、あと２、３ヵ月の辛抱でしょう？」
「でも卒業したって祝ってくれるタカはいないじゃない！」
　思わず声を荒らげてしまい、はっとした。
　胸元には今もそろいのリングが輝いているというのに、なのに、もしかしたらあの人はもう、と思うと、本当はいつも怖くなる。
　たとえばニュースから流れる殺人事件さえ、聞くたびにまさかと思ってしまうのだ。
「わかったわ。もう言わないから」
　母はため息をついた。

何かを突っ込んで聞かれたことはないけれど、でも気づいてはいるだろう。
　あの事件で、いったい何人が犠牲になったことか。
　エンペラーが自然消滅のような形で解散したとのウワサを聞いたのも、最近のこと。
「ねぇ、それよりご飯にしましょう？」
　母は空気を変えるように言うけれど。
「ごめん。食べたくないし」
　もうずっと、あたしはまともな食事をとってはいなかった。
　それどころか、夜は薬に頼らなければ眠れず、カウンセリングにも通わされている。
　こんな看病は誰も喜ばないと、道明さんが言ってくれたのに。
　なのに、倒れればタカが戻ってきてくれるかも、なんてことさえ考えている浅はかな自分がいたこともたしかだ。
　けど、でも、現実はそうじゃないから。
　大切だった人たちすべてを失った今、何を目指して生きればいいのか。
　タカにもう一度会えるなんてこと、本当にあるのだろうかと、最近では思うようになってきた。
「リサ。少し休みなさいよ」
「……」
「疲れてるでしょう？　ひと眠りしたらまた元気に笑えるようになるわよ、きっと」

あたしは無言で頷いた。
そのまま自室へ向かおうとしていた時、目に映った景色。
「あら、雪が降ってきたわね」
闇空から舞い落ちる、粉雪。
あたしは涙があふれて止まらなかった。


ねぇ、タカ。
もう戻ることのない日々が、次第に色褪せそうで怖いの。

# 求愛

\*\*

あれから春夏秋冬を繰り返し
気づけば6年も経っていたね

あたしね
今ではあの頃のことが
どこか夢のように感じているの

タカがいて
道明さんがいて

悲しいことも多かったけど
でも幸せだったと胸を張れる

だからせめてもう一度
もう一度だけでも会いたかった

ねぇ、生きていますか？

\*\*

すっかり肌寒くなった病院の廊下を歩き、ひとつの扉をノックして、部屋に入った。
　今日も変わらぬ弟の姿に、笑みが零れる。
「春樹。元気そうじゃない」
　起きていた春樹は、視線だけを動かし、意思を伝えてくれる。
　この子が植物状態から奇跡的に意識を取り戻したのは、2年と少し前のこと。
　もちろん脳へのダメージが大きかったため、後遺症が残り、動くことはおろか、しゃべることさえできないけれど。
　でも、リハビリの甲斐もあり、今ではまばたきで会話ができるまでになった。
　声は届いているのだと思うと、うれしくなる。
「あたし、明日は休みだから、晴れてたら先生に許可貰って、外に出よう？」
「……」
「それにね、もしかしたらクリスマスには外泊もできるかもって。もう少し先のことだけど、あたし今からすごい楽しみなんだぁ」
　春樹は窓の外へと視線を移した。
「どうしたの？」
　聞いた瞬間、春樹の目から一筋の涙が零れ落ちた。
　そういえばあの事件は、ちょうど6年前の今頃だったね。
　春樹は今、何を想い、泣いているのだろう。
「ごめんね。守ってあげられなくて」

そっと抱きしめた体は、あたたかかった。
「うー」と唸るように声を発した春樹に、あたしは、
「でも、大丈夫。あたしはいつだってそばにいるからね」
　と、強く言う。
　懺悔ではなく、そう思うの。
　春樹の回復を支えに生きている今、あたしはとても幸せだから。
　今日１日の出来事を話して聞かせていた時、コンコン、とノックの音が聞こえた。
　扉を開けたのは、乃愛。
「リサ。ここにいるって聞いたから」
「わぁ！　どうしたの？」
「春樹くんに、ちょっと早いけど、これ渡そうと思って」
　手渡してくれたものを開けてみると、中にはマフラーが入れられていた。
　モスグリーンの、手編みのものだ。
「じつはうちのお母さんが腰痛めて入院しちゃって、暇だからって編んだものなの」
「え？　入院？」
「そうそう。まぁ、腰はたいしたことないにしても、普段、病院嫌いだから、この際、いろいろと検査してもらうためにもね」
「そっか。知らなくてごめんね」
「いいの、いいの。それよりリサもう仕事終わったんでしょ？　たまには一緒に晩ご飯食べようよ」

「……でも、心音(ここね)は？」
「あの子は今日、お泊まり保育だからねぇ」
　もうそんなに大きくなったのか。
　この前までよちよち歩きだと思っていたはずなのに、あたしも年を取ったという証拠なのかもしれない。
「じゃあ、行きますか」
　春樹に「また明日」と告げて、あたしたちは病室をあとにした。

　乃愛とこうやって一緒に夜を過ごすのも、本当に久しぶりのことだ。
　ふたりでやってきたのは、近場にできた、最近、人気のイタリアンレストラン。
　高校生の頃は、ファストフードばかりだったのに。
「でもいまだに思うけど、あのリサがまさか看護師になるなんてねぇ」
　そう。あたしは今、春樹の病院で働いている。
　あの頃、担任の先生の配慮もあり、どうにか高校だけは卒業できたものの、そのあとの進路を決めることなく、毎日のように塞ぎ込んでいた。
　最終的には何度か自殺未遂を繰り返し、死のうとしていた時、乃愛がこの世に命を産み落としたのだ。
　『心音』と名づけられた、赤ちゃん。
　そのあたたかさと重さ、何より愛しさに涙があふれ、あたしはもう一度、生きようと誓った。

それからは予備校に通い、1年遅れで看護学校に入学して、今がある。
「ほんと、心音のおかげだよ」
　そんなあの子も、もう6歳なのか。
「リサって見るからに子供嫌いだと思ってたけど、心音にだけはめちゃくちゃ甘いもんね」
「まぁ、命の恩人だしねぇ」
「んなこと言って、頼むから変なオモチャばっか買い与えないでよ」
「はいはい。了解でーす」
　笑いながら、運ばれてきた料理に目を輝かせた。
　乃愛は満面の笑みのまま、
「あ、そういえば、招待状届いた？」
　と、聞いてくる。
「梢と直人、やっと結婚だもんねぇ」
「うちら的には、今さらかよ、って感じだけどね」
　梢と直人もあれから変わらぬ愛を育み、春には夫婦になるらしい。
　直人が大学を卒業してからは、同棲もしていたし、正直、実感は薄いのだけど。
　ちなみに梢をレイプしたあっくんたちは、他の女の子にも同じことをして、最終的には捕まったのだと聞いた。
「あの照れ屋な梢がウエディングドレスでしょ。ちょっと想像できないし、あたし笑ったらどうしよう」
「こらこら。それダメでしょ」

あたしが制すると、乃愛は息を吐いてから、
「あれから6年だもんね」
と、感慨深そうに言う。
18歳だったあたしたちも、今はもう24歳だ。
あの頃のタカの年齢さえ追い越し、時は進み続けている。
「ねぇ、リサ」
乃愛はあたしへと視線を移した。
「もういい加減、待つのなんかやめちゃいなよ。カレシ作るとかさ、他の人に支えてもらうこと考えたって、バチは当たらないよ」
「でもあたし、今はまだ仕事でも半人前だし、そういうこと考える余裕ないから」
なんて、もう何度こんな言葉であしらっただろう。
たしかにあれから、想いを寄せてくれる人に告白されたこともあったし、過去のことや春樹のことも含めて支えていきたいと言われたこともあった。
けど、でも、あたしはタカと約束したから。
今も外すことなくこの胸元には、そろいのリングが輝いているよ。
「あたしのことより乃愛でしょ」
「またその話？」
「あんたこそ、もうそろそろひとりで頑張るのやめたら？」
言ってやると、乃愛は困ったように苦笑いを見せた。
「恋愛の仕方なんて忘れちゃったよ、あたし」
乃愛の呟きが、今は少しだけ物悲しくも感じてしまう。

あたしは息を吐いた。
「結香さんも同じこと言ってたなぁ」
「あぁ、先週会ったんでしょ？　元気にしてた？」
「うん。バリバリって感じ」
　結香さんは今も夜の世界に身を置いている。
　キャバクラから高級クラブに移ったらしいけど、『あたしはこんなとこでしか生きられないから』と、いつもと変わらぬ笑顔だった。
　道明さんのことなんて忘れたのだと口では言っていたけれど、でもきっとまだ、消化できない想いを人知れずかかえているのだと思う。
「玉の輿狙うとか胸張ってたけどね、あの人」
「それ、何回も聞いてるよね」
　ふたりで笑ってしまう。
　ちなみにシロも元気で、今じゃ貫禄たっぷりだ。
　変わったものと、変わらないもの。
「てか、お金持ちといえば、リサのお母さんじゃない？」
「さぁね。あたしよく知らないし」
　母はあれから、お得意の英語力と厳しさを生かし、塾を創めて密かに儲けているらしい。
　父の病気も完治したし、家族それぞれが自立して、うまくやっていると思う。
　あの頃はこんな関係なんて、夢にも思わなかったけれど。
「きっとね、タカが守ってくれたから、今のあたしがあるんだと思うの」

乃愛と別れ、あたしは重くなった体を押して、自宅へと戻った。
　別にひとり暮らしをするだけのお金はあるのだけれど、でもわざわざ家を出る理由はない。
　何より、もしかしたらタカが、なんて、6年経った今でも思っているのだから。
　やっぱりみんなが言うように、あたしも恋愛のひとつでもすべきなのだろうけど。
　そこでふと、先日、結香さんに会った時、堀内組がなくなったのだと聞かされた話を思い出した。
　跡目争いでゴタゴタして、結局は看板をおろしたらしい。
　しかし、この世からヤクザという人種が一掃されたわけではないし、今だって新しい組がいろいろと引き継いでいるらしいから。
　何より、あたしにはもう、関係のないことだ。
　息を吐いて頭の中に残ったそれを振り払っていると、ピンポーン、と玄関先からチャイムの音が響いた。
　こんな時間に誰なのかと思いながら、ドアを開ける。
「すみませーん。宅配便でーす」
　どうせまた、父が無駄に好きな健康グッズを通販したにちがいないと、サインしようとした時、あたしはそこに、違和感を覚えた。
「あれ？」
　差出人の欄が無記名。
　しかも、あたし宛てだ。

「これ、誰から？」
「大変申し訳ありませんが、それはこちらでは、ちょっとわかりかねますので」
　まさか爆弾が入ってる、なんてドラマみたいなことはないだろうけど。
　首を傾げながらも荷物を受け取り、ドアを閉めて箱を開けると、
「あっ」
　と、驚いたままに声をあげていた自分がいる。
　そんな、嘘でしょ。信じられない……。
「……どうしてっ……」
　どうしてここに、タカが持っていたバタフライナイフが入っているのだろう。
　そして添えられているのは、小さな箱に入ったシンプルな指輪。
　見まちがいなんかじゃなかった。
　涙があふれ、おそるおそるそれを、震える手で持ちあげた時、カサッ、と、指先に触れた1枚の紙切れを、箱の奥底に見つけてしまった。
　あたしは膝から崩れ落ちる。


【クリスマスまでには戻るから。タカ】

この６年間、分かたれた道を歩む中で、あなたに伝えたいことがたくさん増えました。
　残念ながら、信じて待ってたよと、胸を張っては言えないけれど。
　時には弱さに負けそうになったこともあったけど、でも生きることを諦めないでよかったと、今は思ってるの。
　月を、地平線を、眺めながら想い続けたあなたへの気持ちを、絶やすことなく生きてきた。
　胸元のリングは過ごしてきた年数の分だけくすみながら、今、あたしに馴染んでいる。
　あなたが身につけているそれも、同じかな。
　たとえば姿形がどんな風になってたって、もう大切なことを見失ったりしない。
　今度は少しだけ強くなれたから、ちゃんとあなたの弱さもすべて、受け入れてあげられるから。

年が明けたら温泉に行こう。
　今までできなかったことをいっぱいしよう、と言った約束を、今でもまだ、覚えてくれていますか？
　しょうがないから、もうちょっとだけ待っててあげるよ。
　次に会えたら、飽きるくらいの文句と、あふれるくらいのあなたへの想いを、嫌になるくらいに伝えてあげるから。
　だから、出会えた奇跡を、もう一度。

END

## あとがき

『求愛 〜この世界で、あなたと出会えた奇跡〜』を手に取っていただき、ありがとうございます。

この作品は、私の青春時代の数々の出来事を元にして、サイト上では2003年を舞台に描きました。今回、現代版に修正しての書籍化ということで、たくさんのこまごまとした時代感の違いを書き直していくことが、楽しくもあり、難しくも感じました。

あの頃の私も、リサたちと同様に、愛されたいと願いながらも、自分を傷つけるような道ばかり選んで生きていたように思います。

明るい場所に背を向け、暗闇に一歩踏み出すと、知らぬ間に道に迷い、気づいた時には引き返せなくなっている。
そうなる前に、どうして足を止められなかったのか。
すべては自分で選んだのだからと、納得はしていますが、正直、後悔も数えきれません。

結果として、私は多くのものを失いました。
願ったって、もう二度と手にできないものもあります。

自分と、そしてまわりのたくさんの人たちを傷つけた罪を背負いながら、今の私の人生がある。
　　時には頭を下げ、悔しさに歯を食い縛りながらも、自分やまわりを愛することで、やっと、心の底から笑える場所を見つけることができました。

　こんな私に手を差し伸べてくれた方には感謝しかありませんし、いつの日か、私も誰かに手を差し伸べられる人になれたら、と。

　最後になりましたが、何年もの間、この作品を愛し、支えてくださった読者の方々をはじめ、本書に携わっていただいたすべての皆様に、最大級の感謝をお伝えしたいと思います。

　本当に、本当に、ありがとうございました。


　　　　　　　　　　　　　　　　2019年3月　ユウチャン

この物語はフィクションです。
実在の人物、団体等とは一切関係がありません。
飲酒・喫煙に関する表記がありますが、
未成年者の飲酒・喫煙は法律で禁止されています。

♥
ユウチャン先生への
ファンレターのあて先

〒104-0031
東京都中央区京橋1-3-1
八重洲口大栄ビル7F

スターツ出版(株)書籍編集部 気付
ユウチャン先生

求愛 ～この世界で、あなたと出会えた奇跡～
2019年3月25日　初版第1刷発行

| 著　者 | ユウチャン |
|---|---|
| | ©Yuchan 2019 |
| 発行人 | 松島滋 |
| デザイン | カバー　角田正明（ツノッチデザイン） |
| | フォーマット　黒門ビリー&フラミンゴスタジオ |
| DTP | 久保田祐子 |
| 編　集 | 長井泉　酒井久美子 |
| 発行所 | スターツ出版株式会社 |
| | 〒104-0031 東京都中央区京橋1-3-1　八重洲口大栄ビル7F |
| | 出版マーケティンググループ　TEL03-6202-0386 |
| | （ご注文等に関するお問い合わせ） |
| | https://starts-pub.jp/ |
| 印刷所 | 共同印刷株式会社 |

Printed in Japan

乱丁・落丁などの不良品はお取替えいたします。上記出版マーケティンググループまでお問い合わせください。
本書を無断で複写することは、著作権法により禁じられています。
定価はカバーに記載されています。

ISBN 978-4-8137-0662-5　C0193

# ケータイ小説文庫　2019年3月発売

### 『悪魔の封印を解いちゃったので、クールな幼なじみと同居します！』 神立まお・著

突然、高2の佐奈の前に現れた黒ネコ姿の悪魔・リド。リドに「お前は俺のもの」と言われた佐奈はお祓いのため、リドと、幼なじみで神社の息子・晃と同居生活をはじめるけど、怪奇現象に巻き込まれたりトラブル続き。さらに、恋の予感も!?　俺様悪魔とクールな幼なじみとのラブファンタジー！

ISBN978-4-8137-0646-5
定価：本体590円+税

**ピンクレーベル**

### 『一途で甘いキミの溺愛が止まらない。』 三宅あおい・著

内気な高校生・菜穂はある日突然、父の会社を救ってもらう代わりに、大企業の社長の息子と婚約することに。その相手はなんと、超イケメンの同級生・蓮だった！　しかも蓮は以前から菜穂のことが好きだったと言い、毎日「可愛い」「天使」と連呼して菜穂を溺愛。甘々な同居ラブに胸キュン!!

ISBN978-4-8137-0645-8
定価：本体590円+税

**ピンクレーベル**

### 『腹黒王子さまは私のことが大好きらしい。』 *あいら*・著

超有名企業のイケメン御曹司・京壱は校内にファンクラブができるほど女の子にモテモテ。でも彼は幼なじみの乃々花のことを異常なくらい溺愛していて…。「俺だけの可愛い乃々に近づく男は絶対に許さない」——ヤンデレな彼に最初から最後まで愛されまくり♡　溺愛120％の恋シリーズ第3弾！

ISBN978-4-8137-0647-2
定価：本体590円+税

**ピンクレーベル**

### 『求愛』 ユウチャン・著

高校生のリサは過去の出来事のせいで自暴自棄に生きていた。そんなリサの生活はタカと出会い変わっていく。孤独を抱え、心の奥底では愛を欲していたリサとタカ。導かれるように惹かれ求めあい、小さな幸せを手にするけれど…。運命に翻弄されながらも懸命に生きるふたりの愛に号泣の感動作！

ISBN978-4-8137-0662-5
定価：本体590円+税

**ブルーレーベル**

# 読むたび何度でも恋をする…全力恋宣言！
# 毎月25日はケータイ小説文庫の日♥

心に沁みるピュアラブやキラキラの青春小説、
「野いちご」ならではの胸キュン小説など、注目作が続々登場！

## ケータイ小説文庫　好評の既刊

### 『ふたりは幼なじみ。』青山そらら・著

梨々香は名門・西園寺家の一人娘。同い年で専属執事の神楽は、小さい時からいつも一緒にいて必ず梨々香を守ってくれる頼れる存在だ。お嬢様と執事の関係だけど、「りぃ」「かーくん」って呼び合う仲のいい幼なじみ。ある日、梨々香にお見合いの話がくるけど…。ピュアで一途な幼なじみラブ！

ISBN978-4-8137-0629-8
定価：本体 590 円+税

**ピンクレーベル**

### 『新装版　特等席はアナタの隣。』香乃子・著

学校一のモテ男・黒崎と純情少女モカは、放課後の図書室で親密になり付き合うことになる。他の女子には無愛想な和泉だけど、モカには「お前の全部が欲しい」と宣言したり、学校で甘いキスをしたり、愛情表現たっぷり。モカ一筋で毎日甘い言葉を囁く和泉に、モカの心臓は鳴りやまなくて…!?

ISBN978-4-8137-0628-1
定価：本体 640 円+税

**ピンクレーベル**

### 『月がキレイな夜に、きみの一番星になりたい。』涙鳴・著

蕾は無痛症を患い、心配性な親から行動を制限されていた。もっと高校生らしく遊びたい――そんな自由への憧れは誰にも言えないでいた蕾。ある晩、バルコニーに傷だらけの男子・夜斗が現れる。暴走族のメンバーだと言う彼は「お前の願いを叶えたい」と、蕾を外の世界に連れ出してくれて…？

ISBN978-4-8137-0630-4
定価：本体 540 円+税

**ブルーレーベル**

## ケータイ小説文庫 好評の既刊

### 『今すぐぎゅっと、だきしめて。』 Mai・著

中学最後の夏休み前夜、目を覚ますとそこには…なんと、超イケメンのユーレイが！ヒロと名乗る彼に突然キスされ、彼の死の謎を解く契約を結んでしまったユイ。最初はうんざりしながらも、一緒に過ごすうちに意外な優しさをみせるヒロにキュンとして…。ユーレイと人間、そんなふたりの恋の結末は!?

ISBN978-4-8137-0613-7
定価:本体 590 円+税

**ピンクレーベル**

---

### 『総長に恋したお嬢様』 Moonstone(ムーンストーン)・著

玲は財閥令嬢で、お金持ち学校に通う高校生。ある日、街で不良に絡まれていたところを通りすがりのイケメン男子・憐斗に助けられるが、彼はなんと暴走族の総長だった。最初は怯える玲だったけれど、仲間思いで優しい彼に惹かれていって…。独占欲強めな総長とのじれ甘ラブにドキドキ‼

ISBN978-4-8137-0611-3
定価:本体 640 円+税

**ピンクレーベル**

---

### 『クールな生徒会長は私だけにとびきり甘い。』 *あいら*・著

高1の莉子は、女嫌いで有名なイケメン生徒会長・湊先輩に突然告白されてビックリ！ 成績優秀でサッカー部のエースでもある彼は、莉子にだけ優しくて、家まで送ってくれたり、困ったときに助けてくれたり。初めは戸惑う莉子だったけど、先輩と一緒にいるだけで胸がドキドキしてしまい…？

ISBN978-4-8137-0612-0
定価:本体 590 円+税

**ピンクレーベル**

---

### 『キミに捧ぐ愛』 miNato(ミナト)・著

美少女の結愛はその容姿のせいで女子から妬まれ、孤独な日々を過ごしていた。心の支えだった彼氏も浮気をしていると知り、絶望していたとき、街でヒロトに出会う。自分のことを『欠陥人間』と言う彼に、結愛は似たものを感じ惹かれていく。そんな中、結愛は隠されていた家族の秘密を知り…。

ISBN978-4-8137-0614-4
定価:本体 590 円+税

**ブルーレーベル**

# 読むたび何度でも恋をする…全力恋宣言！
# 毎月25日はケータイ小説文庫の日♥

心に沁みるピュアラブやキラキラの青春小説、
「野いちご」ならではの胸キュン小説など、注目作が続々登場！

## ケータイ小説文庫　好評の既刊

### 『クールな同級生と、秘密の婚約!?』SELEN・著

高2の亜珊は倒産危機に陥った両親の会社を救うため、政略結婚することに。相手はなんと学校一のモテ男子・湊だった。婚約者として湊との同居が始まり戸惑う亜珊。でも、料理中にハグされたり「いってきます」のキスをされたり、毎日ドキドキの連続で!?　新婚生活みたいに激甘な恋に胸キュン!!

ISBN978-4-8137-0588-8
定価：本体590円+税

**ピンクレーベル**

### 『天ヶ瀬くんは甘やかしてくれない。』みゅーな**・著

高2のももは、同じクラスのイケメン・天ヶ瀬くんのことが好きだけど、話しかけることすらできずにいた。なのにある日突然、天ヶ瀬くんに「今日から俺の彼女ね」と宣言される。からかわれているだけだと思っていたけれど、「ももは俺だけのものでしょ？」と独り占めしようとしてきて…。

ISBN978-4-8137-0589-5
定価：本体590円+税

**ピンクレーベル**

### 『新装版 てのひらを、ぎゅっと』逢優・著

彼氏の光希と幸せな日々を過ごしていた中3の心優は、突然病に襲われ、余命3ヶ月と宣告されてしまう。光希の幸せを考え、好きな人ができたから別れようと嘘をついて病と闘う決意をした心優だけど…。命の大切さ、人との絆の大切さを教えてくれる大ヒット人気作が、新装版として登場！

ISBN978-4-8137-0590-1
定価：本体590円+税

**ブルーレーベル**

# ケータイ小説文庫 2019年4月発売

## 『甘えないで榛名くん。(仮)』みゅーな**・著

高2の雛乃は隣のクラスのモテ男・榛名くんに突然キスされ怒り心頭。二度と関わりたくないと思っていたのに、家に帰ると彼がいて、母親から2人で暮らすよう言い渡される。幼なじみだったことが判明し、渋々同居を始めた雛乃だったけど、甘えられたり抱きしめられたり、ドキドキの連続で…!?
ISBN978-4-8137-0663-2
予価:本体500円+税

**ピンクレーベル**

## 『俺が意地悪するのはお前だけ。(仮)』善生茉由佳・著

普通の高校生・花穂は、幼い頃幼なじみの蓮にいじめられてから、男子が苦手。平穏に毎日を過ごしていたけど、引っ越したはずの蓮が突然戻ってきた…! 高校生になった蓮はイケメンで外面がよくてモテモテだけど、花穂にだけ以前のままの意地悪。そんな蓮がいきなりデートに誘ってきて…!?
ISBN978-4-8137-0674-8
予価:本体500円+税

**ピンクレーベル**

## 『眠り姫はひだまりで(仮)』相沢ちせ・著

眠るのが大好きな高1の色葉はクラスの"癒し姫"。旧校舎の空き教室でのお昼寝タイムが日課。ある日、秘密のルートから隠れ家に行くと、イケメンの純が! 彼はいきなり「今日の放課後、ここにきて」と優しくささやいてきて…。クール王子が見せる甘い表情に色葉の胸はときめくばかり!?
ISBN978-4-8137-0664-9
予価:本体500円+税

**ピンクレーベル**

## 『雪の降る海(仮)』河野美姫・著

高校生の渚は幼なじみの雪緒と付き合っている。ちょっと意地悪で、でも渚にだけ甘い雪緒と毎日幸せに過ごしていたけれど、ある日雪緒の脳に腫瘍が見つかってしまう。自分が余命僅かだと知った雪緒は渚に別れを告げるが、渚は最後の瞬間まで雪緒のそばにいることを決意して…。感動の恋物語。
ISBN978-4-8137-0665-6
予価:本体500円+税

**ブルーレーベル**

書店店頭にご希望の本がない場合は、
書店にてご注文いただけます。